FASSADE

Über den Autor:

Martin Glania, geboren 1967 in einer Stadt nahe Offenbach, ist ein Spätstarter in Sachen Literatur und Belletristik. Nach kaufmännischer Ausbildung und berufspädagogischem Studium in Hessen hat es ihn in den Berliner Raum verschlagen, wo er mit Familie seit Jahrzehnten lebt. Genau dort spielen auch die Handlungen seiner Romane. Nach „Bis zum Abpfiff" aus dem Jahr 2020 folgt jetzt mit „Fassade" erneut ein Roman, der Berlin braucht und gleichzeitig meidet.

Zur Vermeidung von Missverständnissen:

Dieses Buch ist ein Roman, in dem Menschen spielen, die vom Autor frei erfunden wurden. Ähnlichkeiten von Handlungen und Personen mit der konkreten Realität sind nicht gewollt und rein zufällig. Gleichwohl ist der Roman eingebettet in eine Zeit, die er versucht realistisch widerzuspiegeln. Erwähnte prominente Personen werden hierzu originalgetreu zitiert. Das ist kein Zufall, sondern sorgfältig recherchiert. Die Einbettung solch konkreter Zitate wiederum unterlag der künstlerischen Freiheit des Autors.

Martin Glania

FASSADE

Bibliografische Information der Deutschen Nationalbibliothek: Die Deutsche Nationalbibliothek verzeichnet diese Publikation in der Deutschen Nationalbibliografie; detaillierte bibliografische Daten sind im Internet über dnb.dnb.de abrufbar.

© 2024 Martin Glania

Herstellung und Verlag: BoD – Books on Demand, Norderstedt

Umschlaggestaltung: Britta Hertmann, Hamburg

ISBN: 978-3-75-976915-2

Für Mama

Das sind sie ...

Orientierung kann schnell verloren gehen – gerade in unruhigen Zeiten. Auf den folgenden 260 Seiten wird das einigen der Protagonisten passieren.

Orientierung kann aber auch dem Lesenden verloren gehen. Daher möchte ich dafür sorgen, dass dies nicht passiert und vorab fünf Familien vorstellen. Sie leben unweit voneinander in einem um die Jahrtausendwende entstandenen Neubaugebiet im Berliner Speckgürtel. Und sie bilden einen festen Freundeskreis:

Michaelis

Familie Michaelis, Vater **Bernd** (51) und Mutter **Franziska** (49), unter Freunden die Franzi, – er an einer Berliner Hochschule tätig, sie im Hotelmanagement. Der wohlgelungene Nachwuchs besteht aus **Magdalena** (17), **Patrizia** (15) und **Konstantin** (13). Die Kinder lassen sich von Gleichaltrigen gerne auch Maggi, Pat und Tino nennen, was dem Vater nur bedingt gefällt. Bernd würde seiner Familie trotzdem und mit einem an Arroganz grenzenden Selbstverständnis zehn von zehn Sternen geben.

Kriechmann

Familie Kriechmann ist da ziemlich ebenbürtig: **André** (48) und **Anja** (46) stehen für Beamtenkarrieren im höheren Dienst, die Kinder **Emily** (15) und **Lukas** (13) für Sportlichkeit und Ehrgeiz. Niemand vergibt hier Sterne – man weiß, was man kann. Aber Bernd – ein paar Häuser weiter – tut das trotzdem und gönnt den Kriechmanns acht von zehn – zwei Sterne Abstand müssen sein.

Winkler

Ob Bernd hingegen der **Familie Winkler** überhaupt Sterne geben würde, ist fraglich. Kann man die als Bauhandwerker, **Udo** (46), oder Schichtarbeiterin im Pflegedienst, **Verena** (45), genannt Schnecki, überhaupt erreichen? Und Sohn **Tom** mit seinen pubertären 16 Jahren kann da schon gar nichts herausreißen.

Rosenzweig

Dahingegen sind nach Bernds Leistungsskalierung für die **Familie Rosenzweig** schon sechs von zehn Sternen drin. Schließlich ist die jüdische Familie angesehen, fleißig, erfolgreich und immer bereit, etwas zurückzustehen. **Michael** (50) arbeitet als Dozent, **Daniela** (44), die allseits beliebte Danny, im Sozialamt. **Jakob** (12) und **Aaron** (9) sind wie ihre Eltern: auf ihre eigene Art erfolgreich und unauffällig.

Wójcik-Müller

Und dann sind da noch die alleinstehende Polin **Elena Wójcik-Müller** (38) und ihr Sohn **Damian** (11). Elena ist zwar polnischer Abstammung, sie möchte aber ganz unpolnisch Elly genannt werden. Und noch etwas ist wichtig: Man muss sie einfach mögen – nicht nur wegen ihrer Grübchen. Sie hat sich mit ihrem Sohn bestens in den Freundeskreis integriert.

Blatter

Außerhalb dieses aus fünf Familien bestehenden Freundeskreises stehen **Geli** und **Karsten Blatter**, 40 und 43 Jahre alt: Sie bedeutungslos, naiv und anhimmelnd, er attraktiv, sportlich und natürlich Chef.

So weit, so schlecht. Mit den Protagonisten sind in ihrem kleinbürgerlichen Umfeld die Voraussetzungen für die langweiligste Geschichte aller Zeiten geschaffen – eigentlich …

Prolog

7. Januar

Es ist einer der Tage, an dem sicher ist, dass die Sonne keinen Moment scheinen wird. Es ist ein kalter Tag, einer der Tage, an dem das Minus dominiert – jede Sekunde, jede Minute und jede Stunde. Erbarmungslos.

Bei mir dominiert das Minus schon lange – nicht erst in dem Moment, als ich den Brief geschrieben und auf den Küchentisch gelegt habe. Nein, es ist seit Monaten kalt. Es ist kalt in meiner Seele. Sehr kalt. Es ist eine Kälte, die lodert und klirrt zugleich. Die meine Gedanken vereinnahmt, die guten mir stiehlt und gegen böse austauscht.

Ich lasse sie seit einiger Zeit gewähren. Weil mir die Kraft fehlt. Weil mir niemand hilft oder ich nicht möchte, dass mir jemand hilft. So genau weiß ich das nicht. Ich weiß nur, dass es weh tut. Und ich weiß, dass ich die Schmerzen nicht mehr ertragen kann. In meiner Seele, die lodert und klirrt zugleich.

Also gehe ich den Weg erneut. So wie schon mehrfach in den letzten Wochen. Und ich spüre: Heute ist alles anders. Heute werde ich gewinnen. Meine Schmerzen besiegen. Und egoistisch sein. Ja, egoistisch!

Meine Zuversicht beflügelt mich. Sie lässt mich die Treppen des Rohbaus mit Leichtigkeit bewältigen. Alle vier Stockwerke. Sie lässt mich auf das Mauerwerk steigen – zwischen den stabilen Verstrebungen des Dachstuhls hindurch. Und sie lässt mich ohne Angst in die Sehnsucht schauen: nach unten in den betonierten Kellereingang des künftigen Mehrfamilienhauses.

Dann mache ich das, was ich mir vorgenommen habe, bevor ich zusammen mit meiner Musik in den Ohren den erlösenden Schritt nach vorne gehe. Noch einmal nachdenken. Und noch einmal beten. Gott um Verzeihung bitten an diesem Tag, an dem sicher ist, dass die Sonne keinen Moment scheinen wird.

Freunde

Mehr als 4 Monate zuvor, 27. August

Sie lag nahezu regungslos neben ihm. Ihre Augen waren geschlossen. Die Mundwinkel zeigten kaum merklich nach oben und sie wirkte erfüllt. Ihr Körper, den er eben noch bewundert und gespürt hatte, war jetzt wieder bedeckt und entzog sich seinen Augen. Es genügte ihm aber, ihr von Zufriedenheit erfülltes Gesicht zu betrachten: ihre langen Wimpern, ihre kleine Nase und ihre winzigen Grübchen, die sich durch die heraufgezogenen Mundwinkel auf ihren Wangen besonders deutlich abzeichneten. Sie hätte mit jedem Sex haben können, aber sie wollte ihn – und das seit Monaten.

Heute war sie einen Schritt weitergegangen. Sie hatte ihm ihre Liebe gestanden. Leidenschaftlich hatte sie das getan. Und trotzdem glaubwürdig. Ihn machte das stolz, denn er war eitel. Ihn beunruhigte das aber auch, denn er war verheiratet. Glücklich verheiratet. Das sagte er jedenfalls. Immer wenn ihn jemand fragte. An Nachmittagen wie diesem fragte aber niemand.

„Wie soll es mit uns weitergehen?" Ihre Stimme war bezaubernd. Und sie klang trotz des zweifelnden Inhalts verliebt. Allerdings war es die verbotene Frage. Eine der wenigen, auf die er keine Antwort hatte. Und Antworten hatte er ansonsten immer. Aber eben nicht auf diese Frage. Er wusste nicht, wie es weitergehen sollte. Nicht wissen war eigentlich kein Problem für ihn – zu eloquent meisterte er sein Leben in fast allen Lagen. Jetzt war das anders. Nach Eloquenz riechende Floskeln passten in diesem Moment ganz und gar nicht.

Sie wartete ein paar Sekunden, sah ihn ob der ausbleibenden Antwort strafend an und setzte sich auf die Bettkante, während sie die Bettdecke um sich legte. Einen Blick auf ihren Körper, den sogar sie selbst trotz ihrer Bescheidenheit als attraktiv bezeichnen würde, verwehrte sie ihm damit. Und sie hakte nach: „Sag mir, was du denkst."

„Du faszinierst mich." Er machte eine kurze Pause. „Du bringst mein Leben ins Wanken."

Sie dachte kurz nach. Und sie filterte gedanklich das Positive aus seiner Antwort heraus. Sie beschloss, dass ihr diese zwei kurzen Sätze reichten und sie lächelte. ‚Ins Wanken bringen' klingt ziemlich gut und das sollte erst einmal genügen. Für heute zumindest. Ohne die Decke mitzunehmen stand sie auf und ging in Richtung Hotel-Bad. Damit war ihm nun wieder ein Blick auf ihren mit dezenten Wölbungen versehenen Hintern vergönnt. Sie wusste ganz genau, was das schon wieder bei ihm auslösen würde. Sie kannte ihn. Inzwischen kannte sie ihn gut. Und sie wusste, dass er eines Tages alles für sie aufgeben würde.

Winkler

Verena Winkler hob die Hand, um an die Tür zu klopfen. Zuvor hatte sie sich noch am Namensschild vergewissert, dass sie richtig war: „Margot Brinkmann Schuldnerberaterin N-Z". Hier hatte die blonde Mitvierzigerin um 16.00 Uhr einen Termin, den sie nach absolvierter Frühschicht zeitlich gut erreichen konnte und auch pünktlich erreicht hatte. Der Weg hierher war ihr schwergefallen. Aber sie wusste keinen Ausweg mehr. Und sie konnte noch nicht einmal mit ihrem Mann darüber sprechen. Udo sah keinen Anlass, sich Sorgen zu machen. Vielleicht schaute er auch bewusst weg bei diesem Thema. Also nahm es Verena selbst in die Hand. Sie klopfte zweimal etwas zaghaft an die Tür.

„Hallo, Verena." Es war eine bekannte Stimme, die sie in ihrem Rücken hörte. So bekannt, dass sie ihr durch Mark und Bein ging. Die Stimme gehörte zu Daniela. Und Daniela war nicht irgendwer. Sie war eine ihrer besten Freundinnen. Verena wäre am liebsten im Boden versunken.

„Hallo, Danny." Ihre Stimme verriet Unsicherheit. „HIER arbeitest du? Ich dachte …". Dass die dunkelhaarige, leicht untersetzte Mitvierzigerin Daniela hier nicht als Kundin oder Besucherin war, das war offensichtlich. Mit eleganter Hose, Bluse und einer Akte in der Hand war klar, dass sie hier ihre Brötchen verdiente. Verena wusste nur, dass ihre Freundin seit vielen Jahren beim Sozialamt beschäftigt war – offenbar im selben Gebäude wie die Schuldnerberatung. ‚Na toll', dachte Verena.

„Wir haben unsere Büros auf der anderen Seite …" Daniela deutete mit einem Handzeichen den Gang entlang. Ihr war klar, wie unangenehm die Situation für Verena sein musste. Und auch für sie selbst war dieses zufällige Treffen eher peinlich. Trotzdem oder gerade deshalb wollte sie die Situation so nicht stehen lassen. „Übrigens. Zimmer 212. Mein letzter Kunde ist schon raus, ich bin aber noch eine Stunde hier." Daniela zögerte kurz. „Kommst du gleich mal vorbei?" Sie machte noch einmal eine kurze Pause. „Aber nur, wenn du Zeit hast." Sie wollte ihrer Freundin unbedingt die Möglichkeit geben, Nein zu sagen. Es wäre vielleicht für beide Seiten das Beste.

„Das ist lieb von dir, aber ich habe es nachher supereilig – sorry, Danny. Vielleicht ein andermal." Verena ging auf Daniela zu und drückte ihr ein nachträgliches Begrüßungs-, aber jetzt wohl eher ein Abschiedsküsschen auf die Wange. „Wir sehen uns ja morgen Abend."

„Ja, stimmt! Ich freu mich!" Daniela lächelte etwas verlegen, drehte sich um und machte sich auf den Weg – offenbar in Richtung ihres Arbeitsplatzes.

„Herein." Erst jetzt kam das Signal aus dem Büro, die Tür öffnen zu dürfen.

Verena saß der Schreck über die zufällige Begegnung noch im Nacken. Sie riss sich zusammen, ergriff die Türklinke, da fiel ihr noch etwas ein. „Danny!" Verena wartete, bis ihre Freundin stehen blieb und sich umdrehte.

„Ja, Schnecki." Daniela nannte sie manchmal liebevoll so – wie auch der gesamte Freundeskreis.

„Danny." Verena fielen die Worte offenkundig schwer – gerade auch, weil sie jetzt ihre Stimme dämpfte. „Udo weiß übrigens von nichts … Also, dass ich hier bin, meine ich."

Die beiden Freundinnen sahen sich einen Moment in die Augen. Verena konnte dem allerdings nur kurz standhalten. Sie spürte wie so oft in letzter Zeit, dass sie erschöpft war. Die Probleme der letzten Woche mit Arbeit, Familie und Finanzen, das morgens auf der Waage dokumentierte fehlende dicke Fell und jetzt auch noch diese unheilvolle Begegnung.

War da ein Vorwurf in Danielas Blick? Weil sie ihr nichts von den Problemen erzählt hatte? Wie lange kannten sie sich? Zehn Jahre … oder zwölf? Wie oft waren sie gemeinsam im Urlaub gewesen? Wie oft hatten sie sich schon gegenseitig den Rücken eingecremt? Jetzt quälte Verena auch noch dieses Schamgefühl.

„Klar." Nach Danielas knapper Antwort trafen sich die Augen der beiden Freundinnen erneut. „Klar, Schnecki. Von mir erfährt er nichts." Nun kam ein Lächeln hinzu, erst bei Daniela, dann bei Verena.

„Herein", quoll es ungeduldig und dieses Mal etwas lauter durch die viel zu große Ritze zwischen Fußboden und Behördentür.

Michaelis

Bernd Michaelis kam an diesem Tag überpünktlich nach Hause. Er hatte es seiner Frau versprochen, die als Hotelmanagerin – wie so oft – Veranstaltungen am frühen Abend organisieren musste. Aber Bernd wusste, dass seine Kinder das nicht ausnutzen würden. Und er fühlte sich bestätigt, als er die Tür seines SUV in der im Haus integrierten Tiefgarage öffnete. Da waren Laute einer Violine vernehmbar, die an sein Ohr drangen – mit der bekannten Melodie des 1. Satzes von Mozarts Kleiner Nachtmusik. Das war sofort zu erkennen.

Und es war ebenfalls hörbar, dass da jemand sein Instrument beherrschte. Seine Tochter Magdalena hatte das Geigespielen mit sieben Jahren begonnen. Schon ein halbes Jahr später klang das Aufeinandertreffen von Bogen und Saite nach Musik. Keine quietschenden Töne, die manche musikliebende Familie in Nah und Fern über Jahre ertragen musste. Auch das hatte im Hause Michaelis besser funktioniert als andernorts – wie so vieles.

Die positiven Folgen waren unübersehbar: Als vorläufigen Höhepunkt durfte sie in einem außergewöhnlich guten Jugendensemble als eine der beiden Violinistinnen mitspielen. Und das bei der Mozart-Darbietung im Rahmen der Deutschen Meisterschaften der Jugend-Kammermusikensemble, dessen Finale demnächst in Berlin anstand.

Bernd hatte zu seiner ältesten Tochter eine besonders innige Beziehung. Nie hatte Magdalena Probleme bereitet. Immer war sie leistungswillig und sie lieferte stets ab. Ihre Eltern zu enttäuschen – das kam für die Älteste des Michaelis-Nachwuchses nicht in Frage. Daher war bei ihr die Pubertät auch ungewöhnlich glatt verlaufen.

„Wunderbar." Bernd war mittlerweile oben im Haus angekommen, um die Kinder zu begrüßen. Bei Magdalena steckte er nur kurz den Kopf durch den Türspalt und zeigte neben dem von sich gegebenen Adjektiv auch mithilfe des nach oben gerichteten Daumens, was er von der musikalischen Übung hielt. Um gleich danach mit Mimik und Gestik zu signalisieren: ‚Mach so weiter. Ich will gar nicht stören' und die Tür wieder zu schließen.

Es war ein schönes Gefühl für Bernd zu wissen, dass alle seine drei Kinder ihn mochten und zu ihm aufsahen. Seine Meinung zählte. Er hatte einen guten Umgang mit Magdalena sowie ihren beiden Geschwistern Patrizia und Konstantin gefunden. Die Kinder wussten, dass ihr Vater ein angesehener und beruflich erfolgreicher Mann war. An der Universität war er der Kanzler und damit der Leiter der Verwaltung, außerdem Mitglied des Präsidiums. Das brachte ihm in seinem Freundeskreis den Namen ‚Kanzler' ein, was er nach außen nicht, aber im Geheimen schon, mochte. Auch seine Kinder fanden es cool, dass ihr Vater von Beruf Kanzler war. Und ab und zu kokettierten sie damit – besonders der 13-jährige Konstantin.

„Guten Abend, junger Mann". Tino hatte seinen Vater bereits gehört, was ihn offensichtlich dazu veranlasste, sein Cello wieder zwischen die Beine zu nehmen. Diesen Schachzug durchschaute Bernd allerdings, nachdem er das Zimmer seines Sohnes betreten hatte. „Schön, dass du so fleißig übst", sagte er mit einem Augenzwinkern. Beide Seiten wussten Bescheid. Schließlich war Tino kein begeisterter Musiker.

„Wenn überhaupt, dann Schlagzeug" hatte er sich vor Jahren mal gewehrt. Aber das kam für Dr. Bernd Michaelis nicht infrage. „Musikinstrument, habe ich gesagt", hatte er damals geantwortet.

„Hausaufgaben fertig, Konstantin?"

Bernd sprach ihn immer mit vollem dreisilbigen Namen an. Aus Prinzip. Er wusste genau, dass sein Sohn lieber ‚Tino' genannt werden wollte – wie von seinen Freunden auch. Bernd hasste allerdings Abkürzungen. Konstantin hatte sich daran gewöhnt.

„Klaro, Dad." Wie viele Jungs in diesem Alter kam er mit relativ wenigen Worten aus und bestritt sein Leben dennoch oder gerade deshalb erfolgreich. Angesichts seiner guten Schulleistungen und seiner grundsätzlich positiven Einstellung zum Lernen gab es auch überhaupt keinen Anlass, an der Wahrheit dieser Aussage zu zweifeln.

„Gut so." Bernd macht eine kurze Pause. „Ich glaube, du bist heute mit Abendessen dran."

Die Gesichtszüge von Konstantin trübten sich ein. „Jaja, ich weiß."

„18:00 Uhr, abgemacht?"

Tino nickte und Bernd wusste, dass er in einer halben Stunde pünktlich an einem fertig gedeckten Abendbrottisch würde sitzen können. Er lächelte zufrieden in sich hinein und schloss die Tür.

Immer wenn seine Frau am frühen Abend noch nicht da war, machte Bernd einen Rundgang durch die Kinderzimmer. Er holte sich damit stets die Bestätigung, die er brauchte. Er wollte sich einmal mehr davon überzeugen, dass seine Kinder wohl geraten waren. Täglich wollte er das bestätigt sehen. Und er wollte auch, dass dieser Eindruck nach außen getragen wurde.

Familie Michaelis machte tatsächlich den Eindruck einer Musterfamilie. Alle Kinder waren hübsch, gepflegt und trugen Kleidung der oberen Preisklasse. Alle waren dunkelhaarig und hatten blaue Augen – genau wie die Eltern. Das machte die Familie auch optisch zu etwas Besonderem. Man spürte nicht nur, dass sie eine Einheit waren, man sah es auch. Zumal alle groß und natürlich schlank waren. Selbst die Geheimratsecken von Bernd – fast der einzige Makel im Erscheinungsbild der Gesamtfamilie – schienen sich in den letzten Monaten zurückzuentwickeln. Wie immer das auch funktionieren mochte.

„Hallo, Patrizia." Auch das Zimmer seiner mittleren Tochter betrat Bernd ohne anzuklopfen. Bereits von außen hatte er die Musik gehört, die offenbar verhinderte, dass sein Annähern rechtzeitig registriert wurde. Bernd blickte als erstes in die großen, blauen Augen seiner Tochter. Dann registrierte er ihre zerzausten, dunklen Haare. Mehr konnte er nicht sehen. Denn Patrizia saß auf ihrem Bett und hatte die Bettdecke bis zur Nasenspitze nach oben gezogen – gerade eben, das spürte ihr Vater.

„Hallo Dad." Patrizias Augen verloren sich bei diesen Worten im Raum. Sie war zu unsicher, um ihren Vater direkt anzusehen. Der registrierte das allerdings nicht – wohl aber die eigenartig gewölbte Bettdecke zu den Füßen seiner Tochter. ‚Bitte nicht', dachte er, während er mit drei großen Schritten zum Bett ging und die Bettdecke wegzog.

Der junge Mann darunter erschrak. Er war lediglich mit einer Boxershort und einem T-Shirt bekleidet. Sein Kopf hatte offenbar eben noch seitlich auf Pats Bauchnabel gelegen, die nur einen BH und einen äußerst knappen Slip trug. Die Situation war ziemlich eindeutig, auch wenn sie nicht verriet, wie weit die beiden jungen Menschen bereits gegangen waren oder noch gegangen wären.

Bernd brauchte angesichts der Szenerie gerade mal eine Sekunde bis zum Brodeln. Er war nicht in der Lage, seine Emotionen zurückzuhalten. Er packte den vielleicht 16-Jährigen am Oberarm und zog ihn mit antrainierten Kräften seines rechten Arms aus dem Bett seiner Tochter. „Was ist denn hier los?", brüllte er. Dann blickte er in das Gesicht des jungen Mannes. „Tom? Du? Ich glaub' s ja nicht. Mach, dass du hier rauskommst."

Bernd hatte richtig gesehen. Bei dem jungen Mann handelte es sich um Tom Winkler, dem Sohn seiner Freunde und Nachbarn. Tom, der sich hektisch und umständlich mit hochrotem Kopf seine Jeans anzog, hatte keinen guten Ruf – und das war noch gelinde ausgedrückt.

„Darüber werden wir noch reden. Hast du gehört, Tom?" Eine Antwort erwartete Bernd hierauf nicht. Er ergänzte vielmehr in bedrohlichem Ton: „Das wird Folgen haben."

Und in Richtung seiner Tochter sagte er etwas leiser, aber keineswegs weniger wütend: „Und wir reden sowieso noch."

Bernd schnaufte und entschloss sich, das Zimmer zu verlassen. Er war sich sicher, dass Tom jetzt gehen würde. Er betrat das gegenüberliegende Bad und schloss sich dort ein, um zumindest akustisch registrieren zu können, wann seine Tochter wieder alleine war. Dabei betrachtete er sich im Spiegel oberhalb des großzügigen Waschtisches.

Er war rot angelaufen und ins Schwitzen geraten. Bernd zog sich sein Jackett aus und schnaufte noch einmal durch. Wieder betrachtete er sich im Spiegel, während er durch Türgeräusche zur Kenntnis nahm, dass der zumindest aus seiner Sicht ungebetene Gast die Szenerie und kurze Zeit später das Haus verlassen hatte. Bernd registrierte seinen eigenen zumindest für wenige Sekunden erleichterten Gesichtsausdruck. Und er registrierte noch etwas anderes. Da waren rote Farbspuren an seinem Hemdkragen.

,Oh Mann.' Hektisch zog er sein Jackett wieder an und fuchtelte mit den Armen herum. Ja, auch mit Jackett war die Verfärbung am Hemdkragen bei manchen Bewegungen zu sehen. ,Oh Mann, oh Mann!'

Er verließ das Badezimmer und sah Patrizia mit flehendem und ängstlichem Blick in ihrer Zimmertür stehen. „Wir sprechen uns später", sagte er in einem Ton, der für die leicht verdutzte Pat jetzt nicht mehr so bedrohlich klang. Sie antwortete mit einem zaghaften „Okay", während ihr Vater ins Schlafzimmer abbog, dort ein T-Shirt herauskramte, um anschließend den Weg nach unten in die Waschküche zu nehmen.

Rosenzweig

„Schatz, was gibt's?" Michael Rosenzweig war neugierig geworden nach der SMS seiner Frau mit dem Inhalt ,Ich muss dir nachher was erzählen.' Daniela war gerade aus ihrer dünnen Sommerjacke geschlüpft, so dass ihre weiblichen Rundungen zur Geltung kamen. Nur zu Hause zeigte sie sich in engen Shirts. Ansonsten trug sie stets zumindest ein Jäckchen, das ihre überdimensionierten, aber wohl proportionierten Formen versteckte.

„Erst mal eine Begrüßung, Schatz." Mit ihren 1,55 Meter schmiegte sie sich an ihren Mann, stellte sich auf die Zehenspitzen und setzte ihm seinen Kopf herunterziehend einen langen Kuss auf den ansonsten etwa 30 cm höher liegenden Mund.

„Du bist so schön glatt." Daniela hatte nie einen Hehl daraus gemacht, dass der spärliche bis fehlende Bartwuchs ihres Mannes für sie nur positive Seiten hatte. Mit der Innenfläche der rechten Hand strich sie über seine linke Wange. „Schatz, ich bin so froh, dass ich dich habe." Michael schaute etwas verwundert und Daniela ergänzte: „Und ich bin so froh, dass wir keine Probleme haben."

„Wer hat denn Probleme?" Michael schaute seine attraktive Frau, die seit Jahren genau nach seinem Geschmack eine Kurzhaarfrisur trug, neugierig an. Daniela hatte schon des Öfteren Dinge bei der Arbeit erlebt, die sie zu Hause erzählte. Normalerweise machte sie das ohne Namensnennung. Sie war sehr pflichtbewusst und bestand eigentlich immer auf Anonymität. Schließlich erlebte sie im Sozialamt ziemlich Persönliches, was eigentlich niemanden etwas anging.

„Udo und Verena! Die beiden haben offenbar Probleme." Daniela erschrak über ihre eigene Offenheit. „Aber niemandem weitererzählen. Du weißt schon." Sie machte eine kurze Pause. „Versprichst du mir das?"

„Natürlich." Michael machte jetzt einen besorgten Gesichtsausdruck, ohne dass die Neugier in seiner Mimik verschwunden war. „Hast du die beiden im Amt getroffen?"

„Schnecki war bei der Schuldnerberatung. Sie wollte gerade ins Gespräch, da bin ich ihr über den Weg gelaufen. Wäre ich doch nur einfach vorbeigegangen."

Michael schaute weiter erwartungsvoll. „Und?"

„Naja, sie wollte sich offenbar beraten lassen." Wieder machte Daniela eine Pause. „Aber wirklich niemandem weitererzählen!"

„Okay." Michael dachte kurz nach. „Aber vielleicht hat sie nur eine Freundin besucht…"

„Ja klar, das kann sein. Aber in diesem Fall … Du musst dir mal vorstellen … Ihr war das voll peinlich … Und mir übrigens auch. Die Situation war eindeutig. Und am Ende hat sie mir noch gesagt, dass Udo nichts davon weiß. Also nicht weiß, wo sie gerade ist."

„Krass! Dann haben die Beiden ja wirklich Probleme. Finanziell auch noch. Mist!"

Daniela ergriff wieder das Wort. „Verena und Udo verdienen zwar beide Geld, aber vermutlich kommt bei Udo nicht viel rum." Sie blickte fragend und wissend zugleich. „Hätte er doch damals nur seinen Meister gemacht."

„Stimmt. Ich glaube auch, dass Udo in seinem Job nur wenig verdient. Als Installateur halt… Sein Chef stopft sich vermutlich die Taschen voll. Es wird ja immer mehr gebaut. Jetzt auch noch für die Flüchtlinge. Aber vermutlich hat Udo nichts davon."

Daniela nickte zustimmend und ergänzte: „Und Schnecki arbeitet zwar Schicht. Aber nur Teilzeit – wegen Tom. Ist ja ihre Sache. Vielleicht haben sie sich übernommen mit dem Haus. Ist ja wirklich riesig – für die drei."

„Ja, die haben bestimmt einen Wahnsinnsabtrag zu stemmen." Der Gesichtsausdruck von Michael verriet, dass er sich wirklich große Sorgen machte. Die Rosenzweigs mochten die Winklers – zumindest galt das für die Erwachsenen. Die Kinder hatten dagegen eher wenig miteinander zu tun. Tom Winkler war deutlich älter als der Rosenzweig-Nachwuchs und ging auf eine Oberschule im Nachbarort. Bei den Söhnen von Michael und Daniela, Jakob und Aaron, die noch die Grundschule besuchten, lief hingegen alles auf eine Gymnasialempfehlung hinaus. Es gab damit im Alltag eher wenig Berührungspunkte. Außer bei den gemeinsamen Freundeswochenenden.

Immer wenn die befreundeten Familien, zu denen neben Rosenzweigs und Winklers auch Michaelis, Kriechmanns und Wójcik-Müllers gehörten, zusammen wegfuhren, wurde darauf geachtet, dass auch die Kinder möglichst zueinander fanden. Das klappte eigentlich gut, auch wenn vor allem Tom Winkler das eine oder andere Mal ausgeschert war – gerade in den letzten beiden Jahren.

„Was hältst du eigentlich von dem Gerücht, dass Tom Hasch vertickt?" Michael hatte unversehens das Thema gewechselt.

Daniela sah ihren Mann halb überrascht und halb strafend an. „Glaubst du an so was?"

Ein wenig fühlte sich Michael schon ertappt. Aber er legte trotzdem nach: „Also, ich habe mich kürzlich mit Udo unterhalten. Und er hat sich schon gewundert, wie viel Geld sein Sohn bereits gespart hat. Demnächst wird er wohl mit Moped vorfahren." Daniela hakte nicht ein, also erzählte Michael weiter. „Naja. Und dann hat Jakob kürzlich von Tino gehört, dass er am Bahnhof …"

„Schätzchen, das geht mir ein wenig zu weit." Danny war es ein Bedürfnis, ihren Mann zu unterbrechen. „Ganz ehrlich. Das haben die Kinder erzählt. Und ein Moped ist auch nicht so teuer."

Michael war vom Einwand seiner Frau alles andere als überzeugt. „Mag alles sein. Ich finde aber schon, dass die Puzzleteile ziemlich gut passen. Darüber rede ich ja auch nur mit dir."

Daniela sah ihren Mann nun ziemlich streng an. „Und das gilt natürlich auch für meine Geschichte. Die kennst du ja jetzt aus erster Hand. Und morgen sehen wir die beiden ja. Also kein Wort. Sonst könnte es kompliziert werden." Daniela sammelte sich gedanklich. „Udo weiß nichts. Nur Verena und ich haben dieses Geheimnis. Und du weißt auch nichts!"

Michael nickte. Er wandte sich dem Kaffeevollautomaten in seinem Rücken zu und wählte drei Bohnen von fünf. Wohl war ihm jedenfalls nicht bei dem Gedanken, die Winklers am nächsten Tag auf Andrés Geburtstag zu sehen. Dann spürte er, wie die Arme seiner Frau ihn von hinten umschlangen und sich ihre Brüste seinem Rücken anschmiegten. Und er vernahm, dass das Strenge aus ihrer Stimme gewichen war.

„Lass uns auf andere Gedanken kommen. Du weißt ja. Donnerstag. Sturmfrei." Ihr Ton war jetzt verführerisch. Michael besann sich kurz. Auf Anstrengung hatte er sich jetzt gar nicht eingestellt. Aber er hatte schon mehrfach in den letzten Wochen abgelehnt.

„Jetzt? Nach dieser Nachricht?"

„Komm ja nicht auf die Idee, *nein* zu sagen." Danny meinte es offenbar ernst.

Michael sammelte sich kurz und erkannte, dass er keine Chance hatte. „Ich liebe es doch, wenn du so ankommst. Und ich werde dich verwöhnen." Er ergriff Dannys rechte Hand, führte sie zu seinem Mund und drückte auf deren Innenseite einen Kuss, der im Ansatz ein wenig feucht war. Dann gab er ihr einen Klapps auf ihren prallen, aber wohlproportionierten Hintern. „Wenn du mehr willst, mir nach."

Michael ließ ihre Hand los und ging schnellen Schrittes Richtung Treppenhaus, nahm jeweils zwei Stufen auf einmal und konnte sich der Verfolgung seiner Frau sicher sein. Und er wusste auch, dass er später auf dem Weg nach unten das eine oder andere Kleidungsstück finden würde.

Michaelis

„Na, der Tom, der Kleinkriminelle." Bernd hatte einen hochroten Kopf. „Der Drogendealer."

„Du meinst jetzt aber nicht den Tom von Udo und Verena?" Franziska war gerade von der Arbeit gekommen und angesichts des Gemützustandes ihres Mannes etwas überfordert.

„Na wen denn sonst? Natürlich meine ich Tom Winkler."

„Und der dealt mit Drogen? Woher weißt du das?"

„Das weiß doch jeder. Gefühlt jeder. Natürlich darf das keiner weitererzählen."

„Also Beweise hast du nicht?" Franzis Stimme war etwas provozierend – die Frage erst recht.

„Ja, soll ich mir vielleicht eine Portion Hasch bei ihm kaufen? ... Oder eine Packung oder ein Kilo oder wie immer man das nennt." Bernd schaute seine Frau verständnislos und auch ein wenig verächtlich an. „Würde dir das als Beweis reichen?"

Franziska schaute angesichts der etwas niveaulosen Äußerung Ihres Mannes leicht irritiert. Aber sie wahrte Contenance. „Okay, lassen wir das. Wir müssen schon irgendwie sachlich bleiben. Du hast Tom also aus Pats Bett geschmissen?"

„Ja, klar. Das war die einzig richtige Maßnahme. Ich hab dem Typen noch ein paar Worte erzählt. Ich hoffe, der traut sich so schnell nicht mehr hierher."

„Und was sagt Pat dazu?" Franziska versetzte sich in die Lage ihres mittleren Kindes. Sie konnte das. Sie war stets empathisch und das war eine ihrer großen Stärken. Bernd hingegen konnte und wollte das nicht. Für ihn war immer die eigene Perspektive wichtig. Ein Hineinversetzen in Patrizias Rolle hätte ihm ohnehin große Schwierigkeiten bereitet. Schließlich war sie diejenige, die auch mal ausscherte – zumindest aus seiner Sicht.

„Also, was sie sagt... keine Ahnung. Wichtig ist ja erst mal, dass wir den Typen verscheucht haben."

„Mensch, Bernd, denk doch mal nach. Die sind vielleicht verliebt. Dann ist es doch gar nicht so einfach, etwas zu verbieten."

Bernd rutschten unversehens die Mundwinkel herunter. „Erzähl keinen Mist. Unsere Tochter und der Drogendealer. Der Missratene. Verliebt. Was ist denn verliebt? Dir ist wirklich nicht mehr zu helfen."

Das saß. Franziska wandte sich von ihrem Mann demonstrativ ab. Kein Blick, keine Antwort. ‚Wem ist eigentlich nicht zu helfen?', fragte sie sich, während ihr Mann, als hätten sie sich über das Wetter unterhalten, die Fernbedienung in die Hand nahm. 20.00 Uhr. ARD. Das musste sein.

Währenddessen versuchte er noch, die Wogen zu glätten. „Sorry, Schatz, für meinen Ton. Es war ein anstrengender Tag. Und der Schock von vorhin sitzt mir noch in den Gliedern. Tut mir echt leid."

„Schon gut." Es war nicht herauszuhören, ob Franziska die Entschuldigung ihres Mannes annahm oder nicht. Sie war jedenfalls froh ob der zuletzt gemäßigten Worte, schließlich wollte sie nicht den ganzen Abend streiten.

Bernd ergriff aber noch einmal das Wort: „Aber pass auf, Franziska." Bernd nannte seine Frau nie Franzi, wählte aber schon das eine oder andere Mal einen Kosenamen. Nicht allerdings, wenn ihm die jeweils folgenden Worte wichtig waren. „Pass auf. Morgen bei Andrés Geburtstag erfährt keiner etwas davon. Wirklich keiner. Ich würde mich in Grund und Boden schämen, wenn das morgen rumginge. Wir und die Winklers …"

Franziska sagte jetzt nichts mehr. Ihr gefiel es überhaupt nicht, wie ihr Mann über ihre gemeinsamen Freunde redete. Natürlich waren die Winklers nicht ihr Niveau. Aber sie würde sich wünschen, dass sich Bernd über Udo und Verena auch unter vier Augen so respektvoll äußern würde, wie er es stets in der Öffentlichkeit tat. Aber zu Hause klangen seine Bewertungen ganz anders. Sie störte das. Sie schwieg.

Die Tagesschau hatte begonnen. Und gleich die erste Meldung ließ den beiden den Atem stocken. Da war von einem Lkw in Österreich die Rede. Mit menschlicher Ladung. Von mindestens 20 toten Flüchtlingen. Von fortgeschrittener Verwesung. Und von illegalen Schlepperbanden, die dieses Drama offenbar ausgelöst hatten.

Franziska war blass geworden. „Und wir streiten uns hier über irgendeinen Kram. Wenn ich das jetzt sehe …" Sie konnte nicht weitersprechen. Ihr standen fast die Tränen in den Augen. „Das ist so schrecklich."

Bernd rückte auf dem Sofa an sie heran und nahm sie in den Arm. „Schrecklich. Unter welchen Qualen die zu Tode gekommen sein müssen. Ich finde das auch entsetzlich. Ja, ich finde das entsetzlich, …" Er machte eine kurze Pause. „… aber sind die nicht auch ein bisschen selbst …"

Franziska saß plötzlich kerzengerade auf dem Sofa, sah ihren Mann mit entsetzten Augen an und fauchte zu ihm hinüber: „Ein bisschen selbst was?"

Kriechmann

„Oh Mann. Das war ein Tag." Anja Kriechmann legte ihren Blazer ab und hing ihn auf einen Bügel.

„Ich hab schon gehört, Schatz. Kann mir vorstellen, dass bei euch auf dem Flur einiges los ist."

„Einiges los, ist gut ausgedrückt. Aber du hast es bestimmt auch nicht besser."

„Mein Staatssekretär läuft jedenfalls Amok. Jeder redet nur noch über das Flüchtlingsproblem. Gleichzeitig ist man geschockt über die Toten in Österreich."

„Entsetzlich. Das ist bei uns das Wort der Stunde. Entsetzen und Erschütterung … unsere Sprachregelung überbietet sich. Aber eigentlich wollte ich gar nicht mit der Arbeit anfangen." Anja blickte ihren Mann lächelnd und vielsagend an. „Es gibt nämlich auch gute Neuigkeiten." Sie deutete auf ihre 15-jährige Tochter, die sie eben vom Balletttraining abgeholt hatte. „Deine Tochter wird am Samstag einige Male im Mittelpunkt der Aufführung stehen." Anja schaute ihre attraktive, recht groß gewachsene Tochter stolz und herausfordernd an. „Erzähl mal, Emily."

Emily war ebenfalls stolz, aber gleichzeitig etwas verlegen. „Naja, Sarah ist krank geworden und dann mussten wir was verändern. Und ich darf dreimal für sie einspringen. Alle wollten das so. Und morgen habe ich deswegen Extratraining."

„Hey hey hey, das ist ja großartig, Tochter-Herz." André ging auf Emily zu und nahm seine Tochter – annähernd auf Augenhöhe – fest in den Arm. Sie genoss das. Und sie genoss das Ansehen, das sie beim Ballett offenbar hatte.

„Damit wird das Wochenende noch etwas härter", ergänzte Anja. „Die Vorführung am Samstag wird bis nach 22:00 Uhr gehen. Und am nächsten Morgen um neun ist ja ihr großes Reitturnier."

„Ach ja, stimmt." André war sich des bevorstehenden, ziemlich vollgestopften Wochenendes offenbar noch nicht wirklich bewusst. Bei ihm kam noch hinzu, dass er Freitagabend seinen 49. Geburtstag feiern würde. Und die Vorbereitung hatte noch gar nicht begonnen. Es war für die Kriechmanns eine Selbstverständlichkeit, warmes Essen, jede Menge Sekt, andere Getränke und selbstredend ein perfekt gesäubertes Haus anzubieten.

„Du glaubst gar nicht, wie stolz ich auf dich bin, Emily." Trotz der Terminflut dachte André keine Sekunde daran, bei einem der Wochenendereignisse nicht dabei zu sein.

Die Angesprochene strahlte, machte aber kurz darauf wieder ein ernüchtertes Gesicht. „Das bedeutet aber auch, dass ich jetzt noch für die Mathearbeit am Montag lernen muss."

„Du Ärmste. Alles auf einmal – wie immer." Ihre Mutter machte, während sie das sagte, ein verständnisvolles Gesicht. Kurz danach war Emily über das Treppenhaus entwischt und auch schon in ihrem Zimmer verschwunden.

„Wow, Hammer. Du kannst mir jedenfalls glauben, Schatz, dass ich mich freue." André machte dann ein Gesicht, als wollte er noch etwas Relativierendes ergänzen. „Aber ganz ehrlich: Ich bin jetzt schon platt, wenn ich nur daran denke. Wie erholsam das Wochenende wird, das kann man sich ja denken."

„Erholung? Was ist das?" Anja zwinkerte ihrem Mann zu.

„Keine Ahnung. Meine Oma hat mal davon erzählt." Die Kriechmanns hatten jedenfalls eine nette Art, mit solchen Herausforderungen umzugehen.

André und Anja Kriechmann waren seit 22 Jahren verheiratet. Beide hatten in jungen Jahren Politikwissenschaft studiert, sich dabei kennen und lieben gelernt und waren in den Politikbetrieb eingestiegen. Innerhalb des höheren Dienstes hatten beide bereits die eine oder andere Beförderung im Innenministerium hinter sich. André arbeitete einem Staatssekretär zu und Anja war zweite Pressesprecherin. Eine Reduzierung auf Teilzeit kam für sie nicht infrage, dafür waren beide beruflich zu ambitioniert.

Die Familienarbeit war über all die Jahre trotzdem sehr gut gelaufen. „Es ist eine Sache der Organisation", hatte Anja immer wieder gesagt und in diesen Jahren zahlreiche Babysitter, Hausaufgabenhilfen, Putzkräfte und Fahrdienste für ihre Kinder organisiert. Auf das Geleistete war sie stolz, und auf ihre Kinder im besonderen Maße. Emily war ein auffällig hübsches, sportliches Mädchen. Sie hatte ihr Wachstum offenbar schon weitgehend hinter sich, überragte mit ihren 15 Jahren ihre Mutter bereits deutlich und war annähernd so groß wie ihr Vater. Ihr Bruder Lukas war mit seinen 13 Jahren noch einen ganzen Kopf kleiner als sie. Dieser optische Unterschied fiel auf den ersten Blick auf und erklärte sich vor allem dadurch, dass Lukas ein Adoptivkind war. Gleichwohl war er mindestens ebenso sportlich wie seine Schwester und ein Aushängeschild der Leichtathletikabteilung im größten Verein der Gemeinde.

„Und morgen ist dein Geburtstag. Das ist ja auch nicht wirklich Erholung." Anja sagte das mit einem süffisanten Unterton und ihr Mann verstand ihre Andeutung.

„Wir schaffen das schon mit der Vorbereitung." André machte eine kurze Pause und sammelte seine Gedanken. „Und wir werden auch die Gesprächsthemen im Griff haben." Er schaute seine Frau selbstbewusst – mit einem Hauch von Überheblichkeit – an und ergänzte: „Wir sind schließlich Profis."

Anja wusste, was ihr Mann mit dieser Andeutung meinte. Es hatte im Freundeskreis, der früher aus vier und heute aus fünf Familien bestand, innerhalb der letzten Monate bei Treffen und Feierlichkeiten immer mal wieder Meinungsverschiedenheiten gegeben. Die wurden zwar meistens blitzschnell unter den Teppich gekehrt, aber im Vergleich zur großen Harmonie der vergangenen Jahre stellten sie eine wahrnehmbare atmosphärische Veränderung dar.

Anja merkte, dass ihrem Mann noch etwas auf dem Herzen lag, und sie ließ ihn weitersprechen.

„Übrigens, was unsere süße Polin angeht: Elly tut uns richtig gut – uns allen. Sie gleicht mit ihrer Art so einiges aus. Gerade wenn es mal holpert. Soll ja vorkommen. Dann ist ihre charmante Art genau richtig. Auch für uns als Gruppe. Fällt dir das auch auf?" André sah seine Frau fragend an.

„Na, dass du die Frau toll findest, war ja klar."

André lächelte und wurde dann gleich wieder ernst. „Nein, ernsthaft, sie hat doch ein ausgleichendes Wesen. Und auch eine andere Vergangenheit. Das tut uns doch allen gut."

Elena Wójcik-Müller, geborene Wójcik, war vor einem Jahr in Kriechmanns Nachbarhaus gezogen. Die gebürtige Polin hatte sich in

Berlin von ihrem Mann getrennt, konnte sich dort eine Wohnung mit ihrem Sohn Damian aber nicht leisten. Das kleine, alte Haus, das den Kriechmanns ursprünglich eher ein Dorn im Auge war, wurde zu Elenas und Damians Zuhause. Auch wurde der Garten seitdem ordentlich gepflegt. Kriechmanns war das ganz besonders wichtig. Und weil Elena eine offene, zugängliche Art hatte und sich ihr Sohn mit Jakob Rosenzweig angefreundet hatte, wurde ein jahrelanger Freundeskreis, bestehend aus vier Familien, um die alleinstehende Polin und ihren Sohn erweitert. Beim letzten Freundes-Wochenende waren sie und Damian auch schon mit dabei und jeder fand darüber nur lobende Worte.

„Ja, Schatz, du hast schon recht. Sie passt. Übrigens auch im Verein."

„Ein einnehmendes Wesen halt – das kann man nicht von jedem behaupten. Aber lassen wir das …" André schaute seine Frau herausfordernd an. „Ich habe gehört, du wolltest meinen Geburtstag diesmal ganz alleine organisieren …"

Der Konter ließ allerdings nicht lange auf sich warten: „Das hättest du wohl gerne. Im Gegenteil. Es ist 19:30 Uhr und ein ziemlich eiliger Einkaufszettel liegt auf dem Tisch. Für dich, mein Schatz!"

***

„Nabend allerseits." Bernd begrüßte die beiden anderen Vorstandsmitglieder in aller Hektik.

„Moin." Karsten konnte Bernd einen strafenden Blick auf seine Uhr allerdings nicht ersparen.

„Jaja, sorry, bin echt spät heute. Ich musste noch was klären mit Franzi. Da konnte ich nicht früher los. Ihr wisst ja, wie Frauen manchmal sind."

Karsten sagte hierzu nichts. Bestätigung für seinen Vorstandskollegen war aus seiner Sicht nicht angebracht. Denn schließlich war er nie in der Situation, von der eigenen Frau an der Gestaltung seiner Freizeit gehindert zu werden. So etwas kam im Hause Blatter einfach nicht vor. Das hätte die Rollenverteilung niemals hergegeben. Aber das war zu diesem Zeitpunkt nicht wichtig. Nicht für Karsten und auch nicht für Rainer, der als drittes Vorstandsmitglied bereits am Tisch saß.

Die Sitzung wurde kurzfristig und inoffiziell einberufen. Mit den drei Herren war der Vorstand vollständig. Karsten war erst vor wenigen Wochen zum Vorstandschef von ,Better Place' gewählt worden – ebenso wie die beiden anderen Vorstände. Ihre Vorgänger hatten den Dreien ein bestelltes Feld überlassen: ein aktives Vereinsleben für alle Altersstufen mit Ausflügen, Diskussionsrunden, Umweltaktionen, Sport und sozialem Engagement. Kein Wunder, dass der Verein fast 500 Mitglieder hatte. Damit war annähernd jeder zehnte Bewohner der Gemeinde Mitglied. Der Verein war ein Aushängeschild für die Kommune.

Und auch Karsten selbst war ein Aushängeschild und äußerst beliebt. Er wurde erst vor Kurzem mit einhundert Prozent der Stimmen in sein Amt gewählt. Karsten war groß, muskulös und gutaussehend. „Ich kenne keine Frau, die nicht gerne für eine Nacht mit ihm ihre Ehe riskieren würde", gab etwa die attraktive Leiterin der Pfandfindergruppe immer mal wieder ungefragt von sich. Auch wenn sich ihre Behauptung wohl eher auf eigene Wünsche als auch Empirie stützte, so blieb der Widerspruch stets aus.

Karsten hatte allerdings mehr zu bieten als typisch männliche Gesichtszüge, ein gepflegtes Äußeres und den allseits vermuteten Waschbrettbauch. Sein Outfit bestach durch Modernität, Markenbewusstsein und Sportlichkeit. Darüber hinaus war er äußerst eloquent – das zeigte sich vor allem in der Öffentlichkeit. Sein gescheiteltes Haar passte ebenso zu ihm wie sein Zahnpasta-Lächeln. Als Berufssoldat und Major der Bundeswehr war er zudem beruflich erfolgreich. Kein Wunder also, dass seine Frau Geli von zahlreichen Damen im Ort und vor allem im Verein beneidet wurde. Die wiederum genoss das Privileg, die Nummer Eins zum Traualtar geführt zu haben.

Heute aber war sein Gesichtsausdruck ernster als sonst. Bernd und Rainer registrierten das durchaus, bevor Karsten das Wort ergriff: „Dank euch jedenfalls, dass ihr beide da seid. Es ist ja auch schon ganz schön spät. Ich weiß, dass es keine Selbstverständlichkeit ist, euch um diese Zeit hier zu sehen." Karsten schaute die beiden anderen Vorstandmitglieder an, während er das sagte und ergänzte: „Ich weiß das zu schätzen. Und ich hätte euch nicht hierhergebeten, wenn nicht etwas Außergewöhnliches passiert wäre." Karsten macht eine kurze Pause. „Es sind dunkle Wolken in Sicht. Das kann ich euch sagen."

Bernd und Rainer schauten sich leicht irritiert an, waren aber ganz Ohr. Sie hatten nicht die leiseste Ahnung, in welche Richtung die Andeutungen gehen sollten. Karsten holte nun aus:

„Also, ich war heute bei Horst. Und der Vollidiot – Entschuldigung – ihr wisst ja, ich mag unseren Bürgermeister und wir haben ihm viel zu verdanken. Aber trotzdem – der Vollidiot hat sofort seine Hand gehoben, als es darum ging, ausgerechnet bei uns – und jetzt haltet euch fest …" den Spannungsbogen baute Karsten ganz bewusst auf „… ausgerechnet bei uns … ein Flüchtlingsheim zu bauen."

Bernd und Rainer waren von dieser Information tatsächlich überrascht und ihnen entglitten erkennbar die Gesichtszüge. Was Rainer nicht darin hinderte, noch mal konkret nachzufragen: „Wie, er hat die Hand gehoben?"

„Naja, die Bürgermeister der Region waren beim Kreisrat, der hatte gefragt und eine Hand ging hoch. Ich könnte kotzen."

Jetzt ergriff Bernd das Wort und versuchte, Sachlichkeit walten zu lassen. „Ja, das könnte Probleme mit sich bringen. Aber man muss auch realistisch sein. Irgendwo müssen die Unterkünfte ja hin. Diskutiert wird ja überall darüber."

Jetzt war es Karsten, in dessen Gesicht sich Entsetzen breitmachte. „Bernd, du Gutmensch. Denk doch mal nach: Wenn wir so freiwillig die Hand heben, dann kannst du dir vorstellen, wie viele hundert oder sogar tausend Flüchtlinge zu uns kommen werden." Karsten sah herausfordernd in die Runde und machte dann einen bedeutungsvollen Gesichtsausdruck. „Aber das krasseste, das wisst ihr ja noch gar nicht. Die Gemeindevertretung ist einverstanden und hat auch gleich ein Grundstück angeboten."

Karsten war sich jetzt der Aufmerksamkeit seiner Zuhörer sehr bewusst. Mit so konkreten Informationen hatte niemand gerechnet. Er zeigte mit seinem rechten Arm direkt nach vorne. „150 Meter in diese Richtung." Und als wäre er möglicherweise nicht verstanden worden, wiederholte er: „150 Meter in diese Richtung. Also direkt neben unserem Aktivitätsgelände." Jetzt schaute er – seinen Arm in die erwähnte Richtung deutend – seine beiden Zuhörer herausfordernd an. Die sagten aber erstmal nichts. „Ihr könnt euch bestimmt vorstellen, dass ich dem Horst ... naja ... ich hab ihm halt gesagt, was ich davon halte. Hat ihn aber nicht interessiert. Er ist nämlich auch so ein verdammter Gutmensch." Er blickte Bernd herausfordernd an und nahm erst danach seinen rechten Arm herunter.

Bernd senkte den Kopf. Den Gutmenschen-Vergleich mit Horst Klarmann, dem ehrenamtlichen Bürgermeister der Gemeinde, mochte er nicht. Horst war ein schlechter Bürgermeister. Fast jeder wusste das, wahrscheinlich auch er selbst. Zur nächsten Wahl wollte er nicht mehr antreten. Dass Karsten nun seinen Namen mit dem dieses Versagers in einen Topf geworfen hatte, gefiel ihm überhaupt nicht. Aber er sagte nichts. Er war sich der Machtstrukturen im Verein durchaus bewusst. Zu Hause – da war er der Chef. Und im Beruf – da war er ebenfalls meistens der Chef. Aber im Verein – da war er die Nummer zwei – zusammen mit Rainer. Das war ein großer Unterschied. Also kam kein Widerspruch. Stattdessen meldete sich Rainer zu Wort.

„Unsere Kinder sollen also direkt neben dem … neben dem … naja neben diesen Leuten spielen. Wo die wohnen und wo die rumgammeln. Ich könnte kotzen." Rainer dachte kurz nach. „Da müssen wir was machen."

Bernd blickte etwas hilflos zu Karsten herüber. Der wiederum nahm Bernd fest ins Visier und aus dem Gesichtsausdruck war eindeutig die Aufforderung zur Positionierung herauszulesen.

Das überforderte Dr. Bernd Michaelis, den Kanzler, und er geriet ins Schwitzen. Letztlich kam er aber um eine Reaktion nicht herum, auch wenn diese sehr leise ausfiel. „Ja, … was machen … müssen wir …"

Wir schaffen das

28. August

„Natürlich müssen wir was machen." Danny hatte dieses Leuchten in den Augen. Sie war mit Michael und auch mit Elena zusammen als erstes bei Andrés Geburtstag aufgetaucht, hatte das gemeinsame Geschenk überreicht und dem Geburtstagskind ein Küsschen auf die Wange gedrückt. „Michael und ich – wir stehen jedenfalls bereit."

Ihr Mann nickte zustimmend. „Habt ihr die Bilder vom Budapester Bahnhof gesehen?" Er blickte in die nickenden und mitfühlenden Gesichter seiner Frau, seiner Nachbarin Elena, seiner langjährigen Freunde Udo und Verena und in die eher abwartend-zurückhaltenden Mienen von André und Anja. Die waren erstmals als Gastgeber zur Ruhe gekommen und konnten sich jetzt an den Gesprächen beteiligen. Es gab allerdings bislang nur EIN Thema.

„Ich bin dabei. Wenn ich darf. Ihr nehmt mich doch mit, wenn ihr was macht." Elena sagte das ironisch zurückhaltend mit ihrem bezaubernd klingenden polnischen Akzent, den sie bewusst steuern konnte.

„Klar, mein Schatz, nehmen wir dich mit. Wenn du immer lieb bist. Aber das bist du ja." Auch Danny wusste eine Portion Ironie einzusetzen.

„Ich bin immer lieb." Elena verdrehte die Augen, was bei ihr entzückend aussah und lächelte dabei ansteckend. Es war dieses Lächeln, das ihr in den letzten Monaten viele Sympathien eingebracht hatte – so auch in diesem Moment. Dann kehrte die Neugier zurück in ihr Gesicht. „Aber was machen wir? Also was genau?"

Michael reagierte als erstes. „Wenn es hier eine Flüchtlingsinitiative gibt, bin ich jedenfalls dabei. Wenn es nur in der Nähe eine gibt, …" Er dachte kurz nach „… dann auch. Keine Ahnung, wo die Flüchtlinge überall hinkommen. Weiß jemand was?"

„Möchte noch jemand was zu trinken?" André, der bereits am Vormittag mit Bernd telefoniert und die Neuigkeiten erfahren hatte, störte mit seiner Höflichkeitsfrage die Gesprächsrunde. „Ich habe leckeren französischen Wein. Weißwein natürlich – bei diesem Wetter."

Daniela war etwas irritiert. „Guck mal, Geburtstagskind. Noch keiner hat seinen Sekt ausgetrunken." Danny schaute wieder in die Runde. „Also, ich weiß nichts. Die Bedingungen bei uns sind aber nicht schlecht, hab ich irgendwo gelesen. Es könnte also passieren …"

In dem Moment klingelte es. Das war eigentlich wenig aufregend, denn jeder wusste, wer gerade angekommen war. Schließlich feierte man die Geburtstage fast ausnahmslos mit denselben Freunden. André war trotzdem hocherfreut über den willkommenen Grund, die Runde und die diskutierte Thematik zu verlassen, um seine bislang noch fehlenden Gäste zu empfangen.

Bernd und Franzi hatten ihre Verspätung zuvor per Smartphone angekündigt. Jetzt standen sie strahlend in der Tür und schmetterten mit Sopran und Bariton ein perfektes und mitreißendes ‚Happy Birthday' in die Räumlichkeiten, sodass alle einstimmen wollten und mussten. Genau so hatte Bernd das Ganze samt der bewundernden Blicke geplant. Und auch Franziska, die eigentlich nicht so viel Aufmerksamkeit brauchte, genoss es.

„Danke, Kanzler. Und lieben Dank, Herzchen." André nahm die beiden in den Arm und empfing dabei wohlformulierte Glückwünsche. Auch jeder der anderen Gäste wurde von Bernd samt Gattin strahlend und immer mit einem Scherz auf den Lippen begrüßt. Hätte es einen Beobachter dieser Runde gegeben, es wäre ihm sofort klargeworden, dass die meisten der hier Anwesenden bereits seit langem befreundet waren. Man war sich vertraut und zeigte, dass man sich mochte. Und man konnte über vieles reden. Eigentlich.

„Jetzt, wo der Kanzler da ist. Er weiß doch bestimmt etwas Neues …" Überraschend hatte Udo Winkler das Wort ergriffen. Bernd irritierte das. Was war das denn jetzt für ein Kommentar? Einige Bruchteile von Sekunden musste er daran denken, dass er gestern Udos Sohn aus dem Haus geschmissen hatte. Aber damit hatte die Andeutung bestimmt nichts zu tun. Außerdem hätte Tom das niemals zu Hause erzählt, da war sich Bernd sicher.

„Ich weiß doch alles, lieber Udo." Bernd nahm seinen langjährigen Freund mit einer väterlichen Bewegung in den Arm und sah ihn vertrauensvoll an. Udo hielt sich an einer Flasche Bier fest, die er sich mittlerweile organisiert hatte, und fühlte sich schon ein bisschen bedrängt vom Kanzler. Er ließ sich allerdings nichts anmerken. „Na, ob die Flüchtlinge auch zu uns in den Ort kommen …"

Michael ergänzte: „Wir hatten gerade darüber gesprochen, wie die Flüchtlinge in unserem Kreis wohl verteilt werden. Weißt du was?"

Bernd erschrak, konnte das aber erfolgreich verbergen. Mit diesem Thema hätte er nicht gerechnet. Die kurze Zeit des Nachdenkens nutzte Danny für eine weitere Ergänzung: „Wir haben nämlich gerade darüber gesprochen, eine … naja eine Art Initiative zu gründen, um den Flüchtlingen zu helfen."

Jetzt erschrak Bernd erst recht. Es war aber lediglich ein Zucken in seinen Augen zu erkennen, das dies hätte verraten können. Nur André war das aufgefallen, den Bernd jetzt mit strengem Blick ansah. Und der hatte nur eine unmissverständliche Bedeutung: ‚Sag jetzt nichts Falsches!'

„Keine Ahnung. Ich war die ganze Woche lang im Büro." Dann machte Bernd eine kurze Pause. „Aber wenn ich ehrlich bin: Die Nachrichten sind voll davon und in Berlin wird an jeder Ecke darüber gesprochen. Überall geht es um die Flüchtlingskrise. Dabei bevorzuge ich doch …" Bernds Stimme wurde lauter und betonter „… mit den besten

Geburtstagswünschen für meinen Freund André … ein Glas Sekt". Ein solches schnappte er sich vom Tablett, das ihm Anja gerade unter die Nase hielt – ein weiteres für seine Frau. Dann schaute er bedeutungsvoll in die Runde. „Lang sollst du leben, mein Freund. Gesund sollst du bleiben. Lieben Dank für deine Einladung!"

Ein 36-faches durch Jeder-mit-Jedem-Anstoßen erzeugtes Klirren schloss sich an. Dann setzten alle zum Trinken an und es war für einige Sekunden ruhig im Raum. Elena stellte ihr Glas als erste wieder auf den Tisch. „Wärst du denn dabei? Also bei der Initiative?"

Bernd war einen Moment lang irritiert, verlor aber gegenüber Elena nicht seinen bewusst neutralen Gesichtsausdruck. „Hast du denn schon mal erlebt, dass ich einmal nicht …"

„Das Buffet ist eröffnet. Danke, dass ihr alle da seid. Lasst es euch schmecken!" Die lauten Worte des Geburtstagskindes sorgten nicht nur für den vorübergehenden Abbruch der Gespräche, sondern erzeugten auch eine allgemeine Bewegung in Richtung Klavier. Rund um dieses Instrument waren leckere kalte und warme Speisen aufgebaut.

„Und … wärst du dabei?" Elena fragte Bernd nun aufgrund der aufkommenden Unruhe und der Bewegung im Raum quasi unter vier Augen, traf aber nicht seinen Blick.

„Das sieht ja vorzüglich aus. Dank an die Vertreter des Innenministeriums!" Bernd ließ Elena mit ihrer Frage allein und wandte sich den gelieferten Frikadellen zu. Danny und Michael hatten die Szenerie etwas irritiert beobachtet.

Rosenzweig

„Dass Udo und Schnecki auch gleich gehen. Und auch Elly. Hätte ich nicht gedacht." Michael schaute auf die Uhr. „Es war noch vor Mitternacht."

„Na ja – ich glaube nicht, dass sich alle wohl gefühlt haben – also richtig wohl. Erst ging's um die Flüchtlinge. Mit tausend Ideen. Dann, als die Michaelis dabei waren, gar nicht mehr. Komisch." Daniela wirkte nachdenklich, während sie die Haustür aufschloss. „Sag mal, hab ich was falsch gemacht?"

Michael war überrascht – mit selbstkritischen Fragen hatte er gar nicht gerechnet. „Überhaupt nicht. Du bist halt begeisterungsfähig. Genau wie Elly. Und ihr wollt – das heißt: Wir wollen etwas auf die Beine stellen für die Flüchtlinge. Aber das Thema ist halt kein Thema für eine Party. Gut von euch, dass ihr es nicht mehr erwähnt habt. Ich glaube, André war es wichtig, seinen Geburtstag zu feiern – richtig zu feiern, meine ich."

„Ich weiß nicht. Bernd war schon distanziert. Und André war auch nicht so ganz entspannt. Nicht, dass ich ihm die Party kaputt gemacht habe." Daniela sah ihren Mann an und noch bevor er widersprechen konnte, ergänzte sie: „Ich möchte auch nicht, dass jetzt schlecht über mich gesprochen wird. Oder über uns."

„Quatsch. So ein Quatsch, Süße." Michael klang jetzt energisch. „Auch wenn wir nicht immer einer Meinung sind – und das kommt ja nicht allzu oft vor – auch dann kann man sich bei uns allen immer auf eines verlassen." Er machte eine kurze, aber bedeutungsvolle Pause. „Niemand redet schlecht über die anderen. Und vor allem nicht, wenn diejenigen nicht dabei sind."

Michael hatte gerade seine Jacke an der Garderobe aufgehängt, um anschließend noch seinen Gedanken zu vollenden: „Weißt du was, Schatz …?" Sein Blick war jetzt noch bedeutungsvoller. „Dass man sich darauf verlassen kann, ist genau das, was ich an unseren Freunden so schätze."

***

„Denen ham se wohl ins Hirn …" Bernd kassierte einen Seitenhieb von Franziska, der erfolgreich einen Fäkalbegriff verhinderte. „Ich glaub's einfach nicht. Flüchtlingshilfe. Alles klar. Alles okay. Alles super. Und dann noch direkt bei uns." Bei Bernd vermischte sich, als er mit Franziska bei Kriechmanns alleine war, Ironie, Meinung und Wirklichkeit. Niemand der drei Zuhörer konnte das auseinanderhalten.

Auch der gerade 49 Jahre alt gewordene André nicht. Er hielt trotzdem dagegen: „Mach mal halblang, Bernd. Die wissen doch alle nichts von dem Flüchtlingsheim. Die unterschätzen das … dann ist man halt euphorisch …"

Bernd holte kurz Luft, sagte dann zunächst aber doch nichts. Er erinnerte sich daran, dass er gebildet war. Und daran, dass er Niveau hatte – als Kanzler – und überhaupt. Außerdem erinnerte er sich daran, dass er mehr wusste als diejenigen, die schon gegangen waren. Also besann er sich seiner Qualitäten und wandte sich André zu. Mit gedämpftem Tonfall sagte er: „Du hast recht, mein Freund. Danke, dass du mich wieder einfängst."

Wer Bernd kannte, der wusste, dass er das nicht gerne gesagt hatte. Aber er wandte diesen taktischen Kniff an, um André, der bei seiner Feier das eine oder andere Glas Wein getrunken hatte, auf seine Seite zu bringen. Schließlich war die Stimmung während der Party und in Teilen des Freundeskreises so ganz anders als am Vorabend beim Verein. Bernd spürte daher einen unangenehmen Konflikt auf sich zukommen. Sein Weitblick war schon immer seine Stärke gewesen und in solchen Dingen irrte er sich nicht. Also ergänzte er: „Vielleicht kannst du dir aber doch vorstellen, dass Karsten gestern gehörig getobt hat. Ich hab dir das ja schon so andeutungsweise erzählt." Bernd dachte kurz nach. Wie weit sollte er jetzt gehen? Er entschied sich für die – aus seiner Sicht – mutige Variante, zumal André nicht erneut widersprach. „Und je mehr ich darüber nachdenke, desto mehr wird mir klar, …"

Wieder machte Bernd eine Pause, während ihn sein Mut aber etwas verließ. „… desto mehr wird mir klar, dass Karsten … also, dass ich Karsten verstehen kann."

Jetzt war es Anja, die einhakte. „Verstehen? Wie denn verstehen? Welche Grundposition hat er denn eingenommen? Und welche Position kannst du verstehen? Welche genau teilst du?" Anjas explizite Wortwahl machte zwei Dinge deutlich: Zum einen hatte sie am Abend so gut wie keinen Alkohol getrunken – lediglich einmal am Sektglas genippt. Und zum anderen war sie jetzt in ihrem Element. Als zweite Pressesprecherin des Innenministeriums musste sie sich häufig sehr konkreten Fragen stellen. Dabei wünschte sie sich viel mehr, selbst einmal eingehend und auch ein bisschen gemein fragen zu dürfen. Jetzt tat sie das.

Anjas Wunsch, einmal die Seiten wechseln zu dürfen, hatte seinen Grund: Vor einigen Wochen hatte sie ihren Chef in der Bundespressekonferenz vertreten müssen und dabei ihre Lektion gelernt. Ein junger Journalist war so verfroren, sie – live auf Phoenix – mit bestens vorbereiteten Detailfragen vorzuführen. Und keiner hatte sie gewarnt vor diesem genauso naiv wie bohrend fragenden Mitglied der Bundespressekonferenz, das noch nicht einmal für irgendeine Zeitung schrieb, sondern einfach nur irgendwie im Internet unterwegs war. Jedenfalls hatten sie die wahrheitssuchenden und fast schon gemein anmutenden Fragen dieses jungen Journalisten – so unangenehm, wie sie in diesem Moment gewesen waren – überzeugt. Zumindest beim zweiten oder dritten Ansehen in der ZDF-Mediathek.

Dieser Pressevertreter machte beruflich genau das, was sie eigentlich auch gerne tun würde. Hauptstadtjournalistin – diese Berufsbezeichnung würde ihr stehen. Und was war sie? Pressesprecherin, die allenfalls die halbe Wahrheit sagen durfte. Wenn überhaupt. A15 gab's dafür als Entschädigung. Oder war das Schmerzensgeld? Aber eigentlich wollte sie darauf – samt damit verbundenen Pensionsansprüchen – auch nicht verzichten. Also blieb ihr Berufswunsch ein Traum. Ein Traum, den sie allerdings in ihrem Privatleben auch schon mal Realität werden ließ, ohne auf die A15 verzichten zu müssen. So wie jetzt: „Stimmt das mit dem Nachbargrundstück? Ist das schon sicher? Und wie ist deine Einschätzung?" Anja bohrte und sie genoss es.

„Äh, Liebling." Jetzt war sogar ihr Mann irritiert. „Du bist hier nicht bei der Arbeit."

„Dann würde ich antworten und nicht fragen." Anja wies André schroff ab und wandte sich wieder Bernd zu: „Erzähl mal! Inwiefern kannst du Karsten verstehen?"

Der Aufgeforderte holte tief Luft, nahm sich aber vor, sich kurz zu halten. Das alles konnte schließlich zu nichts Gutem führen – zu heikles Thema und zu viel Alkohol davor – zumindest bei ihm und André. „Anja, du bist ja in deinem Element. Ich liebe das." Bernd warf der Frau seines wohl besten Freundes ein Küsschen zu und ergänzte: „Karsten macht sich Sorgen. Er hat den Verein gerade übernommen. Und gleich diese Probleme. Aber darüber möchte ich jetzt gar nichts mehr sagen. … Was ich aber noch sagen möchte: Wir müssen unsere drei Gut … also, wir müssen die Rosenzweigs und auch Elena aufklären. Wir müssen ihnen erzählen, was geplant ist und wie unglaublich schlecht sich unser Bürgermeister verhält. Die sind offenbar alle ein wenig naiv."

Anja dachte kurz nach. In einem neutralen Ton sagte sie anschließend: „Ganz sicher bin ich mir da nicht."

Bernd tat so, als hätte es diesen halbwegs kritischen Einwurf nicht gegeben. Statt in Richtung Anja blickte er auf André – mit einer Aufforderung im Blick, ihn zu unterstützen. Der war allerdings überfordert, mit dem, was er wusste, mit dem, was er vermutlich alles nicht wusste, und mit dem Alkohol, den er an seinem heutigen 49. Geburtstag konsumiert hatte. Jedenfalls wurde ihm das mit den Rosenzweigs und mit Elly zu heiß. Er entschloss sich für eine leichte Themenkorrektur: „Und was ist mit Winklers?" André blickte in die kleine Runde. „Wie sehen die das eigentlich?"

„Ist jetzt nicht dein Ernst, mein Freund." Bernd hatte jetzt wieder mal einen überheblichen Ton. „Machen wir uns doch nichts vor: Politik – das erfordert Differenzierungsvermögen. Siehst du das bei denen?"

Winkler

Udo hatte mal wieder zu viel getrunken und Verena war froh, dass die Party nicht allzu lange gedauert hatte. Sie hatte sich nicht besonders wohl gefühlt. Über den ganzen Abend hinweg kam sie sich von Daniela beobachtet vor, was aber wahrscheinlich nur ihrer Einbildung entsprang. Jedenfalls war ihr das Treffen vom Vortag in der Schuldnerberatung noch immer sehr präsent. Auch traute sie sich kaum, mit Michael zu sprechen. ‚Ob Daniela ihm etwas erzählt hat?' Jedenfalls hat der so komisch geschaut. Oder war das auch nur Einbildung?

„Kannst du dich nicht hinsetzen?" Verena hörte das Plätschern im Tiefspül-WC durch die geschlossene Badezimmertür. Sie erwartete von ihrem Mann aber keine Antwort. Der hatte am Abend bestimmt fünf oder sechs halbe Liter getrunken.

An der Kommunikation auf der Feier hatte sich Udo immer weniger beteiligt, je fortgeschrittener die Zeit war. Außerdem war er wohl ziemlich sauer über die Von-oben-herab-Behandlung durch Bernd auf seine unnachahmliche Kanzler-Art. Das konnte Verena sogar verstehen. Auch ihr gefiel es nicht, wie man in letzter Zeit unter Freunden miteinander umging. Ihr Mann wurde schon lange nicht mehr ernst genommen. Und Verena hatte das Gefühl, dass das auch zunehmend für sie selbst galt. Dieses Gefühl nagte an ihrem Selbstbewusstsein.

‚Schön war's eigentlich nicht', dachte sie, während sie genauso leise wie hoffnungslos die Tür zum Zimmer des 16-jährigen Tom öffnete ‚Der ist ja eh noch nicht da', waren ihre sich bestätigenden Gedanken, unmittelbar bevor ihr Handy klingelte und eine unbekannte Nummer anzeigte. Das beunruhigte sie. Wer sollte das um 00.10 Uhr sein? Verena holte tief Luft, hoffte inständig, dass zu ihren Problemen nicht noch ein weiteres hinzukommen würde und drückte auf grün. „Winkler."

„Guten Abend, Frau Winkler. Mein Name ist Polizeiobermeister Hartmann. Spreche ich mit Frau Verena Winkler?"

„Ja". Aus Verenas Stimme war jegliche Hoffnung gewichen. Die Frage danach, ob ihr Sohn der 16-jährige Tom Winkler sei, bejahte sie ebenfalls.

„Frau Winkler, wir haben Ihren Sohn mit Betäubungsmitteln aufgegriffen. Er wird beschuldigt, mit Drogen zu handeln und muss mit einer Anzeige rechnen. Wir würden Sie bitten, zu uns aufs Revier in die Bahnhofstraße zu kommen und ein paar Fragen zu beantworten."

Verena zögerte nur kurz und riss sich zusammen. „Selbstverständlich." Sie dachte nach. Sollte sie noch etwas fragen? Sie entschied sich dagegen. „Ich bin in 20 Minuten bei Ihnen."

Erst nachdem Verena mit zittrigen Fingern auf Rot gedrückt hatte, fiel ihr ein, dass ihr Mann wohl schon betrunken im Bett lag und sie selbst auch nicht mehr fahrtüchtig war. ‚Oh Gott, was mache ich jetzt?', schoss es ihr als Verzweiflungsfrage durch den Kopf. Wohl wissend, dass es nur eine Antwort geben konnte und die hieß ‚Taxi'. ‚Aber wie soll ich das bezahlen? Shit! Wie soll ich das nur bezahlen?'

Verena wurde klar, dass genau jetzt erstmalig die 50 Euro ihrer vor Monaten zurückgelegten eisernen Reserve würden dran glauben müssen, was ihre Gedanken in die Fäkalsprache abrutschen ließen. ‚Scheiße. So eine Scheiße.' Während sie in den Gelben Seiten, die im

Hause Winkler noch immer zum Inventar gehörten, nach einer Taxinummer recherchierte, kamen noch ganz andere Gedanken nach oben. Ihr wurde klar, dass mit dem, was die Polizei angedeutet hatte, ihr Sohn und wohl ihre ganze Familie ein ernsthaftes Problem haben würden. Ein ziemlich ernsthaftes. ‚Scheiße, scheiße, scheiße', machten sich ihre Gedanken nun endgültig selbstständig.

***

31. August

Silke Freund, die Assistentin der Presseabteilung, schaltete routiniert den Fernseher ein, während sie sich der stellvertretenden Pressesprecherin zuwandte. „Wie lief denn das Wochenende? Ich habe ja so mitgefiebert mit deiner Tochter."

Anja Kriechmann war es gewohnt, dass ihre Assistentin zwischendurch auch schon mal eine private Frage stellte. Normalerweise ging sie damit ganz offen rum. Jetzt war das etwas anders. Man merkte an ihrer durchaus freundlichen Antwort ein wenig, dass sie unter Druck stand.

„Sehr gut. Emily durfte ja sogar in einer Hauptrolle ran."

Silke Freund schaut etwas irritiert. „Hauptrolle? Gibt es so etwas beim Reitturnier?"

„Ach so, du meinst den Sonntag. Das war eher durchwachsen. Emily ist am Ende auf Platz elf gelandet."

„Ist das denn gut? Wie viele haben mitgemacht?" Silke Freund war lang genug in der Presseabteilung tätig, um gelernt zu haben, dass genaues Fragen weiterhilft.

„Keine Ahnung", sagte Anja jetzt ziemlich genervt und abweisend, zumal sie ganz genau wusste, dass das Starterfeld der Altersklasse ihrer Tochter aus zwölf Reiterinnen bestanden hatte.

Die für diesen Tag ziemlich kurzfristig einberufene Veranstaltung in der Bundespressekonferenz wollten sich Anja sowie ihr Chef Jens Kalt nicht entgehen lassen. Der Fernseher im kleinen Konferenzraum des Bundesinnenministeriums lief mittlerweile und zeigte eine sich im Redefluss befindende Kanzlerin, die heute im hellroten Blazer auftrat. Offenbar war die in etwa einem Kilometer Entfernung am Ufer der Spree stattfindende Veranstaltung bereits ein paar Minuten im Gange.

„Wir können stolz sein auf die Humanität unseres Grundgesetzes."

Anja hörte ganz genau zu, war aber nicht begeistert von solchen Sätzen. Sie rechnete in den nächsten Tagen im Ministerium mit ungewöhnlich vielen Anrufen von Journalisten. Das hatte sich bereits seit Monaten angedeutet. Nach der Merkel-Veranstaltung heute könnten es noch mal mehr werden.

„Es gibt keine Toleranz gegenüber denen, die die Würde der Menschen in Frage stellen."

Auch das brachte Anja nicht weiter. Solche Aussagen waren Selbstverständlichkeiten, so etwas musste die Kanzlerin von sich geben. Klar, das konnte man gegenüber den Medienvertretern hervorragend wiederholen. Aber wer gibt sich schon damit zufrieden?

„Deutschland ist ein starkes Land. Und das Motiv, mit dem wir an diese Dinge herangehen, muss sein: Wir haben so vieles geschafft – Wir schaffen das."

Anja sah ihren Vorgesetzten, der am kommenden Mittwoch sicher hierzu in der Bundespressekonferenz Stellung nehmen musste, von der Seite an. Schließlich waren das starke Worte.

„Und wo uns etwas im Wege steht, muss es überwunden werden."

Anja beobachtete, wie Jens seine Unterlippe vorzog, so dass die Mundwinkel leicht abfielen und dass er dabei anerkennend nickte. Das sollte nichts Anderes heißen als ‚Respekt'. Anja war sich jetzt sicher, dass die Worte der Kanzlerin vieles beeinflussen würden – auch den

Umgang mit der Flüchtlingsproblematik, die damit verbundene Sprachregelung im Ministerium und die Stimmung im gesamten Land.

‚Kanzler' war auf dem Display von Anjas Handy zu lesen. Eine Nachricht von Bernd war eingetroffen. ‚Erst die Kanzlerin, dann der Kanzler', dachte Anja, während sie nebenbei die Nachricht aufrufen konnte, da sich ihre Assistentin und ihr Chef unterhielten und sie selbst offenbar kurz abkömmlich war. Es handelte sich um eine Gruppennachricht in die neun Mitglieder umfassende Gruppe *Friends will be Friends*. Der Inhalt wurde offensichtlich mit heißer Nadel gestrickt: ‚Nur in Kürze: Die Agenda der Mitgliederversammlung von BP am Freitag hat sich geändert' Bernd pflegte in vertrauten Kreisen, Abkürzungen zu verwenden, was auch für den Vereinsnamen ‚Better Place' galt. Weiter hieß es: ‚Unter ‚Weiteres' wurden die Punkte Namensänderung, Neuausrichtung, Nachbarschaft' eingefügt. Ich hoffe, ihr seid dabei und wir ziehen an einem Strang bei diesen drei N.' Dahinter ein motiviert lächelndes Smiley und der Daumen-hoch-Icon.

Anja wollte ihr Handy gerade etwas irritiert zur Seite legen, da kamen zeitgleich zwei Antwortnachrichten: eine von ihrem Mann André, der drei Stockwerke über ihr saß, mit zweimal ‚Daumen hoch' und eine von der offenbar immer selbstbewusster werdenden Elena mit drei Fragezeichen.

Wójcik-Müller

‚Sie wurden in die Gruppe *Refugees Welcome 2015* hinzugefügt.' Elena freute sich über diese Nachricht, lehnte sich auf ihrem Sofa zurück und schaute sich die Gruppenmitglieder etwas genauer an. Einige kannte sie flüchtig, andere wie Michael und Danny sehr gut. Wieder andere kannte sie eher nicht, aber ihr kamen die Namen bekannt vor. Es sollte also losgehen, und Elena freute sich darauf.

„Damian!" Elenas Sohn hatte sich an diesem frühen Abend nach Erledigung seiner Hausaufgaben am PC eingerichtet. Ohne sich umzudrehen kam das zu erwartende und leicht genervte „Ja?"

„Damian, hör mal zu! Hast du schon etwas von den Flüchtlingen gehört? Also die, die gerade in Deutschland ankommen? Sprecht ihr in der Schule darüber?"

Damian betätigte eine Taste, mit der er offenbar sein Computerspiel unterbrechen konnte. Er wusste ganz genau, dass seine Mutter ihn ungern beim Spielen störte. Zumal das ja von der einen Stunde abging, die ihm täglich hierfür zur Verfügung stand. Er wusste aber auch, wie sich seine Mutter aufregen konnte, wenn er gar nicht reagierte oder mit dem Gesicht zum PC antwortete. Er stieß sich mit dem linken Fuß am Fußboden so ab, dass sein Drehstuhl eine 180°-Wendung vollzog. Begeisterung war aus seinem Gesicht aber nicht abzulesen. Er war eher genervt. „Was?"

„Na, ob ihr schon in der Schule über die Flüchtlinge gesprochen habt?"

„Ja, haben wir."

„Und? Was wurde gesagt?"

Damian schaute jetzt noch etwas genervter. „Soll ich dir jetzt alles erzählen?"

„Natürlich nicht. Nur kurz: Was haben die Lehrer gesagt?"

„Dass alle etwas tun sollen. Dass alle helfen sollen." Damian machte eine kurze Pause. „Ach ja, da habe ich noch einen Zettel für dich."

Dass von Zeit zu Zeit diverse Zettel mit mehr oder weniger wichtigen Nachrichten in Damians Schultasche verschwanden, nervte Elena schon lange – eigentlich. Heute aber nicht. „Her damit!"

Damian hatte den recht zerknitterten Zettel mit einem Handgriff aus der Schultasche geangelt, flitzte zu seiner Mutter hinüber, drückte ihr diesen in die Hand mit der Frage: „Darf ich jetzt weiterspielen?"

„Oczywiście, skarbie." Während ihrer wohlwollenden Antwort in ihrer Muttersprache war Elena schon in den Inhalt vertieft. Was sie zu lesen bekam, entzückte sie. Alle Kinder wurden gebeten, mithilfe ihrer Eltern Spielsachen, Decken, Stifte, Blöcke und Kleidung zu spenden. Diese sollten an – Elena lächelte – die neu gegründete Flüchtlingsinitiative übergeben werden. Die würde sich dann darum kümmern, dass sie an Flüchtlingskinder verteilt werden.

Das Handy von Elena hatte währenddessen mehrfach vibriert. Die Diskussion in der Gruppe *Refugees Welcome 2015* war in vollem Gange. Hauptthema: die Spendenaktion, die in der ganzen Gemeinde durchgeführt werden sollte. Da wurde gefragt, wer gespendete Dinge zwischenzeitlich lagern könnte. Gleich mehrere Gruppenmitglieder hatten ihre Garage hierfür angeboten. Andere fragten, was sie denn tun könnten. Jetzt hatte Elena erst recht Lust, so richtig mitzumachen und dachte ebenfalls darüber nach, was sie der Initiative beisteuern könnte.

Um diese Frage drehten sich gerade ihre Gedanken, als ihr Handy erneut vibrierte. In die Gruppe *Better Place intern* hatte der neue Chef, Karsten Blatter, die Tagesordnung für die bevorstehende Mitgliederversammlung eingestellt. Auf diese Informationen war Elena ebenfalls gespannt. Denn schließlich hatte sie die Nachricht von Bernd, die sie heute Mittag am Arbeitsplatz erreicht hatte, ziemlich verwirrt.

Ganz unten auf der Tagesordnung fanden sich in der Tat Informationen unter dem Stichwort ‚Namensänderung, Neuausrichtung, Nachbarschaft'. Karsten hatte offenbar vor – so formulierte er es –, dem Verein einen zeitgemäßen Namen zu geben. Und er wollte diesen ‚aus gegebenem Anlass' – so stand es da – neu ausrichten. Und letztlich schrieb er von einer Analyse der Gefahren, die sich für den Verein und die Gemeinde in der Nachbarschaft ergeben könnten.

‚Was heißt das jetzt?' Elena war noch verwirrter als vorher. Dem Verein hatte sie viel zu verdanken – gerade in der Zeit, als sie als Alleinerziehende mit Sohn in der Gemeinde aufgetaucht war. Sie war bestens integriert worden, hatte bereits Ausflüge mitgemacht, ein Chorprojekt mitinitiiert und regelmäßig an zwei Sportkursen teilgenommen. Vor allem hatte sie jede Menge netter Menschen kennengelernt. Einige von ihnen waren ihr ans Herz gewachsen.

Außerdem zeichnete den Verein bislang immer aus, dass die Kommunikation stets hervorragend lief. Umso mehr verwirrten sie die Nachrichten auf ihrem Smartphone. Sie blickte erneut auf das Display und sah gleich dreimal das Daumen-hoch-Icon. Zwei der Verfasser kannte sie gut, es waren André und Bernd. Ihre Miene verfinsterte sich. Kurz dachte sie darüber nach, einen Anruf zu tätigen. Aber nur kurz.

Rosenzweig

1. September

Es regnete an diesem ersten Septembertag des Jahres 2015. Trotzdem war die Stimmung unter den bunt gekleideten Menschen am Bahngleis voller Euphorie und guter Laune. Junge und ältere Menschen hielten Lebensmittel bereit, auch jede Menge Süßigkeiten für die Kinder. Andere zeigten Banner mit der Aufschrift ‚Welcome in Berlin' oder ‚Refugees Welcome'. Es herrschte ein riesiges Gedränge, aber alle waren entspannt.

Als der Zug mit den Flüchtlingen aus Syrien einfuhr, war der Jubel groß. Auch Daniela wirkte euphorisch, obwohl sie als begleitendes Elternteil beim Klassenausflug von Jakob jede Menge Verantwortung trug. Aber gerade sie wollte die Kriegsflüchtlinge aus Syrien in Empfang nehmen. Sie wollte als weltoffene Jüdin ein Zeichen setzen. Und Vorbild sein für ihre Kinder.

Daniela versuchte, bei Einfahrt des Zuges bereits durch die Scheiben der Fenster und Türen Blicke auf die Ankömmlinge zu erhaschen. Es gelang ihr nicht – zu stark war die Tönung des Glases und zu schnell rollten die Wagen vorbei.

Umso größer war ihre Spannung, als der Zug zum Stehen kam und sich direkt vor ihr die Tür von Wagen 16 öffnete. Kurz zuvor hatte sie sich noch vergewissert, dass alle um sie herumstehenden Kinder, insbesondere die fünf, für die sie speziell die Verantwortung trug, an ihrer Seite waren. Ihr Sohn Jakob hielt voller Vorfreude und ziemlich krampfhaft einen Karton mit Schokoriegeln fest, den er noch gestern Abend – auch mit einem Zuschuss von seinem Taschengeld – gefüllt hatte. Danny blickte Jakob in die Augen, die Vorfreude, Großzügigkeit, Begeisterung und Anspannung zum Ausdruck brachten. Und ganz tief in ihrer Brust spürte sie, wie sehr sie ihren fast dreizehnjährigen Sohn liebte.

In der sich öffnenden Tür des Wagens 16 erblickte sie als erstes drei Kinder – vermutlich zwischen fünf und zehn Jahre alt. Deren dunkle Augen verrieten gleichzeitig Unsicherheit und kindliche Vorfreude. Danny konnte nur erahnen, was diese Kinder in den letzten Tagen, Wochen oder sogar Monaten durchgemacht hatten. Eine Kopftuch tragende Frau, die ganz offensichtlich die Mutter war, lächelte etwas verlegen, als wäre sie sich nicht sicher, ob sie gerade einen Traum oder Wirklichkeit erlebte. Schließlich animierte sie ihr ältestes Kind, den Zug vorsichtig zu verlassen, um mit den beiden kleinen zu folgen. Ein Mann hinter ihr, offensichtlich der Vater der Kinder, stemmte einen Koffer und eine große Tasche nach draußen.

Auf dem gesamten Bahnsteig war Jubel entbrannt und der begleitende Applaus schien niemals enden zu wollen. Immer mehr Flüchtlinge verließen den Zug, was angesichts des überfüllten Bahnsteigs nicht einfach war. Aber das war egal. Denn über dem ungeordneten

Empfang lag etwas in der Luft, das selten geworden war in den letzten Jahren. Etwas, was sich gut und warm anfühlte. Etwas, was die Herzen höher schlagen ließ. Was den Bahnhof mit einem Pochen erfüllte. In jeder einzelnen Brust. Ein Moment zum Festhalten.

Daniela versuchte, jeden der großartigen Augenblicke zu genießen und sich Eindrücke einzuprägen. Sie hatte das Gefühl, bei einem bedeutenden Ereignis dabei zu sein. Niemals hätte sie ihren Landsleuten einen solchen Empfang der Kriegsflüchtlinge aus Syrien zugetraut. Sie sah in strahlende Kinderaugen und dankbare Elterngesichter, aus denen in manchem Fall Tränen kullerten. Auch Daniela merkte, wie ihr eine Träne die Wange hinunterlief. Hektisch wischte sie diese ab und zählte einmal mehr *ihre* fünf Kinder durch.

Nach gerade einmal 15 Minuten, in denen jede Menge Süßigkeiten und praktische Geschenke für den Alltag verteilt wurden, war alles vorbei. Es standen Busse bereit, mit denen die syrischen Familien davongefahren wurden. Danny wusste nicht genau, wo sie untergebracht werden sollten. Sie war sich aber sicher, dass dieses Deutschland die Flüchtlinge weit mehrheitlich menschlich und mit großem Herzen aufnehmen würde. Das Gefühl wärmte sie und sie spürte große Dankbarkeit dafür, an diesem Tag Jakobs Schulklasse bei ihrem Ausflug begleitet zu haben.

Wahrheit und Lüge

3. September

Jeder hatte seinen Stuhl. Tom Winkler saß in der Mitte, links neben ihm sein Vater Udo und rechts seine Mutter Verena. Alle drei waren gut angezogen. Sie wollten knapp eine Woche, nachdem der 16-jährige Tom mit Marihuana von der Polizei aufgegriffen worden war, einen guten Eindruck hinterlassen.

Allen dreien war die Situation unangenehm. Udo hatte Tom in den letzten Tagen bereits mehrfach den Marsch geblasen. Verena hatte mit ihm zwei- oder dreimal das Gespräch gesucht, kam aber über ein „Warum machst du das?" nicht hinaus – und Tom empfand die damit verbundenen Tränen seiner Mutter als sehr peinlich. Ihm selbst war der Termin natürlich im besonderen Maße unangenehm, er ließ sich aber nichts anmerken. Das gute Hemd, das Verena ihm für den Termin herausgesucht hatte, trug er nur ungern, ließ die beiden obersten Knöpfe offen und hoffte damit auf eine einigermaßen lockere Gesamterscheinung.

„Ja, ich weiß, es war das erste Mal. Aber mir fällt es schwer, …" Polizeiobermeister Steffen Hartmann schaute Tom jetzt direkt und mit ernster Miene an, „… es fällt mir schwer zu glauben, dass die 20 Gramm allein für dich bestimmt waren." In der Aussage des Polizeiobermeisters schwang eine Frage mit und Tom fühlte sich herausgefordert zu antworten.

„Doch doch, sie können mir glauben. Ich hatte gerade Geld – also mehr als sonst – und habe mich eingedeckt." Seine Mutter schaute ihn auffordernd an, sodass Tom ergänzte: „Es tut mir leid. Ich weiß ja, man darf das Zeug nicht kaufen und auch nicht kiffen … äh also rauchen."

„Und schon gar nicht als Minderjähriger. Da kann es nämlich großen Schaden anrichten. Da oben in deinem Kopf. Das meine ich genauso, wie ich es sage. Lass die Finger davon. Das Zeug macht dumm …" Der Tonfall von Steffen Hartmann war bestimmt, aber nicht außergewöhnlich streng.

Tom nickte nur und spürte, dass er möglicherweise nicht allzu hart herangenommen werden würde.

„Damit wir uns verstehen…" Jetzt setzte Steffen Hartmann wieder eine möglichst ernste Miene auf, wozu er mangels kantiger Gesichtszüge aber kaum in der Lage war. „… die Anzeige steht noch im Raum. Die Staatsanwaltschaft entscheidet darüber, ob Anklage erhoben wird. Das wird sich in den nächsten Tagen klären. Im besten Falle kommen Sozialstunden auf dich zu." Der Polizeibeamte schaute nunmehr Udo und Verena an „Aber nicht wenige. Und nur, wenn er Glück hat."

Jetzt hellte sich die Miene von allen drei Winklers doch erheblich auf. Auch bei Tom war dies an den Gesichtszügen kurz erkennbar. Verena konnte nicht anders, als aufzustehen und dem Polizeibeamten über den Schreibtisch hinweg die Hand zu geben. „Ich danke Ihnen. Wir danken Ihnen, dass Sie sich so einsetzen. Ein solcher Vorfall wird sich nicht wiederholen."

„Das hat vor allem Ihr Sohn in der Hand. Ich hoffe auch, dass wir uns nicht so schnell wiedersehen."

„Tom, sag was dazu." Jetzt hatte Udo das Wort ergriffen, da er in dem gegenwärtigen Polizeitermin bei dieser Gesprächsentwicklung jetzt mehr Chance als Risiko sah. „Sowas wird sich nicht wiederholen, wie deine Mutter sagt, oder?"

„Nein, garantiert nicht." Tom lächelte dabei sogar ein wenig, woraus man allerdings keine Folgerungen ziehen konnte. War es Freundlichkeit, Ironie, Verlegenheit oder Verhöhnung? Das blieb offen.

„Ich wünsche Ihnen das. Vor allem wünsche ich dir das, Tom!"

Zwei Minuten später hatten Udo, Verena und Tom das Polizeirevier verlassen und stiegen in ihren mittelgroßen SUV schwäbischer Herkunft. Gesprochen wurde jetzt nicht mehr, was wohl auch daran lag, dass gerade bei den Eltern Zweifel daran bestanden, wie ernst es Tom mit seinen Aussagen meinte. Außerdem musste man ja noch die Reaktion der Staatsanwaltschaft abwarten. Wenn Anklage erhoben werden würde, käme es ohnehin zu einer Zuspitzung.

Tom, der auf der Rücksitzbank saß, zog sein vibrierendes Handy ziemlich umständlich aus der Hosentasche, sah den Absender und lächelte sanft. ‚Treffen wir uns jetzt?' Natürlich antwortet Tom mit einem zustimmenden ‚Yep'. ‚Bringst du was zum Rauchen mit?' Tom zögerte kurz. Dann erfolgte dieselbe Antwort wie gerade zuvor.

***

Kürzlich war er nachts aufgewacht. Neben seiner Frau. Er war voller Erregung gewesen. Denn er war im Traum mit dem zusammen gewesen, den er so stark begehrte – nicht emotional, aber irgendwie körperlich. Aber was war es genau? Die sexuelle Anziehungskraft dieses Mannsbildes? Offenbar ja. Denn jede Faser seines Körpers hatte sich in diesem Moment geregt – und das neben ihr liegend, natürlich mit schlechtem Gewissen. Er hatte Männer immer schon anziehend gefunden, aber das war sein Geheimnis. Denn das passte nicht in sein Leben, nicht zu seinem Glauben und nicht zu seiner Familie. Das musste weg – eigentlich.

Dieses Gefühl zu verdrängen, war ihm als vernunftgeleiteten Menschen meistens gelungen. Zu schön war das Leben, das er führte und zu viel würde er aufs Spiel setzen. Also lieber nichts riskieren und sexuell zurückstehen. So hatte sein Leben bisher funktioniert.

Das Aufwachen im ehelichen Bett, was nun einige Tage zurücklag, mit den wilden Träumen zuvor hatte sich fest in sein Gehirn eingebrannt. Und es wiederholte sich in unregelmäßigen Abständen. Die Erregung, die ihn dabei heimsuchte, erschrak ihn immer wieder selbst. So auch in diesem Moment. Und er wusste: Morgen würde er ihn wiedersehen.

Erst am Dienstag war er ihm ganz nahegekommen. Beim Training für den Herbst-Triathlon. Sie hatten alle drei Disziplinen exerziert. Und der Moment, als dieser Mann im Licht der Abendsonne mit seinen dunkelgrünen Radlershorts aus dem Wasser gestiegen war, blieb unvergessen. Jedes Körperdetail hatte sich abgezeichnet. Ästhetisch und aufregend. Und die Durchblutung anregend. Da hatte er am Dienstag die Notbremse gezogen: schnell wegschauen und rein mit der Schwiegermutter ins Kopfkino. Es gelang. Trotzdem tauchte das Bild am See in seinem Kopf in den nächsten Tagen immer wieder auf. Das Bild von Karsten, dem Rechtsträger – rechts außen.

Kriechmann

„Natürlich weiß ich, was das bedeutet. Ich bin ja nicht blöd." André war hörbar erbost. Ihn nervte, dass seine Frau solche Fragen stellte.

„Aber gibt es denn für dich auch eine Grenze? Zum Beispiel beim neuen Namen? Weißt du denn, was Karsten sich ausgedacht hat? Oder Bernd, sein Wasserträger?"

„Jetzt reicht's, Anja. Jetzt reicht's wirklich. Vielleicht ist Karsten da ein bisschen problematisch. Ja vielleicht. Aber lass Bernd aus dem Spiel. Er gehört zu uns."

Anja schaute jetzt etwas verblüfft. „Wie, er gehört zu uns? Meinst du, dass Bernd sich alles erlauben kann – nur, weil wir mit ihm befreundet sind? Und du vielleicht sein bester Kumpel bist?"

„So ein Quatsch …"

„Dann erzähl auch nicht so nen Mist. Und überhaupt – denk dran, was wir beruflich machen. Da können wir ja nicht …" Anja unterbrach sich selbst. Sie mochte den Satz nicht aussprechen. Es störte sie ohnehin, dass ihr bei ihrem Pressejob im Ministerium Denkvorgaben gemacht und Sprachregelungen vorformuliert werden. Manchmal wusste sie selbst nicht mehr, was sie privat denken sollte. Sie hatte sich in der letzten Zeit immer wieder dabei ertappt, taktische Antworten zu geben. Nicht nur gegenüber Journalisten, sondern auch im privaten Umfeld. Das gefiel ihr nicht. Aber sie spürte zunehmend, wie der Beruf auf ihr Privatleben abstrahlte. Sie versuchte, jetzt wieder sachlicher zu werden. „Übrigens ist Karsten nicht nur ein bisschen problematisch. Er ist ziemlich problematisch."

Jetzt war es André, der verdutzt schaute. Er selbst kannte Karsten nur ein wenig über seinen Freund Bernd. Wenn sich die Männer mal zum Biertrinken und Dartspielen trafen, da hatte er Karsten auch schon etwas kennengelernt. Er kannte ihn also halbwegs gut und war nicht immer mit ihm einer Meinung. Aber wie kam jetzt Anja zu dieser Einschätzung? „Wie kommst du da drauf? Du kennst doch Karsten gar nicht so richtig."

„Aber ich halte meine Ohren offen, wenn in unserem Dorf gesprochen wird. Und wir sind ein Dorf – auch wenn wir wohl schon über 5.000 sind. Karsten ist durchaus problematisch. Das erzählt man sich. Und das ist glaubhaft."

„Aha, glaubhaft. Wenn Frauen sich beim Gläschen Sekt was erzählen. Das ist glaubhaft. Weißt du eigentlich, was Karsten für einen exzellenten Ruf bei uns hat?"

„Das weiß doch jeder." Anja wollte aber nicht klein beigeben. „Alles Fassade. Oder zumindest vieles."

André schaute immer noch leicht irritiert. Hatte er etwas verpasst? Oder wusste seine Frau mehr über den morgigen Termin? Aber das konnte er sich eigentlich nicht vorstellen. Er griff nach seinem Handy, ging nach draußen auf die Terrasse und aktivierte die Nummer von Bernd.

***

4. September

„Sag mal, ging die Einladung eigentlich über den großen oder den kleinen Verteiler raus?" Michael war offensichtlich irritiert und schaute sich kurz um, winkte den hinter ihnen sitzenden Kriechmanns zu und entdeckte Elena, die etwas abgehetzt gerade den Raum betrat. Trotzdem: Um 18:55 Uhr waren gerade einmal zwischen 25 und 30 Plätze im großen Vereinsraum von ‚Better Place' belegt. Etwa zehn von ihnen gehörten zu einer Gruppe Jugendlicher und junger Erwachsener, die zusammensaßen und eine Einheit bildeten. Ansonsten waren jede Menge freier Stühle zu sehen, obwohl der Verein annähernd 500 Mitglieder hatte.

Daniela checkte kurz ihr Handy und konnte nach zehn Sekunden vermelden: „Es war der kleine Verteiler. Gute Frage, mein Schatz. Ist das nicht ein Verstoß gegen die Vereinsstatuten?"

„Natürlich. Klar." Michael macht eine kurze Pause. „Aber letztlich ist es auch pragmatisch. Wie könnte er sonst kurzfristig einladen? Oder kurz vorher die Tagesordnung ändern?"

Daniela schaute ihren Mann halb verständnisvoll, halb aber auch zweifelnd an. „Du meinst, wir sollten nicht päpstlicher sein als der Papst?"

„Nein, wirklich nicht. Gerade wir sollten das nicht sein." Michael spielte damit auf seine und Danielas jüdische Abstammung an und zwinkerte seiner Frau zu, was ihm ein warmherziges Lächeln einbrachte.

Inzwischen hatten Rainer Vogelsang, Bernd Michaelis und Karsten Blatter auf dem Podium Platz genommen. Die drei wirkten ernst. Die Mimik verriet bei jedem einzelnen wenig gute Laune. Aber die Körperhaltung unterschied sich. Während links und rechts Rainer und Bernd eher in gebückter Haltung auf dem Podium saßen, überragte Karsten in der Mitte beide um einen halben Kopf. Jeder im Raum spürte, dass nur einer der drei Männer Wert darauf legen durfte, die Fäden in seinen Händen zu halten.

Also ergriff Karsten das Wort. „Liebe Vereinsmitglieder." Seine Stimme war zwar nicht die lauteste, aber sie war prägnant und animierte sofort zum andächtigen Zuhören. Mit einer Geste über das spärlich vorhandene Publikum hinweg wies er zwei junge Männer an, die Eingangstür zu schließen.

„Liebe Vereinsmitglieder, …" Ab diesem Moment war es mucksmäuschenstill im Raum. „Ich bin heute seit genau einem Monat Vorsitzender dieses großartigen Vereins. Und ich bin nach wie vor begeistert von dem Wahlergebnis, mit dem ihr mich zum Vorsitzenden gewählt habt." Karsten schaute kurz auf. Ob die Anwesenden noch wussten, dass er mit 100 Prozent der Stimmen gewählt wurde? Bestimmt wussten sie es noch. „Ich möchte mich noch einmal für die überwältigende Zustimmung bedanken." Karsten befreite das Tischmikrofon von seinem Ständer und stand auf. Er trug ein Jackett, das perfekt zu seinem durchtrainierten Körper passte. Darunter war ein weißes T-Shirt zu sehen, unter dem man einen Waschbrettbauch erahnen konnte. Die Blicke – nicht nur des weiblichen Publikums – schärften sich.

„Ich möchte aber auch darauf hinweisen, dass sich in der Kürze der Zeit und nach vier Wochen harter Arbeit meinerseits für diesen grandiosen Verein offenbar demnächst einiges ändern wird." Erneut schaute Karsten ins Publikum, wusste er doch, dass diese Information und das, was noch kommen würde, nicht jedem bekannt war. Er schaute in gespannte Gesichter und zog eine ernste Miene auf. „Ihr wisst alle, mit welcher Begeisterung unsere Kinder und Jugendlichen das Aktivitätsgelände nutzen. Und ihr wisst auch, dass der Verein mit seinen wunderbaren Gruppen, vor allem mit seinen Pfadfindern, das Nachbargelände seit Jahren mit Zustimmung der Gemeinde nutzen kann. Ihr erinnert euch bestimmt, dass wir dieses Gelände einmal im Jahr vom Müll befreien, dass wir Sträucher beschneiden, den Rasen mähen und vieles mehr. Leider soll damit jetzt Schluss sein."

Das Publikum zeigte nun vorsichtige verbale Reaktionen. „Warum das denn?", war einige Reihen hinter Michael und Daniela zu hören. Auch ein oder zwei Buhrufe aus der Ecke der Jugendlichen waren vernehmbar.

„Warum? Das kann ich euch genau sagen. Unser Bürgermeister hat angeboten, eine Flüchtlingsunterkunft entstehen zu lassen. Und zwar genau dort."

Wieder gab es verbale Reaktionen: „Nicht wahr." und „Im Ernst?" waren unüberhörbar. Die Buhrufe aus dem Eck der Jugendlichen mehrten sich.

„Leider ist das aber wahr. Und ihr könnt mir glauben, ich bin alles andere als begeistert. Wir werden dieses Gelände auf absehbare Zeit nicht mehr nutzen können. Und ihr wisst ja, dass zigtausende Asylanten gerade nach Deutschland kommen."

Die Stimmungslage im Raum war jetzt angespannt. Es gab einige Zwischenrufe, darunter auch ein paar unflätige. Wieder taten sich die Jugendlichen hervor, aber auch andere Zuhörer waren ganz offenbar empört. Da schaukelte sich etwas hoch.

„Die schlechte Nachricht ist: Wir können als Verein dagegen überhaupt nichts machen. Das Gelände gehört uns nicht. Der Bürgermeister bestimmt alles – und die Gemeindevertretung folgt ihm brav. Es liegt in deren Hand, was mit dem Gelände geschieht. Die Asylanten werden also unsere Nachbarn und unser Handlungsspielraum wird sich verkleinern. Mir tut das leid für die betroffenen Gruppen und für euch alle. Ich bin selbst zutiefst enttäuscht und verärgert."

Dieses Mal machte Karsten nur eine kurze Pause und fuhr dann fort: „Es gibt aber auch eine gute Nachricht: Wir können uns als Verein natürlich abgrenzen. Wir können auch protestieren, um damit ein Zeichen zu setzen. Wir können uns wehren. Und ich zumindest bin dazu bereit." Karstens Stimme hatte an Lautstärke gewonnen und das mitgeführte Mikrofon tat sein Übriges. Sein Gesichtsausdruck verriet emotionale Regungen. Am Hals zeichneten sich seine Adern nunmehr noch klarer ab, als es auch sonst der Fall war. „Ja, wir müssen ein Zeichen setzen."

Der Raum war jetzt mit Karstens Stimme erfüllt. Teile des Publikums spendeten nun immer wieder Applaus und sorgten für zustimmende Zwischenrufe. Andere Personen verhielten sich hingegen eher ruhig und schienen verunsichert. „Ich werde ein paar Maßnahmen vorschlagen, damit wir in den nächsten Monaten und wahrscheinlich Jahren mit dieser Situation umgehen können. Wir haben ein Recht dazu, denn wir sind es, …" Karsten schien sich jetzt nicht mehr vollständig im Griff zu haben. Sein Gesicht war hasserfüllt und seine Stimme überdreht. „… wir sind es, die sich um das Gelände gekümmert haben. Wir sind es, die jeden Tag arbeiten gehen und Steuern zahlen. Und wir müssen es jetzt dulden, dass uns mit unseren Steuergeldern diese Asylanten vor die Nase gesetzt werden."

Was folgte, war wieder Applaus, sogar Jubel, aber auch Nachdenklichkeit. Dann war es erneut kurz mucksmäuschenstill im Raum.

„Was ist denn mit Karsten los?", fragte ein Zuhörer seinen Sitznachbarn viel zu laut, sodass es jeder im Raum mitbekam.

„Was mit mir los ist?" Die Atmung von Karsten verriet nun höchste Erregung. „Ich möchte, dass dieser wunderbare Verein für uns alle erhalten bleibt. Ich möchte, dass dieser wunderbare Verein nicht unterwandert wird. Ich möchte, dass wir unser Leben in unserer schönen Gemeinde so weiterleben können, wie wir es bisher getan haben." Etwa zwei Drittel der Anwesenden applaudierte heftig. „Und ich habe ein paar Vorschläge, was wir spontan tun können. Weitere Vorschläge von euch sind willkommen."

Karsten hatte offenbar bemerkt, dass die Emotion Oberhand über ihn gewonnen hatte und bemühte sich jetzt, konstruktiv und vor allem führungsstark zu wirken. „Ich finde zum Beispiel, dass ihr heute über Folgendes nachdenken solltet." Er machte eine kurze und bedeutungsvolle Pause. „Ich möchte, dass ihr darüber nachdenkt, ob ‚Better Place' ein angemessener Name für einen Verein ist, der sich hier mitten in Deutschland um seine Bürger kümmert. Warum heißen wir ‚Better Place'? Warum haben wir keinen deutschen Namen? Ich gebe zu, dass ich mich daran bislang kaum gestört habe. Angesichts der aktuellen Entwicklung halte ich den Namen aber nicht mehr für angemessen. Meine Vorstandsmitglieder sehen das genauso. ‚Better Place' klingt gerade in dieser dramatischen Zeit wie eine Vereinigung orientierungsloser Gutmenschen."

Zustimmende Zwischenrufe, verhaltenes Gelächter, teilweise auch jugendliches Gegröle und Applaus erfüllten den Raum.

„Wir drei, Bernd, Rainer und ich, sind jedenfalls der Meinung, dass es auch einfacher geht. Passender. Für uns passender." Er machte eine kurze Pause und bemühte sich um einen kreativen Gesichtsausdruck, was misslang. „Wir haben uns für den Namen *Heimatverein* entschieden und möchten euch diesen Namen heute vorschlagen. Der Verein will uns nämlich eine liebenswerte Heimat geben. Ein Zuhause, in dem man sich wohlfühlt. Ein Ort, bei dem man weiß, mit wem man es zu tun hat. Und genau deshalb bitte ich euch heute um eure Zustimmung."

Der Applaus verriet, dass eine Abstimmung mit dem anwesenden Bruchteil der Vereinsmitglieder gute Chancen hatte, gewonnen zu werden.

„In weiteren Schritten, die wir uns noch in Ruhe überlegen, werden wir die Statuten überarbeiten und die Voraussetzungen für Mitgliedschaften verändern. Und wir werden noch etwas tun: Wir werden einen Sichtschutz errichten. Wie das bewerkstelligt wird, was das finanziell und arbeitstechnisch bedeutet – das wird man sehen. Aber wir werden eine mobile Lösung bevorzugen. Denn wir gehen davon aus, dass dieser Spu…, dass das alles hier irgendwann ein Ende hat."

Erneut brandete Applaus auf, sodass unterging, dass sich einige Vereinsmitglieder offenbar ziemlich unwohl fühlten. Dazu gehörten neben ein paar anderen auch Daniela und Michael sowie Elena. Verunsicherung gab es auch bei den Kriechmanns in der Reihe dahinter. Als Daniela sich vorsichtig zu ihnen umdrehte, konnte sie Anjas Frage an ihren Mann hören, obwohl sie sehr leise gestellt war: „Und, was machen wir jetzt?"

„So ein Scheiß, wie der uns überrumpelt. Keine Ahnung, was wir jetzt machen. Enthalten vielleicht …?", lauteten Andrés Worte und ‚Enthalten wie immer', waren seine Gedanken. Er registrierte im Blickwinkel, wie seine Frau langsam mit dem Kopf nickte.

Karsten war vergleichsweise ruhig geworden. Er schlüpfte im Rahmen seiner One-Man-Show jetzt in die Rolle des Abstimmungsleiters und kam sofort zur Sache, da er spürte, dass das Momentum auf seiner Seite lag. „Ich bitte euch nun, über die Namensänderung und die damit verbundene Neuausrichtung abzustimmen."

Jetzt war es Bernd, der auf dem Podium saß, bei dem sich ein komisches Gefühl breitmachte. ‚Über die Namensänderung abzustimmen, ist die eine Sache', dachte er. Aber dass damit auch über eine Neuausrichtung, die noch nicht einmal klar definiert war, entschieden würde, das bereitete ihm Bauchschmerzen. Ganz kurz überlegte er, mit einer Frage einzugreifen. Schließlich wollte er sich als Kanzler nicht für dumm verkaufen lassen. Ihm konnte man doch kein X für ein U vormachen. Und genau das tat Karsten gerade. Äpfel und Birnen. X und U. Namensänderung und Neuausrichtung. Bernds Lippe zuckte, als wollte er etwas sagen. Dann kräuselte sich seine Stirn und er nahm die Stimme dessen wieder wahr, der in diesem Kreis sein Chef war. Nur in diesem Kreis. Nicht zu Hause. Nicht an der Uni. Schließlich war er der Kanzler. Und Karsten hier Chef. Bernd schwieg und blickte seitlich zum Wortführer hinauf.

Karsten machte nun einen möglichst ernsten, konzentrierten und wichtigen Gesichtsausdruck. „Ich bitte euch jetzt um Handzeichen, wenn ihr der Namensänderung und der Neuausrichtung zustimmt."

Die Gruppe der Jugendlichen reagierte sofort. Die Arme gingen geschlossen nach oben. Fast gleichzeitig waren es Rainer, Karsten selbst und kurze Zeit später Bernd, die für ein geschlossenes Vorstandsvotum sorgten. Weitere Hände im Publikum gingen nach oben. Es war sehr leicht zu erkennen, dass es sich um die Mehrheit handelte. Aber Karsten wartete noch einen Augenblick. Er wusste, dass es Personen gab, die zwar zweifelten, aber gerne mit der Mehrheit stimmten. Dazu gehörte André, der kurz Blickkontakt zu Bernd suchte. Der starrte ihn mit einem herausfordernden Blick an. Bernd spürte die Zweifel im Gesicht seines langjährigen Freundes. Langsam ging auch Andrés Arm nach oben, was ihm einen festen Tritt mit spitzen Schuhen in seine rechte Wade einbrachte. Den Schmerz unterdrückte er, seine Frau ignorierte er und traute sich nicht, ihr sein Gesicht zuzudrehen.

„Die Gegenprobe: Wer ist gegen meinen Vorschlag?"

Insgesamt gingen fünf Arme nach oben. Am schnellsten der von Elena und etwa gleichzeitig die anderen vier, darunter Daniela und Michael. Wer in diesem Moment zum Podium schaute, der registrierte, dass Bernds Augenbrauen nach oben gingen.

„Und wer enthält sich der Stimme?" Es war Anja Kriechmanns Arm, der langsam und nicht besonders weit und vor allem nur für kurze Zeit nach oben ging. Es schien so, als würde sie hoffen, dass ihre Stimme, die eigentlich ja auch gar keine war, nicht registriert würde.

„Ich stelle fest, der Antrag ist bei deutlicher Mehrheit, wenigen Gegenstimmen und einer Enthaltung angenommen worden." Karstens Stimme war sachlich, aber immer noch laut. „Ich kann nur sagen: Ich danke euch. Ich muss euch aber auch sagen: Die Arbeit fängt jetzt erst richtig an. Bitte bringt Ideen ein. Bitte werdet aktiv. Bitte zeigt Empörung und bitte wehrt euch. Im Sinne unseres großartigen Vereins: Ich bin auf eurer Seite."

Nach diesen Worten gab es langanhaltenden Applaus.

***

Keine 50 km davon entfernt beendet eine 61-jährige Frau ihr Telefonat mit ihrem österreichischen Amtskollegen. Sie hat viel erfahren von chaotischen Zuständen am Budapester Bahnhof. Es war von einer Welle an Flüchtlingen die Rede, die kaum mehr aufzuhalten war. Und sie wurde eben gefragt, ob sie die seit dem Schengener Abkommen offenen Grenzen aus diesem Anlass schließen würde – zur Not unter Anwendung von Gewalt. Es ist eine schwierige Entscheidung für die Frau, deren zehnjähriges Dienstjubiläum in wenigen Wochen bevorsteht. Aber es ist eine Entscheidung, die noch in derselben Nacht fällt.

Kein einziges Wort mehr hatte Anja Kriechmann an diesem Abend mit ihrem Mann gesprochen. Wie hatte er sie nur bei der Abstimmung alleine lassen können? Wie hatte er nur für diesen unklaren Antrag stimmen können, der den Dreien, insbesondere Karsten, Handlungsfreiheit gewährte. Zumindest konnte man das so interpretieren. Und überhaupt: Wie krass waren die Worte von Karsten? Wie spürbar seine Emotionen? Und wie unübersehbar sein Hass? Anja kannte Karsten seit vielen Jahren. Diese Seite war aber auch für sie – zumindest in dieser Radikalität – neu. Ohne ihren Mann legte sich Anja Kriechmann direkt nach der unsäglichen Mitgliederversammlung ins Bett.

Auch Andrés Gedanken fuhren Achterbahn. Er hatte gefühlt Jedem gegenüber ein schlechtes Gewissen. Er hatte seine Frau beim Abstimmen allein gelassen, obwohl das obligatorische Enthalten ja seine Idee war. Er hatte mit seiner zögerlichen Abstimmung Bernd sicherlich irritiert, wenn nicht sogar enttäuscht. Und er hatte in einer Weise abgestimmt, die sicherlich fragwürdig war. Zumindest in seinem beruflichen Umfeld dürfte dies niemand erfahren. ‚Scheiße‘, dachte er, ‚Warum bin ich eigentlich nicht zu Hause geblieben?‘

Mit einem Glas Rotwein und selbst auferlegter Arbeit ging er gegen seinen Frust an und widmete sich einem kleinen Karton, dessen Inhalt er schon seit Monaten sortieren wollte. Seine Mutter hatte ihm diesen kurz vor ihrem Tod übergeben. Er wusste, dass ein paar Schriftstücke, Familienunterlagen und Fotos darin enthalten waren. Mehr wusste er nicht. Er kippte den Inhalt des Kartons mit schlechter Laune, aber trotzdem motiviert, auf dem großen Esszimmertisch aus.

Es waren jede Menge Fotos von ihm selbst dabei, die er noch nicht kannte: André als Baby, André als Kind, André bei der Erstkommunion, André als Jugendlicher, André mit seiner Freundin Anja. André vor dem Traualtar. Diesen Eindruck musste er jetzt nicht unbedingt vertiefen und er legte die Fotos beiseite. Damit wurde der Blick auf seinen Impfpass frei. Den hatten seine Eltern offenbar sehr gewissenhaft aufgehoben und er hatte ihn seit Jahren vermisst. Beim schnellen Durchblättern wurde klar, dass keine Impfung versäumt wurde – zumindest keine, die damals im Westen der Republik vorgeschrieben war.

Ganz hinten im Impfpass steckte noch ein Zettel. André entnahm das auf DIN A5 gefaltete Schriftstück und klappte es auf. ‚Ärztliche Mitteilung' stand ziemlich groß darüber. Das Schreiben war datiert auf den 10. Juli 1974. Es war adressiert an seine Eltern, betraf aber offenbar ihn selbst: ‚André Kriechmann, geboren am 28. Oktober 1966', stand im Betreff. ‚Sehr geehrter Herr Kriechmann, sehr geehrte Frau Kriechmann' so ging es weiter. André hatte in dem Moment keine Ahnung, worum es im Folgenden gehen könnte. Alles, was er jetzt las, war für ihn neu.

Ihr Sohn André wurde heute Vormittag erfolgreich operiert und der Hodenhochstand wurde wunschgemäß beseitigt. Die Hoden Ihres Sohnes liegen jetzt im Skrotum und in wenigen Tagen wird er das Krankenhaus verlassen können. Wir möchten Sie an dieser Stelle auch schriftlich noch einmal darauf hinweisen, dass diese Operation sehr spät erfolgte. Ratsam ist sie innerhalb der ersten zwei, am besten sogar innerhalb des ersten Lebensjahres. Ansonsten besteht die Gefahr der späteren Infertilität (Zeugungsunfähigkeit). Diese Gefahr ist bei einer Operation zum Ende des achten Lebensjahres als erheblich einzustufen. Diese Information müssen wir Ihnen aus rechtlichen Gründen zukommen lassen.'

***

7. September

„Finger weg!" Die Tür des Hotelzimmers war noch nicht geschlossen, da hatte sie schon das Bedürfnis, ihn in die Schranken zu weisen. „Sag mir erst, was da bei euch los ist."

„Wie, was los ist. Möchtest du jetzt über Politik sprechen?"

„Ich möchte vor allem nicht, dass der Mann, den ich liebe, keine Meinung hat. Und dass er sich anpasst. Das möchte ich nicht."

„Wie kommst du darauf? Wenn du den Freitag meinst – es war nicht meine Zeit zu reden."

Sie schaute etwas verständnislos. „Wie, nicht deine Zeit?"

„Ich werde meinen Einfluss schon geltend machen. Der richtige Zeitpunkt wird kommen. Aber nicht, wenn es so läuft wie am Freitag. Und glaube ja nicht, dass ich Karsten nicht schon ziemlich deutlich meine Meinung gesagt habe."

Sie schaute ihn einige Sekunden an. Der richtige Zeitpunkt? Sie wusste, dass er gerne im Mittelpunkt stand. Daher klangen seine Worte halbwegs glaubwürdig. „Versprochen?"

„Natürlich. Du weißt doch, dass ich ein Mann der Tat bin."

Ihre Züge lockerten sich. Es hatte mal wieder nur weniger Worte bedurft, um ihr gekränktes, aber trotzdem rosarotes Gemüt zu beruhigen. Sie dachte daran, wie er sie vorletztes Wochenende im Hause Kriechmann mit ihrer Frage nach der Flüchtlingsinitiative einfach hatte stehen lassen. Das ärgerte sie immer noch ein wenig. Aber noch mehr ärgerte sie es, dass dieses Verliebtsein viel stärker war. Sie konnte sich nicht dagegen wehren, dass sie ihn trotzdem wollte. Und zwar hier und jetzt – und auch insgesamt.

Mit verführerischem Blick ging sie auf ihn zu. „Das kannst du mir jetzt beweisen." Sie umschlang ihn mit den Armen und er drückte sein

Becken ganz feste an das ihre. Sie spürte ein Kribbeln, das ihren ganzen Körper durchzog.

Kriechmann

„Hör mir zu, Anja. Hör genau zu." Anja erkannte die Stimme, die recht laut über ihr Handy an ihr Ohr drang. „Folgendes: Ich werde ab jetzt zahlen. Und du wirst das Geld annehmen. Und ich möchte regelmäßig meine Tochter sehen. Du musst es ihr sagen."

Anja Kriechmann verließ hektisch den Raum. Ihr Sohn Lukas blieb verdutzt zurück. Eben war an diesem Montagabend noch Latein angesagt. Für das neue Schuljahr hatten sich Sohn und Mutter, die selbst mit dem großen Latinum ausgestattet war, einiges vorgenommen. Aber aus Anjas Sicht galt das nicht für diesen Moment. Sie flüchtete stattdessen ins Esszimmer und zog die Tür hinter sich zu.

„Du? Hast du getrunken? Oder jemandem das Handy geklaut?" Anja war verärgert und das merkte man. Es wurde ihr keine Handynummer angezeigt.

„Es ist mein Ernst. Ich habe immer Rücksicht genommen. Aber jetzt läuft das Fass über."

‚Das Fass läuft über?' Anja dämmerte es langsam. Es ging ihm gar nicht um seine Tochter. Oder zumindest nicht nur. Es ging darum, was in den letzten Tagen passiert war.

„Wie, das Fass läuft über? Redest du über den letzten Freitag? Was hat das mit meiner Tochter zu tun?"

„Es ist auch meine Tochter. Und dass das offiziell wird, werde ich durchsetzen. 15 Jahre habe ich jetzt auf deine Familie Rücksicht genommen. Du kannst dich schon mal darauf einstellen, dass André von meinem Anwalt unangenehme Post bekommt. Mach dich auf was gefasst."

Jetzt wurden Anjas Atemzüge doch etwas schneller. Das waren ganz konkrete Drohungen, die sie mit einem Schlag belasteten. Natürlich war die Last in den letzten Jahren ziemlich groß gewesen. Aber irgendwie hatte sie immer alles im Griff gehabt. Jetzt allerdings drohte ihr, die Angelegenheit zu entgleiten. Anja riss sich zusammen, um sachlich zu bleiben und wenig Emotionen zu zeigen. Es gelang ihr bei den folgenden Sätzen halbwegs: „Bleib bitte vernünftig. Du weißt, dass das nicht geht. Wollen wir uns treffen? Es lässt sich sicher eine Lösung finden."

„Es war so schwach von dir. So schwach. Ich dachte, ich seh nicht recht. Da haben wir einmal ein riesiges Problem und was machst du? Du positionierst dich nicht. Du enthältst dich der Stimme. Dein Möchte-gern-Daddy neben dir hat es ja noch kapiert, wenn auch ziemlich spät. Aber du?"

„Was willst du?"

„Ich möchte Klarheit für alle haben. Klarheit für uns beide, Klarheit für André und Klarheit vor allem für Emily. Dass ich sie zweimal in der Woche im Verein sehe, das reicht mir nicht. Zumal sie die Wahrheit nicht kennt. Das ist es, was ich möchte." Dann folgte nach kurzer Pause noch ein Wort: „Eigentlich."

Eine Weile war nichts zu hören, auch keine Antwort von Anja. Die wusste, dass noch etwas kommen musste und so war es auch. „Wenn du willst, dass ich die Bombe nicht platzen lasse, dann kannst du dich anderweitig nützlich machen."

Die folgende Sprechpause war Anja so unangenehm, dass sie demütig fragte: „Wie? Was soll ich tun?"

Darauf hatte der Anrufer offenbar gewartet. Die Machtverhältnisse waren damit am Telefon geklärt und der folgende Tonfall ließ keinen Zweifel daran, wer am längeren Hebel saß: „Hör zu: In den nächsten Wochen werde ich einen Presseprofi in unserem Verein, in unserem Heimatverein, brauchen. Ich möchte, dass unsere Interessen in der Öffentlichkeit bekannt werden. Und ich möchte, dass du die Kampagne leitest."

‚Scheiße', dachte Anja. ‚Was für eine Scheiße. Wie soll das denn gehen?' Die Flüchtlingspolitik der Regierung, die sie selbst im Innenministerium als zweite Pressesprecherin vertrat, hatte mittlerweile Konturen angenommen. Und sie war alles andere als unumstritten. Sie war so ziemlich das Gegenteil von dem, was dieser Heimatverein wollte, in dem sie seit Jahren Mitglied war. ‚Das geht nicht', dachte Anja gerade noch, um im nächsten Moment zu antworten: „Du, ich muss mal sehen, ob das zeitlich machbar ist. Du verlangst verdammt viel von mir." Sie nahm ihren Mut zusammen. „Du bist halt ein Arschloch. Und ich war damals reichlich benebelt. Du wirst von mir hören. Ich muss jetzt Schluss machen."

„Ich bin also ein Arschloch? Dann hör mir mal genau zu." Er machte eine kurze Pause, die bei Anja für Unbehagen sorgte. „Ab jetzt hole ich dich jeden Donnerstag vor deinem verkackten Gutmenschen-Ministerium ab. Dann machen wir's uns schön. Um das Hotel kümmere ich mich. In drei Tagen geht's los. Kapiert?"

Anja verschlug es erstmal die Sprache. Wollte er sie wirklich dazu zwingen, gemeinsam in einem Hotel einzuchecken … und … was auch sonst …Sex zu haben? Wollte er sie wirklich erpressen?

Anja musste an damals denken. Damals – im sechsten Jahr ihrer Ehe – hatten sie eine heftige Krise durchgemacht. Immer wieder Streit. Immer wieder dasselbe: Kinder, Probleme mit der Fruchtbarkeit, in vitro oder doch nicht, Adoption. Dann ihre Tränen, die Nerven und Andrés Worte: „Du gehst mir so auf die Nerven. Ich kann's nicht mehr hören." Sie hatte das Haus verlassen in Richtung bester Freundin, die nicht zu Hause war. In Richtung einer Bar in Spandau, die was zum Trösten dahatte. Und dann der junge Leutnant, der so gut aussah. Viel zu gut. Fehler! Und noch ein Fehler, denn Jahre später hatte sie ihm seine Vaterschaft bestätigt. „Die kann doch nur von mir sein", hatte er gesagt und sie hatte genickt. Großer Fehler. Dann das Tuch des Schweigens über alles. Und jetzt Karstens Erpressung – viele Jahre und einige Dienstgrade später.

„Bitte? Karsten? Das hast du eben nicht gesagt…. Also. Auf gar keinen Fall." Anja bemühte sich um einen sachlichen Ton, der aber letztlich flehentlich wirkte.

Karsten beeindruckte das nicht. „Oh doch, das wirst du. Und zwar jeden Donnerstag ab sofort. Sonst … naja." Karsten machte eine kurze, aber genussvolle Pause. „Und grüß mal den Möchte-Gern-Vater von mir."

Anja konnte sein Grinsen spüren. Sie nahm kurz ihr Handy vom Ohr, konzentrierte sich, spürte, dass ihr schlecht wurde, und riss sich zusammen. „Aber Geli … was ist denn mit ihr …?"

„Lass meine Frau aus dem Spiel. Es geht um dich. Du kannst jetzt beweisen, was du draufhast. Und du wirst." Karsten machte eine kurze Pause, während Anja ein Schauer den Rücken hinunterlief. „Also bis Donnerstag… ach so … und alles Gute nachträglich für deinen Göttergatten. Viel Glück und viel Segen sozusagen…" Karsten konnte sich ein höhnisches Lachen nicht verkneifen.

Dann knackte es in der Leitung. Und es war Anja, die dieses Knacken ausgelöst hatte. Sie war blass geworden und ihr war schlecht. Sie hätte sich auf der Stelle übergeben können, aber sie hatte Pflichten. Also schluckte sie herunter – seine Worte und die Folgen. Schließlich wartete im Nachbarzimmer ihr Sohn. Sie musste jetzt den Schalter wieder umlegen. Latein stand auf dem Lehrplan.

Lukas hatte offenbar das Arbeiten mit dem Lateinbuch noch nicht einmal unterbrochen, offenbar kam er aber gerade nicht weiter. „Mama, homo homini lupus. Was heißt das?"

***

9. September

Ziemlich dicht stand Franziska vor ihr und lächelte sie an. „Elena, was für ein Zufall!"

Elena spürte, wie sie rötlich anlief. Sie konnte das Strahlen von Franzi kaum erwidern. Es war ein fantastisches Strahlen. Diese Frau sah einfach vortrefflich aus. Und sie war erfolgreich. Irgendwie komisch, dass Bernd …. Elena dachte nicht weiter. Das hätte sie zu sehr belastet. Und sie bekam ein schlechtes Gewissen.

„Hi Franzi." Elena spürte, dass ihr die wenigen Worte schwerfielen. „Ja, war kaum zu erwarten, dass wir, … naja dass wir uns hier sehen." ‚So ein Quatsch', dachte sie. ‚Warum war das nicht zu erwarten? Der Supermarkt liegt gerade einmal einen guten Kilometer von unserem Wohnviertel entfernt'.

Franziska irritierte das offensichtlich nicht. „Sag mal, Elly," fiel sie mit der Tür ins Haus. „Ich hab gehört, da gibt es eine Flüchtlingsinitiative. Und mir wurde gesagt, du machst da mit."

Elena freute sich über das aus ihrer Sicht recht neutrale Thema, das aber so neutral gar nicht wahr. Schließlich gab es den letzten Freitag. Schließlich war Bernd – wenn auch recht schweigsam – auf dem Podium gewesen. Schließlich waren da Töne zu hören gewesen, die den Interessen einer Flüchtlingsinitiative widersprachen. ‚Mensch, die war ja am Freitag gar nicht dabei', ging Elena ein Licht auf. „Ja, es soll wohl eine gegründet werden. Bis jetzt gibt es eine Gruppe. Also im Internet. Willst du Mitglied werden? Das kann ich organisieren."

„Nein, nicht unbedingt. Habe schon so viele Gruppen. Ich interessiere mich aber trotzdem für die Initiative. Vielleicht kann man ja helfen. Oder etwas spenden … oder so."

„Ganz bestimmt kann man das, Franzi. Ich kann ja Bescheid sagen, wenn es so eine Art Gründungsversammlung gibt oder so etwas Ähnliches. Da kannst du ja immer noch überlegen, dabei zu sein."

„Super, sehr gut. Du hältst mich also auf dem Laufenden?" Franziska griff nach ihrem Einkaufswagen und zog einen kleinen Zettel aus der Handtasche. „Ich muss schnell weiter, Elly. Wir sehen und hören uns." Franzi drückte ihr jeweils ein Küsschen rechts und links auf die Wange, was Elena erwiderte. Sie roch Franzis zartes Parfüm und erschrak ein wenig. ‚Ob sie auch eine so feine Nase hat', waren Elenas sorgenvolle Gedanken.

Nachdem Franziska mit ihrem Einkaufswagen ziemlich hektisch im nächsten Gang verschwunden war, musste sich Elena erst einmal sammeln, während sie orientierungslos im Gemüse herumwühlte. ‚Franziska will bei der Flüchtlingsinitiative mitmachen. Oder wollte sie mich nur ausfragen? Im Auftrag von Bernd? Nein, das wäre oberdreist. Das würde Bernd nie so machen.'

Elena versuchte, ihre Gedanken zu ordnen. ‚Oh Mann, war die nett zu mir. Andererseits: Wer so nett ist, der ahnt nichts.' Elena wurde aber auch klar, dass sich diese wahrscheinlich noch nicht einmal gespielte Herzlichkeit irgendwann einmal ins Gegenteil verwandeln könnte. Denn schließlich gab es Bernd nur einmal. Und den hatte sie im Griff. Zumindest emotional. Und natürlich im Bett. Die nette, gutaussehende und erfolgreiche Franziska war also dazu verdammt, eines Tages sehr unglücklich zu werden. Und Elena spürte, dass dieser Tag näherkam.

***

Er schaute sich um. Die Dämmerung war weitgehend abgeschlossen und nur die Straßenlaternen spendeten noch Licht. Er hatte lange im Internet recherchiert, wo sich ein geeignetes Etablissement befand. Jetzt stand er davor, Grund genug, sich noch einmal umzuschauen. Dann verschwand er in einem nur spärlich beleuchteten Eingang, über dem der Schriftzug ‚Cruising, Gay & Fun' stand.

Er hatte sich auf diesen Moment gut vorbereitet. Er hatte nachgelesen, welche Signale er geben könnte, um für einen schwulen und anonymen Sexpartner interessant zu sein. Und er hatte Kondome eingesteckt. Den ganzen Tag schon war er voller Vorfreude. Er hatte aber auch Respekt vor dem, was ihn erwarten könnte. Und manchmal schlug dieser in Angst um. Trotzdem hatte er keine Zweifel, dass er sich heute seinem sexuellen Antrieb hingeben würde.

Als er nun im Club stand, vervielfachte sich das Ausmaß dieser Gefühle. Das galt für seine sexuelle Erregung, aber auch für seine Unsicherheit. Er fühlte sich von drei Männern an der Bar inspiziert und die Nervosität stieg. Aber auch sein Selbstwertgefühl. Denn genau das wollte er: inspiziert werden. Schließlich hatte er sich heute deswegen etwas schicker gemacht als sonst. Und schließlich hatte er nur einen Grund, hierher zu kommen. Zu seiner Linken erkannte er, nachdem sich seine Augen an die relative Dunkelheit gewöhnt hatten, eine Treppe. Sie war versehen mit dem Hinweisschild ‚Darkrooms'. Genau das hatte er sich schon im Internet angeschaut und er hatte sich bereits mehrfach vorgestellt, dort nach unten zu gehen. Für spontanen und anonymen Sex.

So locker, wie er konnte, schlenderte er Richtung Bar und bestellte sich bei einem trotz seines Alters, vermutlich jenseits der 60, verführerisch gutaussehenden Barkeeper ein Bier. Den Preis von sechs Euro für eine nur mäßig gekühlte 0,3 l Flasche ignorierte er. Das war jetzt nicht wichtig.

„Nun lass mich raten." Die Stimme kam von links. Einer der Männer hatte sich aus der Dreiergruppe gelöst. „Du bist heute aus deiner Familie ausgebrochen. Und du willst heute was erleben." Der Typ sah ihn mit einem gekünstelten Lächeln an, das kein Vertrauen erweckte. Und mit einem Schlag empfand Michael die Situation als unangenehm. Dieser Typ hatte ihm seine Familie in Erinnerung gerufen. Daniela, die Frau, die er liebte. Und seine Söhne Jakob und Aaron, die für ihn das Glück der Welt bedeuteten.

Und er dachte an seinen jüdischen Glauben und den seiner Frau. Und an die jüdische Erziehung seiner Kinder. Bei Jakob stand die Bar Mitzwa bevor und damit der Tag, ab dem er eigenverantwortlich jüdische Gebote beachten und einhalten sollte. Und er selbst? Er stand in einer dunklen Berliner Cruising Bar. Und der Typ, der ihn gerade angesprochen und mittlerweile seinen Arm um ihn gelegt hatte, schien diese Treppe schon im Blick zu haben.

Michael spürte – da passte etwas nicht. Er fühlte sich nicht wohl. Ganz und gar nicht. Er ließ das schlecht gekühlte Bier auf der Theke stehen und innerhalb von drei Sekunden stand er auf der Straße.

„Hallo … Michael?" Die Begrüßung von Franziska war so formuliert wie eine Frage, die keine Antwort erwartete.

Zwischen allen Fronten

Kriechmann

10. September

Es war der widerlichste Moment und die größte Erniedrigung in ihrem Leben. Als Anja das Neuköllner Hotel in der Nähe des Hermannplatzes verließ, fühlte sie sich benutzt, schmutzig und erniedrigt. Ziemlich regungslos hatte sie den Akt über sich ergehen lassen. Und sie hatte gespürt, wie Karsten die Minuten genoss. Sein Sexualtrieb steuerte seine Ekstase und der offensichtliche Hormonstau tat sein Übriges. Aber Anja hatte noch etwas gespürt. Es war seine Machtbesessenheit und sein Triumph, die ebenfalls seinen harten und schnellen Rhythmus bestimmten. Er hatte erreicht, was er wollte. Und er war ihr überlegen – auch körperlich vor wenigen Minuten im Hotelbett. Und anschließend hatte er keinen Zweifel daran gelassen, dass auch die folgenden Donnerstage so ablaufen würden.

Anja hatte keine Ahnung, wie sie die nächsten Wochen und Monate so emotional überstehen sollte. Und sie hatte keine Ahnung, wie sie André, der nicht nur ihr Ehemann, sondern auch ihr Kollege war, klarmachen würde, dass sie ab jetzt donnerstags immer kurz vor Feierabend einen auswärtigen Termin haben würde. War es da nicht eine Frage der Zeit, bis er dahinterkäme? ‚Nein‘, dachte Anja, das würde sie verhindern. ‚Ich werde alles tapfer über mich ergehen lassen. Das bin ich meinem Mann und meinen großartigen Kindern schuldig.‘

Ja, Anja hatte eine perfekte Familie. Und genau die war ihr Lebenstraum. Sie hatte alles dafür getan, um sich diesen Traum zu erfüllen. ‚Und wenn es einer wagen sollte, den Traum zum Platzen zu bringen, dann …‘.

In Sehnsucht nach einer Dusche und mit Ekel vor sich selbst bestieg Anja die U-Bahn. Und sie war nicht in der Lage, sich in den spiegelnden Fenstern in die Augen zu sehen.

***

‚Bitte behalte es für dich, dass wir uns gestern Abend in Berlin gesehen haben. Das ist mir wichtig. Ich bin noch nicht so weit. Lieben Dank!'

Die SMS von Michael an Franziska las sich ziemlich hilflos und etwas flehentlich. Aber sie musste raus.

Kriechmann

André wusste jetzt alles über das Thema Hodenhochstand, Behandlungsmöglichkeiten und Folgen. Und es hatte sich der Verdacht erhärtet, dass seine Eltern mit ihm damals einen Riesenfehler gemacht hatten. Die Wahrscheinlichkeit, dass er zeugungsfähig war, schätzte er nunmehr äußerst gering ein. Er verzweifelte bei diesem Gedanken und spürte, wie ihm eine Träne die Wange herunterlief.

Er konnte sich noch gut an den Tag vor etwa 16 Jahren erinnern, als die lang ersehnte Nachricht der Schwangerschaft seiner geliebten Anja gefeiert wurde. Er war damals überglücklich gewesen und hatte die seit Monaten bereitstehende Flasche Champagner alleine ausgetrunken – so wie Anja den Orangensaft. Und jetzt? Sollte das alles Lug und Trug gewesen sein? War Anja mit jemand anderem intim gewesen? Gab es dazu irgendwann einmal einen Anlass? André zermarterte sich das Gehirn, aber Anhaltspunkte ergaben sich daraus nicht.

Auch dass es mit dem zweiten Kind zunächst einmal nichts wurde, passte jetzt natürlich ins Bild. Aber damals waren sie jung genug und sie konnten einen Jungen adoptieren. Mit Lukas wurde ihr Glück perfekt. Ein großartiger Junge, eine Sportskanone, ein Kind, das Liebe schenkte und Liebe empfing. André war immer bereit gewesen, alles zu geben, was er hatte. Für seinen adoptieren Sohn und für seine Tochter. Nie hatte er einen Unterschied gemacht. Immer hatte er seine Liebe gleichmäßig verteilt. Und trotzdem hatte er jetzt Verlustängste, als er über Emily nachdachte. ‚Das darf nicht sein', stanzten sich aufgebrachte Gedanken in ihn hinein. ‚Bitte nicht!'

Was blieb, war ein Rest Hoffnung. Und ein großer Drang, Gewissheit zu erhalten. André nahm den bereitliegenden Kugelschreiber zur Hand und beschriftete einen ebenfalls zurechtgelegten Umschlag. Dann steckte er die jeweils sorgfältig in Plastiktütchen gepackte Zahnbürste, den weggeworfenen Kaugummi-Überrest und auch das Wattestäbchen mit seinem eigenen Speichel hinein. Dazu noch diskrete 300 € in bar. So viel kostete die Premiumvariante, die höchste Sicherheit mit zwei Neunen hinter dem Komma versprach. Ob das alles so legal war, wusste er nicht. Es war ihm egal.

Kriechmann

11. September

„Und denk dran – nur Fakten, keine Wertungen." Anja merkte ihrem Chef Jens Kalt eine gewisse Nervosität an. Die Stimmung im Land war zwar positiv, aber die Welle an Flüchtlingen wurde immer unübersichtlicher. In der Presseabteilung des Innenministeriums standen seit Wochen die Telefone nicht mehr still. Über die aktuellen Zahlen wollte jeder Bescheid wissen. Und die lagen dem Ministerium nunmehr vor.

Anja hatte als eine der Stellvertreterinnen des Pressesprechers den Auftrag erhalten, sich um die Pressemitteilung zu kümmern. Es musste schnell gehen – wie immer in dieser Zeit. Die zahlreichen Tabellen, die vor ihr lagen, mussten aber erst einmal analysiert werden. Schließlich war es mit drei Sätzen zur Gesamtsituation nicht getan. So genau wie in diesen Tagen wollten es die Journalisten noch nie wissen. Wer waren die Antragsteller? Aus welchen Ländern kamen sie? Und bei wie vielen handelt es sich tatsächlich um Geflüchtete?

Eigentlich war Anja nicht wirklich arbeitsfähig und blickte eher unkonzentriert auf den Wust an Zahlen, der sich über ihren Schreibtisch ergoss. Sie würde sich sehr zusammenreißen müssen, um hier einen Überblick zu erhalten. Das war angesichts der Erlebnisse von gestern allerdings nur mit erheblichen Anstrengungen möglich. Immer wieder sah sie Karsten Blatter in wilden Bewegungen über ihr liegen. Es widerte sie an, sie konnte das Kopfkino nicht ausschalten. Aber das war ja noch lange nicht alles. Am Donnerstag nächster Woche würde sich der Alptraum wiederholen – und dann immer wieder.

Und heute Abend hatte Karsten einen dienstlichen Anruf – wie er es formulierte – angekündigt. ‚Dieses perverse Arschloch'. Einen ganz kurzen Moment dachte Anja daran, Karsten anzuzeigen. Momente wie dieser flackerten immer mal wieder auf, wurden aber angesichts dessen, was Anja zu verlieren hatte, schnell wieder zum Erlöschen gebracht. Ganz oben stand ihre perfekte Familie.

Es blieb Anja nichts Anderes übrig, als sich fokussieren. Die Überschrift der Pressemitteilung war zumindest keine Herausforderung: ‚36.422 Asylanträge im August 2015'. Nur Fakten halt – und keine Wertungen, so wie Jens das beauftragt hatte. Anja zückte ihren Taschenrechner, denn jede dem Ministerium vom BAMF, der für Flüchtlinge zuständigen Behörde, überlieferte Steigerungsrate wurde überprüft. Und die wurde mit über 100 % angegeben. Konnte das sein? Mit flinken Fingern bearbeitete sie den Taschenrechner und erhielt die Bestätigung: Die Anzahl der Asylanträge gegenüber dem August des Vorjahres war tatsächlich um 105,8 % gestiegen. Unglaublich. Anja konnte sich nicht erinnern, solche Steigerungsraten in ihrer langen Zeit beim Innenministerium schon mal erlebt zu haben. Und ihr war klar, dass die von ihr geprüfte Zahl heute Abend Bestandteil aller Hauptnachrichten sein würde. Ganz kurz kam ihr die Arbeit daher ziemlich wichtig vor. Aber nur ganz kurz. Denn wie unwichtig war das alles gegenüber der komplett verkorksten Situation zu Hause und im Verein.

***

Acht Stunden später war es nicht Jens Kalt, der sie mit einer Pressemitteilung beauftragte, sondern Karsten Blatter. Der hatte sie doch tatsächlich angerufen und nicht die geringste Scheu gezeigt, mit ihr über die Pressearbeit des Vereins zu sprechen. Als hätte es die demütigenden Neuköllner Ereignisse von gestern nicht gegeben. Und als wäre sie freiwillig zur Pressesprecherin des Heimatsvereins geworden. „Und denk daran – nichts beschönigen an der ganzen Katastrophe. Wertungen wirken besser als Fakten."

Im Gegensatz zu ihrem Chef heute Morgen war Karsten nicht im Geringsten nervös. Er wirkte vielmehr entschlossen und kämpferisch. „Und ganz wichtig: deutlich werden. Mit unserem neuem Logo oben drauf. Das schicke ich dir gleich." Dieser Punkt war für Karsten offenbar bedeutend. Aber offenbar auch andere: „Und das Votum unserer letzten Sitzung zur Neuausrichtung. Am besten auch noch die letzten Vorstandswahlen."

Anja hörte ihrem Peiniger kaum mehr zu. Sie war zur Marionette geworden, noch mehr als ohnehin schon tagsüber. Und wöchentlich zur Sexsklavin. Sie hielt ihr Handy jetzt etwas weiter weg von ihrem Ohr, um die nach wie vor deutlich verstehbare Stimme nicht so laut hören zu müssen.

„Und von wegen in zwei Wochen ein Asylanten-Heim hochziehen, während die Bürger schon jahrelang auf eine angemessene Beleuchtung ihrer Spielplätze warten. Diesen Punkt arbeitest du natürlich besonders heraus." Und dann sagte er noch „…, bitte." Ein Wort wie ein Fremdkörper.

14. September

Der Brief war an Tom selbst adressiert. Daher ließ Verena ihn liegen. Sie hatte sich schon gefragt, ob sie und ihr Mann wohl Post von der Polizei bekommen würde oder ihr noch minderjähriger Sohn. Verena war natürlich neugierig, sie war aufgeregt und auch ziemlich ängstlich. Mit der Adressierung an Tom hätte sie sicher Ärger mit ihrem Sohn bekommen, wenn sie den Brief selber geöffnet hätte. Daher war sie erleichtert, als sie von draußen Motorengeräusche eines Mopeds vernehmen konnte. Tom war nämlich – als sei alles in bester Ordnung – seit gestern Besitzer einer Piaggio Si Monte Carlo, Baujahr 1993, angeblich erworben für 450 Euro, die er sich zusammengespart hatte.

Verena musste jetzt daran denken, dass sie kürzlich ihre eiserne Reserve von 50 Euro aufgelöst hatte, um sich wegen ihres Sohnes zur Polizei fahren zu lassen. Sie hätte sich kein Moped leisten können – jedenfalls zurzeit nicht. Sie fand das einerseits ungerecht, andererseits gönnte sie Tom – trotz aller Probleme, die er ihr bereitete – sein neues, altes Moped. Und mit einem Blick aus dem Fenster gönnte sie ihm noch etwas: Patrizia Michaelis hatte sich nämlich mit ihm den kleinen Sitz der Piaggio geteilt. Verena fand das großartig. Sie mochte die Tochter ihrer Freunde – auch weil sie nie abgehoben war.

Pat stieg schwungvoll vom ledernen Piaggio-Sitz ab und wandte sich dem noch immer aufsitzenden Tom mit einem verliebten Blick und anschließend einem langen Kuss zu. Dann brach sie zu Fuß Richtung Elternhaus auf und Verena hatte eine kleine Ahnung, warum ihr Sohn sie nicht direkt dorthin gefahren hatte.

„Du hast Post." Als Tom das Haus betrat, konnte es seine Mutter dann doch nicht lassen, gleich mit der Tür in eben dieses zu fallen.

Tom sah seine Mutter an und spürte, dass der emotionale Abstieg von Piaggio und Pat zu Elternhaus und Polizei enorm war. „Kacke", entfuhr es ihm. Er nahm den Brief, wollte gerade auf sein Zimmer verschwinden, registrierte aber gerade noch den flehentlichen Blick seiner Mutter. Und er spürte, dass sie dabei sein wollte. „Okay." Mehr sagte Tom nicht, bevor er den Brief im mütterlichen Beisein aufriss.

Verena verfolgte den Blick ihres Sohnes, während er das Schreiben Zeile für Zeile scannte. Sie verfolgte seine Pupillen, wie sie die einzelnen Worte mühsam entschlüsselten. Lesen war nie seine Stärke gewesen – und schnelles Lesen schon gar nicht. Aber Tom kapierte dafür schnell, was er las – und als sich seine Miene kurz vor den freundlichen Grüßen aufhellte, wusste Verena: Ihr Sohn war glimpflich davongekommen.

„Sozialstunden?"

„Ja."

„Wie viele?"

„40."

„Wo?"

„Hier."

„Hier?"

„Ja, in der Flüchtlingsunterkunft."

Rosenzweig

18. September

Jakob Rosenzweig war beladen. Oder besser: Sein Fahrradanhänger war beladen. Ausschließlich mit dem Brandenburg-Blatt – ein großer Zeitungsberg auf zwei Rädern. Aber das machte ihm nichts aus, denn Jakob war fleißig – nicht nur in der Schule. Er gehört zu den wenigen Kindern, die ihren 13. Geburtstag herbeisehnten, weil es ab diesem Alter erlaubt war, Zeitungen auszutragen. Letzte Woche war es soweit gewesen. Und Jakob hatte sich den Job – mit Hilfe seiner Eltern – gleich gesichert. 5 Cent sollte er verdienen – pro Zeitung, die er in die Brief-kästen und Zeitungsrohre seiner Nachbarschaft stopfte.

Die Familie Rosenzweig galt als erfolgreich und gleichzeitig beschei-den. Zwar waren Michael und Danny in sicheren Jobs im öffentlichen Dienst, aber das lastete sie – trotz ihrer Kinder – nicht aus. So war Danny schon jahrelang zusätzlich mit dem An- und Verkauf von Stoff-tieren im Internet sehr erfolgreich aktiv. Ihr machte das Freude. Daher tat sie das, viel Geld verdiente sie damit nicht.

Und Michael? Er kannte sich bestens an der Schnittstelle zwischen Betriebswirtschaft und Ethik aus. Er wurde regelmäßig von Unterneh-men als Referent gebucht, hielt nebenbei gut bezahlte Vorträge und gab das Wissen, über das er in Sachen Wirtschaftsethik verfügte, nebenbe-ruflich weiter. Den Rosenzweigs ging es gut. Aber reich waren andere.

Zudem waren sie trotz ihres Erfolgs immer bodenständig geblieben: Sie ritten keineswegs auf jeder Konsumwelle mit, die in kürzer werden Abständen durch die Gemeinde schwappte. Fleiß, Erfolg und Beschei-denheit stand auf ihrer blauweißen Fahne mit zentralem Davidstern. Die wehte zwar nicht vor ihrem Haus, aber tief im Herzen jedes Fami-lienmitglieds. Und diese Werte vermittelten Michael und Danny auch ihren Kindern.

Gleichwohl waren die Rosenzweigs hellhörig. Sie lasen beim ge-sprochenen und beim geschriebenen Wort auch zwischen den Zeilen. Heute, an dem Tag, als ihr 13-Jähriger Sohn erstmals das Brandenburg-Blatt austrug, war das aber nicht nötig. Denn heute stand die Wahrheit direkt auf den Zeilen – so ganz ohne Interpretationsspielraum. Und das auf Seite 1 der Zeitung, die 400-fach auf Jakobs Fahrradanhänger lag: 'Heimatverein wehrt sich gegen Umvolkung der Gemeinde.'

Die Buchstaben waren groß, fett und direkt neben einem schwarz-rot-goldenen Wappen platziert, das das bunte Better-Place-Logo kürzlich abgelöst hatte. Und darunter – ziemlich klein – gab's einen weiteren Artikel unter der Überschrift ,Präsident des BAMF tritt zurück'. Wer hier ganz genau hinschaute, dem war nicht entgangen, dass beide Artikel mit einem ,AK' gekennzeichnet waren – einmal garniert mit einem ,BMI' und einmal mit einem ,Heimatverein'.

Jakob war wohl aufgefallen, dass seine Eltern beim Packen des Fahrradhängers kurz eine gewisse Irritation gezeigt hatten, aber nur ganz kurz. „Viel Erfolg!" riefen sie ihm hinterher. Zuvor hatten sie sich aber noch ein Exemplar des Anzeigenblättchens gesichert, das bis dato auf dem Grundstück der Rosenzweigs noch nie weitergekommen war als bis zur Altpapiertonne.

Mit seinen 13 Jahren hatte Jakob die großen Buchstaben auf Seite 1 wohl gelesen, aber nicht eingeordnet. Ihm ging es ohnehin nur um den Job, der ihm für heute immerhin ein Zusatzeinkommen zum Taschengeld von 20 Euro versprach. Dies trieb ihn von Haustür zu Haustür, von Briefkasten zu Briefkasten und von Hand zu Hand, wenn er die Zeitung an im Garten verweilende Nachbarn direkt übergeben konnte.

So auch bei einem älteren Mann, der die Zeitung zwar eher teilnahmslos entgegennahm, aber dessen folgende – im Weggehen ausgesprochenen Worte – wohl doch für Jakobs Ohren bestimmt waren: „Jetzt schicken die Juden schon ihre Kinder zum Geldverdienen." Und nach kurzer Pause folgte etwas leiser, aber immer noch verständlich: „Das Pack kann den Hals mal wieder nicht vollkriegen ..."

Kriechmann

21. September

Alles – oder zumindest fast alles – war nicht mehr so, wie es einmal war. Eine vorbildliche Ehe, eine großartige Familie, ein liebenswerter Adoptivsohn und eine Tochter, die alle Erwartungen erfüllte. Dazu ein Haus im Grünen, zwei Karrieren im Innenministerium, ein gewisser

Wohlstand und – damit verbunden – der Aufstieg in die obere Mittelschicht – so hatte es André noch vor wenigen Tagen formuliert. Aber was war davon übriggeblieben? Was nutzt die obere Mittelschicht, wenn offenbar das Fundament bröckelte und die Fassade Risse aufwies? Natürlich würde er erst einmal das Testergebnis abwarten müssen. Aber die Hoffnung, dass er der Vater von Emily war, die schon mit 15 Jahren körperlich ihre Mutter überragte und so groß war wie er, – diese Hoffnung war gering.

Eigentlich war seine Ehe mit Anja all die Jahre immer hervorragend gewesen. Zumindest wurde ihnen beiden das oft gesagt: ‚Ihr seid eine tolle Familie. Eure Kinder sind großartig. Bei euch passt wirklich alles zusammen.' Beruf, Karriere, Familie, Finanzen, Sympathie und Auftreten – die Kriechmanns hatten immer Komplimente bekommen und manchmal auch Neid gespürt. André konnte kaum glauben, dass jetzt alles, wirklich alles, auf dem Prüfstand war. Immer wieder stellte er sich vor, wie er reagieren würde, wenn er das Testergebnis bekäme, das er erwartete. Er könnte doch nicht einfach so weitermachen wie bisher. Er müsste doch mit Anja darüber reden. Und er müsste natürlich auch mit seinen Kindern darüber reden. Oder nicht? Und überhaupt – *seine* Kinder?

Und dann noch der Freundeskreis, der Ruf in der Gemeinde und die wichtige Frage, wie man wohl über die Kriechmanns reden würde. Also – im Falle, dass… Dazu kam dann noch das eigenartige Verhalten seiner Frau in letzter Zeit – oder bildete er sich das nur ein? Aber warum hatte sie sich breitschlagen lassen, den Pressejob für den Verein zu übernehmen? Warum gab sie ihren Namen für äußerst zweifelhafte Pressemitteilungen? Darüber hatte er mit Anja bereits stundenlang diskutiert. Aber eigentlich war das nur nebensächlich. Viel wichtiger war etwas Anderes: die Zweifel an seiner Vaterschaft. Bereits um 7:15 Uhr morgens, während er im Büro den Pressespiegel aufrief, spürte André pure Verzweiflung. Sein Leben stand zwar noch nicht auf dem Kopf, aber es wankte.

‚Heimatverein wehrt sich gegen Umvolkung der Gemeinde.' André schaute noch einmal ganz genau hin. Exakt dieser Text stand dort – erbarmungslos, hilflos und respektlos zugleich. Genau so, wie die Worte jetzt auf dem Bildschirm zu sehen waren, waren sie kürzlich auf die Titelseite des Brandenburg-Blatts gelangt. Noch nie hatte es ein Artikel mit regionalem Bezug zu seiner Heimatgemeinde in den Pressespiegel des Innenministeriums geschafft. Und ausgerechnet jetzt war es passiert. Mit den Initialen seiner Frau: A. K. ‚Von wegen Nebensache. Große Scheiße!'

André hatte sich in den letzten Tagen schon gewundert, wie wenige seiner Nachbarn Anstoß an dieser Formulierung im Brandenburg-Blatt genommen hatten. Wie wenige das Wort Umvolkung offenbar störte. Und wie sehr die Überschrift offenbar einige Menschen abholte – auch solche, die er kannte und schätzte. Das hatte in seinem Kopf für Bewegung gesorgt. Und seine Gedankenwelt hatte sich neu geordnet. ‚Wenn so Wenige Anstoß nehmen, dann ist das wohl nicht so schlimm. Anscheinend nehme ich das ganze mal wieder übergenau.' Das hatte man ihm oft genug eingeredet – und in der Folge er sich selbst auch.

Mit dem Auftauchen im Pressespiegel des Ministeriums drehte sich seine Gedankenwelt erneut um 180°. Dieser Artikel verwendete Nazijargon. Das mochte draußen auf dem Land und im Speckgürtel für einige nicht so schlimm – oder sogar ganz normal – sein. Hier im politischen Berlin war es ein Skandal. Und André war klar, dass dies für Anja Folgen haben würde. Zumindest dann, wenn herauskäme, dass ihre Pressearbeit dahinter stünde. André spürte plötzlich eine enge Verbundenheit mit seiner Frau, an der er gerade so zweifelte. Er tat das, was er in seinem professionellen Leben nur äußerst selten tat: Er griff aus privaten Gründen zum dienstlichen Telefon und wählte Anjas Büronummer.

Rosenzweig

22. September

„Na, wie war´s heute?"

Es war eine Standardfrage, die Daniela ihrem Sohn Jakob stellte. Die Familie saß beim Abendessen und Jakob hatte als letzter Platz genommen, nachdem er seine Ukulele in die Ecke gestellt hatte.

„Gut." Die Antwort war kurz und knapp, verriet weniger über seinen instrumentalen Unterricht als vielmehr darüber, wie wenig Lust er hatte, jetzt mit seinen Eltern zu sprechen.

„Habt ihr denn mal angefangen, ein neues Stück zu üben?"

„Ja."

„Und, Jakob, hat's geklappt? Wie war´s?"

Jakob war ziemlich genervt, aber er riss sich zusammen: „Es ging so. Aber wird schon."

Jetzt schaltete sich Michael in das Gespräch mit ein. „Nicht schlecht: montags Jugendgruppe, dienstags Ukulele, mittwochs Handball und freitags Zeitungen austragen. Das ist schon viel."

Die Antwort auf die Aussage, die keine Fragestellung enthielt, war Schweigen. Dies zog sich über mehrere Sekunden, sodass Daniela noch mal nachhakte: „Toll, wie du das alles hinkriegst. Braucht ja alles seine Zeit. Das Zeitungaustragen letzten Freitag hat ja dreieinhalb Stunden gedauert."

„Ich glaube, das mache ich eh nicht mehr." Der Satz kam plötzlich und klang monoton.

„Wie bitte?" Damit hatte Michael nicht gerechnet. „Du willst das nicht mehr machen?"

„Eher nicht."

Danny und Michael blickten sich überrascht an. Jakob war am letzten Freitag zwar voller Elan losgefahren, nach getaner Arbeit war er aber ziemlich wortkarg gewesen. Seine Eltern hatten das auf die anstrengende Woche zurückgeführt. Anschließend wurde über das Thema kaum noch gesprochen. Bis zu diesem Abendessen.

„Aber warum denn?" Daniela war sehr verwundert und wollte es genauer wissen.

„Ich weiß nicht."

Michael mochte solche Antworten nicht und hakte ebenfalls nach. „Du warst doch so froh, den Job zu haben. Und über 20 € extra jede Woche – da hast du dich riesig drauf gefreut."

„Trotzdem."

Die Blicke von Daniela und Michael kreuzten sich erneut. Sie waren in pädagogischen Dingen gut aufeinander eingespielt und wussten voneinander, dass keiner von ihnen auch nur annähernd verstand, was da jetzt plötzlich los war. Sie waren sich beide sicher: Sie wussten nicht alles.

„Ihr könnt mich da wieder abmelden."

Erneut sahen sich Danny und Michael an, dieses Mal mit einer Aufforderung im Blick von Daniela an ihren Mann, jetzt etwas strenger nachzufragen.

„So einfach geht das aber nicht, Jakob. Du hast den Job doch angenommen. Und am Freitagmorgen haben wir doch wieder einen großen Stapel Zeitungen vor der Tür."

„Ihr könnt ja jetzt anrufen und mich abmelden. Dann können die noch einen anderen suchen."

Michael war sich jetzt erst recht sicher, dass irgendetwas anderes dahintersteckte. Aber das Abendessen, an dem auch der neunjährige Aaron teilnahm, war wohl nicht die richtige Gelegenheit, darüber zu reden. „Also bevor wir das machen, sprechen wir noch mal. Wir beide, direkt nach den Nachrichten, okay?"

Jakob nickte und schien erleichtert. Zum einen darüber, dass das Gespräch jetzt nicht fortgesetzt würde. Zum anderen machte er den Eindruck, dass mit dem Ansprechen dieses Themas eine Last von ihm gefallen war.

Kriechmann

23. September

Anja war eine routinierte und erfolgreiche Pressesprecherin im Bundesministerium für Inneres. Sie hatte schon des Öfteren in der Bundespressekonferenz gesessen und ihr Ministerium vertreten. Klar, dort wurde sie auch an ihre Grenzen geführt, aber selbst unangenehme Fragen der Hauptstadtjournalisten wusste sie mittlerweile zu beantworten, ohne sich zu verheddern. Und den Notsatz „Den Ausführungen von Herrn Seibert ist nichts hinzuzufügen" setzte sie mittlerweile ein, ohne verlegen zu werden.

Aber ihr beruflicher Erfolg und ihre Routine nutzten ihr rein gar nichts, als sie jetzt an der Tür zum Büro des für die Abteilung G zuständigen Staatssekretärs klopfte. Sie wusste natürlich, worum es gehen würde. Denn wer AK war – das hatte sich längst herumgesprochen. Und der Artikel im Brandenburg-Blatt, den die für den Pressespiegel zuständige Aushilfskraft leider vor zwei Tagen gefunden und eingespeist hatte, schlug hohe Wellen.

Ihr Mann hatte sie vor zwei Tagen telefonisch vorgewarnt. Er hatte den Artikel erkannt, machte das aber nicht publik. Der Montag verlief anschließend noch relativ normal, wobei eigentlich im Leben der Anja Kriechmann gar nichts mehr normal war. Jedenfalls gab es keine unangenehmen Fragen, allenfalls nicht interpretierbare Kollegenblicke.

Auch Jens hatte kurz vor Feierabend etwas irritiert dreingeschaut – Einbildung oder tatsächlich ein vielsagender Blick?

Gestern wurde es unangenehm. Jens hatte sie gefragt, ob sie in beiden Fällen AK sei: beim Abdruck der Pressemitteilung des Ministeriums und bei dem Bericht über diesen Heimatverein. Natürlich musste sie das bejahen. Und zwei Stunden später ging das Gerücht herum, dass der Minister getobt hatte. Kurz vor Feierabend dann die Einladung zum Staatssekretär. Für den nächsten Morgen, der jetzt gekommen war.

Schon der kurze Blick seiner Assistentin war unangenehm und dann saß der Staatssekretär vor ihr – mit einer unbeschreiblich ernsten Miene. ‚Meine Güte – übertreibt er nicht ein wenig?', dachte Anja. Vor ihm lag als DIN-A3-Ausdruck der Pressespiegelauszug vom Montag. Und zwar beide Artikel – daneben ein offenbar bereits reichlich zum Einsatz gekommener Textmarker. In der Ministeriums-Mitteilung waren allerdings nur zwei Buchstaben markiert: ein A und ein K. Im Artikel über den Heimatverein gab es zahlreiche Markierungen. Anja war sofort aufgefallen, dass das Wort Umvolkung zusätzlich mit einem Kugelschreiber unterstrichen und mit einem Ausrufezeichen versehen war.

Beim Anblick der Szenerie, die samt Miene und Markierungen nicht nur ernst, sondern auch ein wenig gestellt wirkte, schoss Anja ein Gefühl des Hasses in Kopf, Seele und Körper. Der Hass auf den Mann, dem sie das – und vieles mehr – zu verdanken hatte: der Hass auf Karsten Blatter.

Das Gespräch mit dem Staatssekretär dauerte noch nicht einmal eine halbe Stunde. Er wollte natürlich alles wissen, aber nur in Kurzversion. Eine Langversion hätte Anja ihm ohnehin nicht erzählt, denn den wahren Grund dafür, dass sie die Pressearbeit für den Heimatverein übernommen hatte, konnte sie ihm natürlich nicht sagen. Zwischendurch musste Anja – in Gedanken bei ihrer Familie, beim erpressten Sex mit Karsten und angesichts des Zwiespalts ihrer unterschiedlichen Presseaktivitäten – mit den Tränen kämpfen. Den Kampf gewann sie. Ihr Gegenüber hatte aber wohl wahrgenommen, dass sie zu kämpfen hatte.

Als Anja das Büro des Staatssekretärs verließ, war sie jedenfalls auch formal nicht mehr die, die sie einmal war. Als Pressesprecherin war sie gekommen, als Assistentin im Referat für zivile Krisenbewältigung ging sie wieder. „Nur vorübergehend", hatte der Staatssekretär gesagt. „Bis alles geklärt ist". Aber was sollte eine Klärung noch bringen? Anja war jetzt klar, dass ihre Karriere im öffentlichen Dienst so gut wie beendet war. Sie hatte also innerhalb weniger Tage nicht nur ihren geliebten Mann irgendwie betrogen, sondern auch noch ihren Job quasi hingeschmissen.

Aber den entscheidenden Fehler, den hatte sie bereits vor 16 Jahren begangen. Streit, Bar, Alkohol, Leutnant, Sex. Anja bog Richtung Toilette ab, wo sie sich unter Tränen minutenlang nicht beruhigen konnte.

Rosenzweig

25. September

Mit seinem eigenen Fahrrad und dem Anhänger seines Sohnes hatte sich Michael auf den Weg gemacht. 400-mal das Brandenburg-Blatt in Briefkästen und Zeitungsrohren unterbringen – das war kein Vergnügen. Aber es musste sein. Denn Jakob wollte nicht mehr. Und er hatte seinem Vater auch mitgeteilt, warum. Jakob hatte ihm erzählt, was der ältere Mann gesagt hatte – Wort für Wort. Und das konnte der 13-Jährige durchaus einordnen. Er hat viel gelernt über seine Herkunft und seinen Glauben. Und über die Geschichte seiner heutigen Heimat. Und er wusste – das hatten ihm seine Eltern immer wieder eingebläut – wo genau er zu Hause war. Da musste er schon mal mit Anfeindungen rechnen. Aber es war nie so weit gekommen. Bis zum letzten Freitag.

Spontan hatte Michael zum Telefon gegriffen, um den Job seines Sohnes abzusagen. Aber seine Frau hatte eine bessere Idee. „Schau dir doch mal an, wo dieser Typ wohnt. Ich will wissen, wer das ist." Dann hatten Daniela und Michael kurz nachgedacht und gemeinsam die Idee entwickelt, die Zeitungen selbst auszufahren. Für ihren Sohn und für das Wohlbefinden der Eheleute machte Michael das dann auch gerne. Sein Sohn hatte ihm ganz genau beschrieben, wo es zu dem Vorfall gekommen war. Und jetzt sah er dieses Haus.

Das Wetter war nicht gut an diesem 25. September. Niemand war im Garten und es war unwahrscheinlich, dass er am beschriebenen Grundstück jemanden antreffen würde. Michael stoppte sein Rad am Briefkasten. Ein Zeitungsrohr war direkt darunter angebracht. Er blickte auf den Eingangsbereich des Hauses auf dem durchschnittlich großen Anwesen. Es war keine Auffälligkeit zu entdecken. Michael nahm die Zeitung, die auf der Titelseite die Schlagzeile ‚Distanzierung der Redaktion' trug, rollte sie zusammen und füllte damit das Zeitungsrohr. Dabei blickte er fast zwangsläufig auf das Namensschild am Briefkasten. Es waren Buchstaben in altdeutscher Sprache, einer Art Runenschrift, zu sehen. Michael mochte diese Art Schriftzeichen nicht, gleichwohl konnte er den Namen ohne weiteres entziffern. Franz Blatter wohnte hier.

Den Namen Blatter hatte Michael erst zweimal gehört. Die eine Person war der umstrittene FIFA-Präsident, der vor einigen Wochen seinen Rücktritt angekündigt hatte. Und die andere Person leitete den gerade umbenannten Verein, in dem – wie er selbst – sein Sohn Jakob Mitglied war. Auch dieser Blatter, der mit Vornamen Karsten hieß, war für Michael – trotz aller Ausstrahlung – umstritten. Schließlich hatte er Anfang des Monats in der Mitgliederversammlung Aussagen getätigt, die Minderheiten aufhorchen lassen sollten.

Bereits damals hatte Michael darüber nachgedacht, Jakob aus der Jugendkreativgruppe abzumelden. Aber nach einem Gespräch mit Daniela verzichteten sie darauf. Zu sehr hing ihr Sohn an den Freunden, die er dort immer montags traf. Außerdem hätten sie dann konsequenterweise Aaron vom Volleyball abmelden müssen. Auch für ihn wären die sozialen Kontakte damit geschrumpft – und gerade auf Freunde und Bekannte ihrer Kinder legten Daniela und Michael großen Wert.

‚Das wird doch nicht der Vater von Karsten sein?‘ Michael dachte kurz darüber nach und nahm sich fest vor, auf diese Frage eine Antwort zu finden. Schließlich schien dieses Puzzleteil zu passen. Er fuhr weiter bis zum nächsten Haus, versorgte dort den Briefkasten, zückte sein Handy und rief seine Frau an. Keine 10 Minuten später wusste er Bescheid: Karsten war der Sohn von Franz, der Sohn eines Antisemiten. ‚Scheiße‘, fuhr es Michael in den Kopf und er hatte noch etwa 360 Zeitungslieferungen Zeit, über Konsequenzen nachzudenken.

Blatter

26. September

Die Gruppe *Better Place intern* war längst in *Heimatverein intern* umbenannt worden. Karsten hatte das vor etwa einer Woche getan und er kam immer besser zurecht mit den sozialen Medien. Gruppen bilden, Gerüchte streuen, Bots einsetzen, Diskussionen anheizen, Narrative erzeugen, Widerstand auslösen. Man sah Karsten immer häufiger mit seinem Smartphone – oftmals bei bester Laune.

Heute Morgen war das anders gewesen. Das Smartphone hatte nämlich nicht nur gute, sondern auch schlechte Nachrichten für ihn bereitgehalten. Die Absage von Anja für das heutige Vereinsfest hatte ihn noch wenig gewundert. Schließlich hatte die am letzten Donnerstag in Neukölln nur rumgeheult und ihm den Spaß genommen. Aber das war ein anderes Thema. Dass André dann aber auch abgesagt hatte, verwunderte ihn schon. Ihn hatte er fest eingeplant bei diesem Jahreshöhepunkt, an dem bei Freibier und günstiger Bratwurst die neue Fahne gehisst werden sollte. Aber letztendlich hatte Karsten auch keine Lust, dem von ihm selbst Gehörnten ständig noch Anweisungen zu geben.

Als dann aber auch noch Bernd geschrieben hatte, dass er es an diesem Samstagnachmittag aus beruflichen Gründen wohl nicht schaffen würde zu kommen, hatte Karsten schlechte Laune bekommen. Schließlich war Bernd Vorstandsmitglied und Karsten hatte keine Lust, alles alleine bzw. zusammen mit dem nur bedingt fähigen Rainer Vogelsang anzuleiten und zu organisieren. Außerdem wollte Karsten Bernd gerne unter Kontrolle behalten. Es war seine feste Absicht, ihn bei dieser Vereinsfeier noch mehr für seine Sache zu begeistern. Und er wollte, dass sich der Vorstand einmal mehr gemeinsam auf die bevorstehenden Aufgaben einschwor. Schließlich war ihm Bernds Frau Franziska nicht ganz geheuer. Er konnte sie politisch nicht einschätzen und schloss nicht aus, dass sie eine Zecke war.

Dementsprechend war Karstens Antwort an Bernd auch eher enttäuscht und vor allem fordernd gewesen: ‚Hallo? Findest du das fair? Sieh mal zu, dass du kommst. Du weißt doch, wie wichtig das ist.' Zu Recht hatte er damit kalkuliert, dass der obrigkeitshörige Dr. Michaelis durch dieses Statement zumindest zum Nachdenken gebracht würde.

Allerdings war nachmittags nichts zu sehen von Bernd Michaelis, als Karsten zum vereinbarten Zeitpunkt gegen 14:00 Uhr das Vereinsgelände betrat. Einige der getreuen Mitglieder hatten bereits den Grill aktiviert, andere positionierten Bänke und Tische, hingen Abfalltüten auf und sorgten für ein gemütliches, aber auch klar strukturiertes Ambiente. Eine Gruppe Jugendlicher hatte gerade den neuen Fahnenmast gesetzt, nachdem der alte, gefühlt nur halb so große, diskret hinter dem Vereinsgebäude einen unehrenhaften Platz gefunden hatte. Die neue von Schwarz, Rot und Gold geprägte Fahne des Heimatsvereins lag am Fuße des neuen Mastes bereit – entsprechend ebenfalls doppelt so groß wie die bunte Vorgängerversion. Als Karsten seine Vereinsmitglieder beobachtete, war er endgültig wieder mit seiner Welt versöhnt. Er wollte etwas bewegen und er merkte, er war nicht allein.

Etwas angewidert ging sein Blick nach rechts neben das Aktivitätsgelände. Die Flüchtlingsunterkunft in Form einer eiförmigen Traglufthalle stand bereits seit zwei Tagen und war in Rekordzeit ausgestattet worden. An diesem Tag sollten hier 100 Flüchtlinge einziehen. Erste Vorbereitungsaktivitäten waren auf der anderen Seite bereits erkennbar, schließlich hatte Karsten den Sichtschutz – der war doch teurer als angenommen – noch nicht errichten lassen. ‚Scheiße, die Überschneidung', dachte Karsten mit Blick auf die nur durch einen Maschendrahtzaun abgetrennte andere Seite. ‚Ausgerechnet heute kommen die… die …' Karsten fiel kein Wort ein, das so ähnlich war wie Kanaken, nur passender und noch herabwürdigender. ‚Auf der anderen Seite …', Karstens Züge hellten sich auf ‚… vielleicht sind damit auch Chancen verbunden …'

**

Es war ein langer und intensiver Kuss zweier Teenager. Pat wollte gar nicht mehr aufhören. Sie hielt Toms Kopf fest in ihren Händen, damit seine Lippen für die ihren dauerhaft erreichbar waren. Tom ließ das gewähren. Er genoss die Situation, schließlich hatte er in den letzten Tagen und Wochen auch viel Negatives erlebt. Jetzt hatte er das Gefühl, dass sich sein Leben ins Positive drehte. „Haben denn deine Eltern noch mal was über mich gesagt?" Die Situation in Pats Zimmer, als ihr aus seiner Sicht sehr unsympathischer Vater hereingekommen war, hatte sich bei ihm eingebrannt.

„Nein", log Patrizia mit schlechtem Gewissen. Sie wusste natürlich ganz genau, dass sie auf die Situation bereits mehrmals angesprochen worden war. Und sie hatte stets das Gefühl, ihre Eltern wollten sich nur vergewissern, dass sie sich mittlerweile von Tom Winkler getrennt hatte. In der Angst, sie würde bei der Lüge rot anlaufen, gab es noch einen längeren Kuss obendrauf. Anschließend ein Lächeln.

„Was sagen eigentlich *deine* Eltern dazu? Sie wissen doch Bescheid, oder?" Jetzt war Pat neugierig geworden.

„Darüber sprechen wir eigentlich nicht. Und ich finde das auch gut. Klar, sie bekommen das mit. Aber letztlich geht sie das nichts an. Finde ich jedenfalls."

Patrizia dachte kurz nach. „Ist aber viel besser bei dir." Sie sprach das aus, was sie dachte. Toms Rausschmiss damals hatte ihr weh getan. Sehr sogar. Und sie hatte das Gefühl, dass in ihrem Verhältnis zu ihrem Vater irgendetwas kaputtgegangen war. „Also besser als bei mir…"

„Naja, cool sind meine Eltern eigentlich nicht. Kürzlich bei der Polizei – das war so was von peinlich."

„Aber sie haben dir geholfen. Sei doch froh."

Tom zögerte kurz mit seiner Antwort. „Ja, stimmt schon. Ich bin voll froh. In ein paar Tagen geht's los. Läuft eigentlich..."

Patrizia blickte auf ihr Smartphone. „Wir müssen auch langsam los. Es wäre gut, wenn wir um drei Uhr da sind. Um vier Uhr kommen dann auch schon ein paar Busse an."

„Ist eigentlich krass. Von so weit her... und übers Meer … das schafft ja auch nicht jeder."

Pat freute sich über diese anerkennende Anmerkung. „Ja, echt. Ich hab mit meiner Mum darüber gesprochen. Der Weg über das Meer ist total gefährlich. Aber auch der zu Fuß – und der ist mega-anstrengend."

„Krass, zu Fuß." Aus Toms Gesicht war Bewunderung zu erkennen.

„Und wir gehen jetzt auch zu Fuß?"

Tom schaute Patrizia an. Dann zog er grinsend den Mopedschlüssel aus der Hosentasche. „Not really."

** *Wójcik-Müller* **

Als Elena die Klingel ihrer Freunde und Nachbarn betätigte, tat sie das vergeblich. Mehrmals vergeblich.

‚Komisch', dachte sie. So richtig fest war sie mit Anja und André zwar nicht verabredet. Aber Elena hatte auf die beiden eingeredet, beim Empfang der Flüchtlinge dabei zu sein. Und sie hatte das Gefühl, dass sie damit erfolgreich gewesen war. Aber jetzt öffnete niemand. Dabei hatte sie aus ihrem Badezimmer heraus noch vor fünf Minuten Bewegung im gegenüberliegenden Haus der Kriechmanns bemerkt. Jetzt aber: keine Reaktion.

Etwas enttäuscht machte sich Elena auf den Weg zu Michael und Daniela. Zu den beiden hatte sie in den letzten Wochen einen noch besseren Draht bekommen. Danny und Michael waren sehr offen, wenn es um die Flüchtlingsfrage ging. Ihre Haltung war stets menschlich, aber sie hatten auf der anderen Seite auch Respekt. Elena wusste, dass ihre Freunde jüdischer Abstammung und auch jüdischen Glaubens waren. Und jetzt sollten Flüchtlinge kommen, die dem Islam angehörten. Vermutlich jedenfalls. Trotzdem war bei Michael und Danny nicht der Hauch eines Vorbehalts zu spüren. Als Elena zum Haus der Rosenzweigs ging, dachte sie darüber nach. Und sie zog gedanklich den Hut vor ihren jüdischen Freunden. ‚Großartig, dass beide heute mit dabei sind', verneigten sich ihre Gedanken respektvoll.

Als Elena zwei Minuten später die Klingel betätigte, wurde ihr dann auch geöffnet. Etwas später standen Michael und Danny neben ihr auf der Straße, lächelten sie beide an und bekamen ein Lächeln viel bezaubernderer Art zurück. So war Elena halt – wie immer kurz nach dem Begrüßungsküsschen.

Anschließend wurde Michael ernster und schaute Elena fragend an. „Weißt du eigentlich, Elly, dass unser Verein heute direkt nebenan seine Party feiert?"

Elena stutzte. Natürlich wusste sie das, aber so genau hatte sie sich die Konsequenzen gar nicht überlegt. Sie wurden ihr aber mit einem Schlag klar. „Ach du Scheiße." Selbst bei diesem deutschesten aller deutschen Worte war der polnische Akzent nicht zu überhören. „Das ist ja direkt nebenan. Und auch heute Nachmittag. Klar, ich hab ja auch eine Einladung bekommen. Habe aber gar nicht reagiert. War ja alles komisch letztlich." Elena machte eine kurze Pause. „Finde ich zumindest."

„Und wir erst." Daniela sagte das und meinte noch viel mehr. Elena schaute sie fragend an, aber die Geschichte mit Karstens Vater behielt Danny erst mal für sich.

Michaelis

„Wohin?" Bernd bekam einen gehörigen Schreck.

„Du tust ja so, als wollte ich irgendwo eine Bombe legen." Franziska schaute ihren Mann halb fragend und halb prüfend an. „Ich helfe heute dort. Es ist einiges zu tun."

„Zum Flüchtlings…?" In diesem Moment schien Bernd bewusst zu werden, dass es sich ja um lobenswertes Engagement seiner Frau handelte. Dr. Bernd Michaelis geriet ins Stocken, dachte kurz nach, was ihn aber nicht davor bewahrte, weitere unbedachte Äußerungen zu tätigen. „Aber das geht doch nicht."

Franziska sah ihren Mann an und die Fragezeichen in ihrem Gesicht wirkten keinesfalls gekünstelt. „Warum geht das nicht?"

„Na, der Heimatverein feiert doch direkt …" Bernd merkte, dass eine gute Argumentation nicht mehr möglich war. Er war schließlich im Vorstand des Heimatsvereins und der hatte – das wusste er mittlerweile ganz genau – die Flüchtlinge im Visier. Das war ja auch der Grund, dass er Karsten abgesagt hatte. Wenn aber jetzt Franziska zum Flüchtlingsheim gehen würde, wäre das kein gutes Zeichen. Und überhaupt – wie sollte er sich dann verhalten? „Jedenfalls finde ich das nicht fair von dir", sagte er dann noch und erntete jetzt erst recht Verachtung.

„Sag mal, hast du was dagegen, wenn ich bei den Flüchtlingen helfe?", fragte Franzi ihn empört, um dann etwas versöhnlicher hinzuzufügen: „Elly hat mich über den Termin informiert. Sie sagt mir immer Bescheid, wenn da was los ist."

Jetzt entglitt Bernd das Gesicht völlig. ‚Hatte sie eben Elena erwähnt? Natürlich hatte sie diesen Namen ausgesprochen. Was hatten die beiden miteinander zu bereden?' ‚Seit wann triffst du dich denn mit Elena?"

Nunmehr wirkte der Gesichtsausdruck von Franziska außerordentlich erstaunt. „Was meinst du damit? Ich kann mich doch unterhalten, mit wem ich will." Sie machte eine kurze Pause. „Natürlich auch mit Elena, oder hast du was gegen sie?"

Bernd bemerkte, dass er das Chaos perfekt gemacht hatte. Die Flüchtlingsinitiative, die heutige Ankunft der Flüchtlinge, diese blöde Initiative, der Heimatverein mit seiner neuen Ausrichtung, er selbst als Verantwortlicher im Vorstand, seine Ehe, seine Geliebte, sein Doppelleben, bohrende Fragen – alles durcheinander. „Nein, natürlich nicht. Aber du würdest mir einen großen Gefallen tun …" Offenbar war es Bernd peinlich, das auszusprechen, was er aussprechen wollte. Daher machte er eine Pause. Er holte noch mal tief Luft und fuhr fort: „Du würdest mir wirklich einen Liebesbeweis erbringen, wenn du dort nicht hingehen würdest. Wir könnten ganz schön großen Ärger kriegen."

Der Blick von Franziska veränderte seinen Charakter von verständnislos zu angewidert. Sie spürte Verachtung für den Mann, der der Vater ihrer drei Kinder war. Sie spürte auch, dass dieses Gefühl, das sie vom ersten Jahr ihrer Beziehung mit einer gemeinsamen Kanada-Reise bis vor den Traualtar getragen hatte, ganz und gar nicht mehr da war. Und dieser Typ faselte von Liebesbeweis. Franziska spürte auch, dass sie jetzt ein Zeichen setzen musste.

Sie zog ihre Jacke mit Schwung von der Garderobe, nahm mit derselben Entschlossenheit die Klinke der Ausgangstür in die Hand, riss sie auf und gab ihrem Mann noch eine körperliche Zustandsbeschreibung mit auf den Weg: „Du hast echt keine Eier!" Danach fiel die Tür mit einem mittellauten Knall ins Schloss, der Bernd dazu veranlasste, ängstlich die Straße hinunterzuschauen. ‚Hoffentlich hat das keiner mitbekommen.'

Kriechmann

„Ich glaube, es würde uns guttun."

André sah seine Frau fragend an. Er hatte ohnehin das Gefühl, dass Anja sich in den letzten Tagen verändert hatte. Sie gab komische Antworten, hatte sonderbare Termine, sie war immer öfter schlecht gelaunt und sie wollte häufig allein sein. Und obendrauf kamen ihre großen beruflichen Probleme, über die sie aber auch nicht reden wollte. Seine Frau machte fast einen depressiven Eindruck in den vergangenen Tagen. Aber jetzt – in diesem Moment, als beide etwas orientierungslos im Wohnzimmer standen – klang sie aktiv.

„Was würde uns guttun?"

„Na, an der Veranstaltung teilzunehmen."

André schaute etwas irritiert „Ich habe im Moment keine Lust auf diesen Verein. Seit dieser bescheuerten Mitgliederversammlung geht mir Karsten gehörig aufn Sack."

Anja erschrak, als sie von ihrem Mann den Namen ihres Peinigers hörte. Dann fing sie sich. „Nein, natürlich nicht zum Verein, sondern zur Flüchtlingsinitiative. Dort kommen heute die ersten Flüchtlinge an. Ich glaube, die suchen noch Hilfe. Und ich finde das total spannend. Aber ehrlich gesagt …" Anja machte eine kurze Pause „… ehrlich gesagt würde ich vor allem gerne etwas mit dir machen. Kann aber auch was Anderes sein." Anja klang jetzt etwas kleinlaut und hilflos. Sie bemerkte, wie ihre Stimme zitterte. Das war kein schönes Gefühl. Aber ganz tief in ihrem Inneren spürte sie noch etwas. Und zwar Gefühle für ihren Mann – und die in einer Intensität, wie sie sie seit Jahren nicht mehr gespürt hatte. Anja erschrak davor, empfand dieses Gefühl dann aber sogleich als angenehm. Sie sah André in die Augen.

Der Blick seiner Frau, mit der er 22 Jahre verheiratet war, traf André unerwartet, aber sanft. Es war etwas Mildes in ihren Augen, aber auch etwas Trauerndes. André wusste nicht, wie er damit umgehen und was er antworten sollte. Also hielt er inne und erwiderte ihren Blick. Er musste an die Zweifel seiner Vaterschaft denken. Und an die riesigen Probleme, die Anja im Beruf hatte. Und daran, was in den letzten Tagen so alles passiert war – im Verein, in der Gemeinde, aber auch in ihrer Ehe. All die Jahre hatten beide an einem Strang gezogen. Und jetzt? Arbeiteten jetzt beide in unterschiedliche Richtungen? ‚Nein', dachte André, ‚das kann noch nicht alles gewesen sein'. Im tiefsten Innern spürte er ein warmes Gefühl, als er zusammen mit ihr im Wohnzimmer stand. Die Entscheidung, ob jetzt ein Verein oder eine Initiative unterstützt werden sollte, war ganz weit weg. Ganz nah hingegen war ihm seine Frau.

Für Anja war es beklemmend und erleichternd zugleich, dass ihr Mann den Blick erwiderte und seine Augen sich fest und sanft in sie verbohrten. Sie wusste nicht, was er jetzt dachte. Sie wusste auch nicht, was er wusste. Sie wusste nur eins: In dieser aufreibenden Situation, in der Gefangenschaft von Karsten Blatter und der PR-Maschinerie seines Vereins – mit all den Folgen – konnte sie nur bei ihrer Familie Halt finden. Und ihr Mann, den sie nie aufgehört hatte, intensiv zu lieben, gehörte dazu. Nein, er gehörte nicht nur dazu. André personifizierte geradezu ihre Familie und den großen Zusammenhalt aller vier. Anja hatte jetzt alle ihre Lieben vor Augen und sie spürte, wie sich in ihrem linken Auge eine Träne Bann brach. Aber noch bevor sie das Kullern auf der Wange spürte, bemerkte sie, dass ihr Mann ihr genau damit zuvorgekommen war. Und sie fühlte einmal mehr, wie sehr sie ihn liebte.

***

Etwa 20 Mitglieder und Sympathisanten der Flüchtlingsinitiative hatten auf diesen Moment gewartet. Es war ein Warten voller Vorfreude, aber auch voller Ungewissheit. 40 Personen würden mit dem ersten Bus ankommen, hieß es. Wohl alles Syrer, die meisten aus Aleppo. Dabei handelt es sich ausschließlich um Familien, viele mit drei oder mehr Kindern. So wurde die Flüchtlingsinitiative auf die Ankunft vorbereitet. Und darauf hatte man sich vorbereitet.

Pat und Tom schauten gebannt, aber auch verunsichert auf das emsige Treiben der Flüchtlingsinitiative. Sie wussten schließlich, dass Tom ab 1. Oktober seine Sozialstunden hier würde ableisten müssen. Aber davor war ihnen und vor allem Tom nicht bange. Sie sahen aber auch, dass sie die einzigen jungen Menschen waren, die auf der Seite des Zauns standen, auf der sich seit einigen Tagen die Flüchtlingsunterkunft weiß und oval wölbte. Tom scannte die geschäftigen und gut gelaunten Menschen. Fast alle kannte er vom Sehen. Andere aber auch besser. Schließlich war er bereits mehrfach – wie auch Pat – mit Michael und Daniela Rosenzweig in Urlaub gewesen. Ebenso wie mit Elena, die gerade aus der als Unterkunft dienenden Traglufthalle kam und der der Eifer ins Gesicht geschrieben stand. `Die ist nett´, dachte Tom und erinnerte sich an den Sommerurlaub in diesem Jahr.

Junge Menschen gab es zwar auch, aber die waren auf der anderen Seite des Zauns beschäftigt. „Oh Gott, die da drüben kenne ich ja fast alle.", Pat wusste nicht vollständig einzuordnen, was sich jenseits des Zauns so alles tat. Aber ihr gefielen die Aktivitäten auf dem Gelände nicht, auf dem sie bis vor einigen Jahren regelmäßig an Pfadfindertreffen teilgenommen hatte. Ihre Erinnerungen daran waren eigentlich positiv, was für ihre jetzigen Gedanken aber nicht galt. „Was machen die da?"

„Zwei von meinen Kumpels sind auch dabei." Tom meinte seine Freunde und blickte nach außen hin gelassen zum Nachbargrundstück hinüber. Die Regung eines seiner Kumpels veranlasste ihn kurzerhand zum Winken. Was er erntete, war aber nur ein ernster Blick, eine Handbewegung vor dem Gesicht und ein Winken mit der offensichtlichen Aufforderung herüberzukommen. Als das nicht sofort geschah, verwandelte sich das Winken in ein Abwinken. Tom registrierte das mit einem komischen Gefühl im Magen. Er beobachtete, wie die Gruppe junger Menschen auf der anderen Seite des Zauns eine Fahne ganz unten an einem gerade zum Stehen gebrachten Mast befestigten. „Die fühlen sich wohl wichtig", stellte er etwas verunsichert fest.

„Du bist auch wichtig." Pat hatte immer die richtigen Worte parat. „Für mich jedenfalls." Sie machte eine kurze Pause. „Und für die Initiative. Denk an nächste Woche. Da wirst du hier gebraucht."

Es wurde laut, denn es waren Motorengeräusche eines älteren Busses zu hören, der langsam um die Ecke bog. Elenas Aufregung wuchs, sie rannte auf die beiden Jugendlichen zu und drückte Tom einen mit Handtüchern übervoll beladenen Wäschekorb in die Arme. „Verteilen bitte, ihr Süßen. Am Eingang des Zelts … also dieses Dingsda." Das Lächeln war dieses Mal besonders bezaubernd.

„Machen wir." Pat ließ sich von der Begeisterung sofort anstecken und Tom war glücklich, weil seine Freundin so reagierte. „Klar," fügte er überflüssigerweise hinzu und die beiden wechselten ihren Standort. Kaum war der Motor des Busses aus, wurde es still – gespenstisch still. Die einen in Erwartung der Flüchtlinge – die anderen in Reih und Glied stehend vor dem Fahnenmast. Dann öffneten sich hier die Bustüren und dort – auf der anderen Seite des Zauns – begann eine Gitarre eine zarte Melodie zu spielen, während sich die neue Fahne des Vereins – in ihren nationalen Farben auf dem Weg nach oben begab. Alle beobachteten das Prozedere – auf dem Gelände, aus den Bustüren heraus und hinter den schlecht geputzten Scheiben des mindestens 30 Jahre alten Gefährts. Und sie lauschten dem Gitarristen und seinem Gesang.

„Im Licht liegt die Wiese so sommerwarm da." Dem einen oder anderen lief ein Schauer der Rührung den Rücken herunter.

„Der Hirsch schlägt die Freiheitswald ein." Die was? Aber so schön. Und die so kerzengerade stehenden Menschen an der Fahne stimmten jetzt einmütig mit ein, als seien die ruhigen Klänge ein eingehender und jugendgerechter Rap.

„Doch sammelt euch alle, ein Sturm ist nah, der morgige Tag ist mein …"

Erwärmende Musik und kalte Füße

27. September

Magdalena saß ganz links und hielt ihre Violine scheinbar souverän. In ihrem lang geschnittenen, dunklen Abendkleid mit goldenen Verzierungen, der professionell hochgesteckten Frisur und ihrer schlanken, großen Erscheinung war sie die auffälligste Musikerin des Quartetts. Die Bratsche verblasste ebenso wie das Cello und die neben ihr sitzende zweite Violine. Nur wer nah genug an der Bühne saß, der erkannte das nervöse Blinzeln der Violinistin, ihre fleckige Haut und die Schweißperlen auf der Stirn. Vom Zuschauer-Balkon, auf dem diverse Brandenburger Familien Platz genommen hatten, war das nicht zu erkennen. Es hätte den einen oder anderen möglicherweise irritiert.

Heute war jedenfalls der große Tag für das Brandenburger Ensemble in der Berliner Philharmonie: Bei den Deutschen Meisterschaften der streichenden Jugendmusiker würde es jetzt darauf ankommen, sich für die europäische Ausscheidung im Oktober in Wien zu qualifizieren. Magdalenas Vater, der vorausplanende Kanzler, hatte das Hotel – samt Rücktrittsoption – bereits gebucht. Und Flüge sollten heute nach der Ausscheidung fällig werden, wenn alles nach Wunsch verlief. Dann würden sie zu fünft dabei sein – in der Stadt der klassischen Musik.

Am heutigen September-Sonntag beschränkte sich die Fan-Unterstützung nicht auf fünf Personen. Sie waren alle gekommen. Dr. Bernd Michaelis hatte nämlich bereits vor Monaten dafür gesorgt, dass Eintrittskarten dem gesamten Freundeskreis samt Kindern zum Vorzugspreis von 15 € pro Ticket zur Verfügung standen. Die Familien Michaelis, Rosenzweig, Kriechmann, Wójcik-Müller und auch die Winklers, die zu Bernds Ärger ihre Tickets noch nicht bezahlt hatten, waren dabei. Wahrscheinlich hatte an diesem Abend keine andere Musikerin des

Streichquartetts eine so beeindruckende Unterstützung, die einen der kleinen um das Konzertareal gruppierten Ränge vollständig füllte.

Bernd saß oben in der Mitte neben Franziska. Durch das außergewöhnliche Ereignis hoffte er, die Probleme der vergangenen Tage vergessen machen zu können. Schließlich hatte man als Familie heute einmal mehr die Chance, sich perfekt zu inszenieren. Das bedeutete für den 13-jährigen Konstantin Jackett, Hemd und Krawatte. Auch Patrizia musste sich fügen und statt der löchrigen Jeans ein stilvolles Kleid tragen.

Wie zufällig saß auch Tom in der obersten Reihe neben Pat. Geschickt eingefädelt – irgendwie. Die beiden hatten aber zu Recht das Gefühl, beobachtet zu werden, und hielten sich mit Turteleien auffällig zurück. Eine Reihe darunter hatten sich die Eltern Winkler, Rosenzweig, Wójcik-Müller und Kriechmann platziert, während deren restlicher Nachwuchs auf dem logenartigen Balkon die erste Reihe einnahm.

Doch so eng wie die Gruppe zusammen saß, so groß war der emotionale Abstand einzelner Personen zueinander. Und der drückte sich ebenfalls in der Sitzordnung aus: So legte Elena Wert auf die größtmögliche Entfernung zu Bernd – in diesem Falle aber eher aus taktischen Gründen. Ganz anders bei Daniela und Michael, die die Nähe des Organisatoren mieden, um nicht in politische Gespräche verwickelt zu werden. Und Anja suchte ebenfalls Distanz – und zwar zu Jedermann. Ihr sah man die Sorgen an, die sie gerade hatte. Gleichzeitig sendete sie Signale mit der Botschaft aus, sie bitte darauf nicht anzusprechen. Nur ihrem Mann schmiegte sie sich auffällig an.

Als die ersten Klänge von Mozarts Kleiner Nachtmusik den Kammermusiksaal der Philharmonie erfüllten, war ein Leuchten in Franziskas Augen zu erkennen. Ihre älteste Tochter in der vollbesetzten Philharmonie – nicht im Plenum, sondern auf der Bühne. Was für ein großartiges Ereignis! Ihr Mann lächelte sie von der Seite an – ein Lächeln, das sie zaghaft erwiderte.

Bernd versuchte, auch Blickkontakt zu einzelnen seiner langjährigen Freunde aufzunehmen. Er war mächtig stolz auf die Darbietung, die mittlerweile mit dem weltweit bekannten Allegro in F-Dur die ersten Takte hinter sich gebracht hatte. Bernd wollte Blicke ernten, die Anerkennung ausstrahlten. Aber die gab es nicht. Niemand blickte zu ihm herüber, niemand, der mit einem anerkennenden Nicken der fehlerfreien und professionell vorgetragenen Darbietung Tribut zollte. Niemand mit dankbarem Lächeln in seine Richtung, weil er dieses großartige Event für alle Beteiligten möglich gemacht hatte. Die Blicke gingen ausnahmslos geradeaus auf die Bühne und es war schwer auszumachen, wer die Musik genoss, wer gedanklich abwesend war und wer sich schlicht langweilte.

Nur bei den Winklers war das für den Kanzler eindeutig ‚Der Udo, der Depp. Der soll doch froh sein über einen solchen Abend und das Gähnen unterdrücken‘, grummelte Bernd überheblich in sich hinein. Sein Blick ging einen Platz weiter und mit seinem Niveau ging es weiter bergab. ‚Und die Verena, die komische Schnecke, wie alt sieht die überhaupt aus. Krass, hat die Falten bekommen. Und was zieht die eigentlich für eine Fresse.‘ Dr. Bernd Michaelis ärgerte es, dass die Würde des Augenblicks von diesen beiden offenbar nicht geschätzt wurde. Mindestens von diesen beiden.

Und dann wagte Bernd auch einen Blick zu Elena. Er hatte gehört, dass sie gestern bei der Flüchtlingsinitiative war. Das ärgerte ihn, aber er nahm sich vor, das nicht zu zeigen. Überhaupt war die Nähe von Elena zu Michael und Daniela nicht zu übersehen – wie jetzt, als sie den Beiden etwas zuflüsterte. Auch das ärgerte den Kanzler. Aber er ließ sich nichts anmerken – natürlich nicht.

Wenige Plätze weiter ergriff Anja die Hand ihres Mannes, der das dankbar erwiderte. Den gestrigen Tag hatten beide gemeinsam verbracht – vor allem mit Spazierengehen. Sie hatten sowohl den Verein als auch die Initiative gemieden und sich lieber ausgetauscht – natürlich mit vielen Auslassungen. Aber der Skandal mit dem Begriff Umvolkung wurde ausführlich besprochen. Jetzt wusste André, dass das Wort wohl nachträglich eingefügt worden war. Aber das war ihm eigentlich auch schon vorher klar gewesen. Niemals würde seine seit Jahren professionell mit dem geschriebenen und dem gesprochenen Wort arbeitende Frau einen solchen Begriff nutzen. Aber es war zweifellos auch ein Fehler, dass sie ihren Namen für den Artikel hergegeben hatte und nicht mehr hatte kontrollieren können, was im Nachhinein noch geändert wurde.

André hielt die Hand seiner Frau nun noch ein wenig fester. Er fühlte sich zu ihr hingezogen – ihre Probleme waren auch seine. Aber kannte er wirklich all ihre Probleme? Er hatte das Gefühl, dass ihm mindestens noch ein Puzzleteil fehlte, als sein Handy in der Hosentasche vibrierte. Sollte er unauffällig nachschauen? Gerade in der letzten Zeit hatte er sich angewöhnt, eingehende Nachrichten sofort zu sichten, was er auch jetzt gekonnt mit der linken Hand tat.

Es war eine nicht unerwartete E-Mail, die ihn da erreicht hatte. Von einem Absender, dessen Antwort 300 Euro wert war. 300 Euro für eine Nachricht mit zwei Neunen hinter dem Komma. Es war die erwartete, desillusionierende Nachricht. Er löste die rechte Hand von der Hand seiner Frau. Dann brandete Applaus auf und er stimmte in das Klatschen ein – mit eingefrorener, unglücklicher und verzweifelter, aber auch entschlossener Miene.

Rosenzweig

28. September

Der Blick von Karsten war herablassend. Trotzdem wirkte er angesichts der umstehenden Menschen freundlich. „Was verschafft mir die Ehre?"

Dieser Satz verunsicherte Michael noch mehr, als er es angesichts der Umstände ohnehin schon war. Und diese Umstände hatten es in sich. Auf der einen Seite war Karsten ein Mann, der ihn mit seiner Körperlichkeit unglaublich anzog. Aber es war auch der Mann, der vorgestern vor den Augen der ankommenden Flüchtlinge eine ziemlich national anmutende Show abgezogen hatte. Die Sache mit der Fahne und diesem eigenartigen Lied waren Michael noch wärmstens im Gedächtnis. Er hatte über den Text des Volksliedes recherchiert und war auf die 30er Jahre gestoßen. Und anschließend hatte noch ein Rapper die Jugend eingeheizt – mit kaum verständlichen Texten, aber fragwürdigen Wortbrocken, die Michael glaubte, verstanden zu haben. Und dann noch die Erwartung seiner Frau, die Familie Blatter ordentlich unter Druck zu setzen.

„Ich äh, wollte was mit dir besprechen ..."

„Ja?"

„Besser unter vier Augen."

Karsten musterte Michael von oben bis unten. „Also wenn es um Samstag geht ... ich habe nichts zu verbergen. Leg los."

„Es ist eher etwas Persön...." Michael hielt kurz inne. „... etwas Familiäres."

Karsten stutzte. „Moment ..." Er wühlte etwas umständlich in seiner Hosentasche, zog einen Schlüsselbund hervor. „Im Büro sind wir ungestört."

Michael folgte dem mit einer engen Jeans und braunen Boots bekleideten ersten Vorsitzenden des Vereins, in dem seine ganze Familie Mitglied war, in ein kleines Büro. Er ließ dort seine Blicke schweifen, während Karsten die Tür schloss. Unter der alten Vereinsführung war er schon zwei- oder dreimal hier gewesen. Aber von den Gruppenbildern aus alten Zeiten, von den Dankschreiben einzelner Mitglieder und den Zeitungsartikeln der letzten Jahre war nicht mehr viel übriggeblieben. Nur die Urkunden und Pokale hatten weiter ihren Platz im recht engen Raum an den Wänden und in einer Vitrine. Ansonsten dominierten Fotos mit Soldaten, auf denen nahezu immer Karsten selbst im Mittelpunkt stand. Soldaten beim Salutieren, Soldaten posend vor Panzern und Soldaten ziemlich stolz vor militärischen Flugzeugen. Außerdem – offenbar ganz frisch angebracht – eine Bilderreihe von der Veranstaltung am letzten Samstag.

„So, jetzt bin ich aber gespannt." Karsten nahm hinter dem Schreibtisch Platz, ohne seinem Gegenüber einen Platz anzubieten.

Michael versuchte, sich zu konzentrieren, was ihm auch mehr oder weniger gelang. „Folgendes: Mein Sohn trägt ja seit kurzem das Brandenburg-Blatt aus und hatte im Fliederweg eine unerfreuliche Begegnung." Das Gesicht von Karsten Blatter zeigte keine Reaktion. Also fuhr er etwas verunsichert fort. „Dort wurde er von einem älteren Herrn beschimpft. Und dieser Mann heißt Franz Blatter."

Karsten blickte erst irritiert, dann bemüht souverän. „Aha. Ja, das ist mein Alter. Ich glaube, er ist mittlerweile dement. Was hat er denn gesagt?"

Michael – jetzt noch verunsicherter – holte etwas aus. „Du weißt ja, Karsten, dass wir zum Judentum gehören. Das ist dir doch bekannt, oder?"

Karsten gefiel es gar nicht, dass ihm jetzt Fragen gestellt wurden. Außerdem war er vom Inhalt unangenehm berührt. „Ja, ist ja kein Geheimnis."

„Dein Vater hat sich jedenfalls antisemitisch geäußert."

Karsten tat überrascht, aber ein guter Schauspieler war er nicht. „Echt? Was genau hat er denn gesagt, der Verwirrte?"

„Dass wir Juden mal wieder den Hals nicht vollkriegen könnten. Und dass wir deswegen Jakob zum Zeitungaustragen schicken."

Karsten lächelte etwas gequält. „Mensch, Vadder. Du alter Provokateur." Er stand auf, ging auf Michael zu und legte freundschaftlich seinen Arm um ihn. „Ich finde es wunderbar, dass du deine Familie schützen willst." Michael spürte die leicht zuckenden Muskeln eines durchtrainierten Menschen. Und er konnte Karstens Aftershave riechen. „Aber nimm das bitte nicht so ernst. Franz ist über 80 und er redet manchmal dummes Zeug." Karsten löste die Umklammerung. „Ich glaube, es geht bergab mit ihm."

Michael fühlte sich in der Situation jetzt unwohl. Er spürte, wie er die Nähe dieses Menschen genoss. Aber er spürte auch, wie er um den Finger gewickelt wurde. „Das wusste ich nicht. Trotzdem – für mich und meine Familie ist das eine ziemlich blöde Situation."

„Kann ich mir vorstellen, mein Lieber. Aber ich sag dir was: Fehlalarm. Er hat sich nicht mehr unter Kontrolle." Während Karsten das sagte, ging er zur Tür öffnete sie – ein klares Signal dafür, dass er das Gespräch für beendet hielt.

„Ich wollte jedenfalls, dass du das weißt. Und dass wir auf so etwas achten." Auf diesen mutigen Satz war Michael stolz. Der war nämlich geeignet, ihn – und den Hauch von Härte, die er ausstrahlte – vor seiner erwartungsvollen Frau zu zitieren. Umso überraschender war die Reaktion.

„Das musst du auch, mein Lieber. Denn mit Judenfeindlichkeit musst du jetzt jederzeit rechnen." Karsten drehte sich um und deutete aus dem Fenster – über das Aktivitätsgelände hinweg auf die gut sichtbare Traglufthalle. „Jederzeit, verstehst du?"

Blatter

„Blatter"

„Sag mal, ham se dir ins Hirn geschissen?"

Keine Antwort.

„Der Jude war eben hier. Und er hat sich beschwert, weil du Idiot seinen Sohn beschimpft hast."

Keine Antwort.

„Beim Zeitungsaustragen."

„Ach das."

„Ja das."

„Musste mal gesagt werden."

„Jetzt hör mal zu: Damit bringst du dich – und übrigens auch mich – in Teufels Küche. Ich konnte den Typen gerade noch beruhigen. Reiß dich ab jetzt gefälligst zusammen. Kapiert?"

Keine Antwort und ein Klicken in der Leitung.

Rosenzweig

„Du, ich glaub, wir haben das ein wenig überbewertet." Michaels Stimme sollte fest und ansatzweise fröhlich klingen – er scheiterte aber mit diesem Ansinnen.

„Wie bitte?" Bei Daniela hingegen war es absolut authentisch, dass sie ihren Ohren offenbar nicht traute. „Sag das nochmal."

„Oder anders ausgedrückt: Karsten nimmt das schon ernst. Aber …"

„Was, aber …?"

112

„Hör mir jetzt erstmal zu." Michaels Ton war jetzt ungewohnt barsch. Er sah seine Frau an und schwieg zunächst, um dann doch weiterzureden: „Er hat gesagt, dass sein Vater dement ist. Wir dürften das daher nicht so ernst nehmen."

Danielas Blick war nach wie vor strafend und erzürnt. Ihr Ton wurde lauter. „Er hat dich um seinen Finger gewickelt – das ist mein Gefühl. Wollten wir den Mann nicht anzeigen? Und dem Karsten die Meinung sagen? Ich hätte dich niemals zu ihm schicken dürfen."

Michael hatte in seinem Leben viel erreicht. Er genoss als Hochschuldozent hohes Ansehen – ebenso wie in der Familie und unter Freunden. Seine Frau war immer stolz auf ihn gewesen. Jetzt schmerzten ihre Worte umso mehr. Sie hätte ihn niemals zu Karsten schicken dürfen, hat sie eben gesagt. Und das schlimmste war: Sie hatte Recht. Michael zögerte einen Moment, dann kroch er zu Kreuze.

„Oh Mann, was sagst du da?" Michael fielen die Worte schwer und er ergänzte nach kurzer Pause: „Aber ja. Es stimmt. Karsten hat mich …. er hat mich … wie auch immer. Es war irgendwie alles verdreht. Ich konnte einfach nichts mehr gegen ihn und seinen Vater sagen."

Dannys Miene hellte sich auf. „Wir sollten den alten Blatter anzeigen."

Michael schaute nicht überzeugt, aber besiegt.

„Ja, sollten wir. Sollten wir schon."

Danny spürte, was ihr Mann da wohl in der Höhle des Löwen durchgemacht hatte. Sie ging auf ihn zu und drückte ihn so fest sie konnte. „Entschuldige, Schatz. Entschuldige. Aber ich war echt enttäuscht. Und wer weiß – vielleicht wäre es mir genauso gegangen bei diesem Typen."

‚Glaube ich nicht', dachte Michael und ließ sich von seiner Frau den Rücken streicheln.

29. September

Es war ein wunderbarer Dienstagmorgen. Die Sonne hatte sich bereits durchgesetzt und versprach einen herrlichen Spätsommertag, der bereits angenehm-herbstliche Gerüche mit sich brachte. Elena verließ gut gelaunt – kurz nach ihrem Sohn – das Haus.

Ihre Nachbarn Anja und André hatten gerade ihre Räder bestiegen und machten sich auf den Weg Richtung Bahnhof im Nachbarort – nach einem Winken unter Freunden. Elena selbst pflegte den Weg zu Ihrem Arbeitsplatz bei einem Berliner Pharmaunternehmen mit dem Auto zurückzulegen – an vier Tagen in der Woche. Nur mittwochs war sie regelmäßig im Homeoffice.

Mit einer lockeren Handbewegung betätigte sie die Fernbedienung ihres Kleinwagens. Es knackte und blinkte – wie immer. Aber irgendetwas war anders. ‚Was ist mit meinem Auto?', fragte sie sich, während ihr geschärfter Blick dafür sorgte, dass sie die Realität einholte. Beide Reifen auf der Fahrerseite waren platt.

„Scheiße!" und nach einer Halbumkreisung ihres Wagens überkam sie die volle Erkenntnis. „Scheiße. Scheiße, Scheiße." Dieses Mal klang der polnische Akzent gar nicht mehr so süß.

***

„Wir haben das Malheur gerade gesehen. So ein Mist." Michael nahm Elena am Abend ganz fest in den Arm, anschließend tat Daniela dasselbe. Die beiden wussten, dass der Anschlag auf Elenas Wagen geeignet war, bei ihr als alleinstehende Frau Angstgefühle auszulösen. Und sie wussten auch, dass Elena neue Reifen nicht mal eben aus der Portokasse bezahlen konnte. Also waren sie dem abendlichen Hilferuf gleich gefolgt.

„Wer macht denn so was?" Elena hatte Tränen in den Augen. „Warum gerade ich." Danny drückte sie einmal mehr.

Von Michaels Augen war echtes Mitgefühl abzulesen. „Keine Ahnung, Süße. Nimm's nicht persönlich. Ich glaube, das wäre ein Fehler. Warst du heute denn arbeiten?"

„Nein, wie denn? Musste mich ja kümmern und hab einen Tag Urlaub genommen. Morgen früh dann Werkstatt. Es kostet 500 Euro. Aber das ist nicht das Schlimmste."

„Ich weiß, Elly." Daniela zögerte kurz. „Sollen wir dir Geld leihen?" Dannys Angebot war ernst gemeint und vorher mit Michael abgestimmt.

„Ach, ihr seid so süß." Jetzt zeigte Elena kurz das für sie so typische Strahlen. „Aber es geht schon. Ich hab das Geld."

Michael war damit nicht ganz zufrieden. „Du kannst dich jedenfalls melden, wenn du was brauchst."

Erneut das Strahlen – dann eine ernste Miene. „Ich war gar nicht bei der Polizei."

„Du hast keine Anzeige erstattet? Anzeige gegen Unbekannt?"

„Könnt ihr mir helfen?"

Diese Frage kam Danny richtig gelegen. „Klar. Morgen Nachmittag? Erst zur Polizei, dann dein Auto holen? Ich fahre dich hin. Habe da auch was zu erledigen."

Der Blick ihres Mannes zeigte kurz Irritation, aber ein Klingeln an der Tür verhinderte eine Erwiderung.

„Oops, nach 8.00 Uhr? Ich schau kurz nach." Elena ging zur Tür – in ihren vergleichsweise bescheidenen Räumlichkeiten nur wenige Meter vom Wohnzimmer entfernt.

Ein unerwarteter Gast stand Elena gegenüber. Es war der 13-jährige Lukas Kriechmann. Der wirkte etwas aufgeregt. Aber auch konzentriert.

„Oh, hallo Lukas."

„Hallo, Elena." Lukas machte eine kurze Pause. „Ich wollte nur sagen … ich habe gesehen, wer das war … das mit deinem Auto."

Diese Nachricht kam für Elena ziemlich überraschend. „Ja, wirklich? Komm doch rein, Lukas!"

Daniela und Michael, die alles mitgehört hatten, waren jetzt genauso gespannt wie Elena.

Kaum hatte Lukas auf einer Sofa-Ecke Platz genommen, da sprudelte es aus ihm heraus. „Der Rainer wars."

Die Blicke der drei Erwachsenen waren irritiert.

„Welcher Rainer?", fragte Elena.

„Na, der aus dem Verein. Und er hatte einen Typen dabei. Den kenne ich aus der Schule. Ein paar Klassen höher. Keine Ahnung, wie der heißt."

„Rainer Vogelsang?" Dannys Gesichtsausdruck verriet Entsetzen.

„Ja."

„Bist du dir sicher?" Dieses Mal ergriff Michael das Wort.

„Ja. Ja, er war's – mit dem Typen aus meiner Schule. Ich muss jetzt wieder gehen."

„Okay. Gut. Danke, Lukas." Elena sagte das holprig und war den Tränen nahe.

Aber Danny wollte noch etwas wissen. „Wissen deine Eltern Bescheid?"

Lukas zögerte kurz. „Nein, die waren den ganzen Tag nicht da und haben auch jetzt keine Zeit. Die sind auch komisch im Moment."

Die Stimmung war nach diesen Worten etwas peinlich berührt. Dass Elena jetzt ihre Tränen nicht mehr zurückhalten konnte, tat ein Übriges.

Daniela begleitete Lukas zur Tür. „Das war sehr gut von dir, uns Bescheid zu sagen, Lukas."

Lukas nickte.

„Grüß deine Eltern von uns."

„Ja, mach ich." Der Junge drehte sich um und ging. Michael schloss die Tür.

Zurück im Wohnzimmer schauten sich Michael und Danny etwas ratlos an. Diese Nachricht war ein Hammer. Rainer Vogelsang war Vorstandsmitglied im Heimatverein. Was waren seine Beweggründe? Und konnte man den Äußerungen von Lukas trauen? Elena hatte ihr Gesicht in den Händen vergraben. Nur langsam kam sie aus dem Schluchzen heraus, zeigte ihr gezeichnetes Gesicht und äußerte einen Wunsch: „Seid mir nicht böse, ich würde jetzt lieber allein sein."

Michaelis

Eigentlich interessierte sich Bernd kaum für Fußball. Dennoch hatte er an diesem Abend durchgesetzt, dass Champions League eingeschaltet wurde. Einige Kollegen hatten davon gesprochen, dass Leverkusen heute in Barcelona spielte und morgen würde das Spiel bestimmt Gesprächsthema sein. Und Bernd hasste es, nicht mitreden zu können. So hatte er, obwohl er kurz vor dem Einschlafen war, auch die Eins-zu-Null-Führung des Bayer-Teams zur Kenntnis genommen, während Franziska auf dem Sofa ein Buch vorzog.

Als sein Handy vibrierte, das er in den letzten Monaten eher selten auf den Tisch legte, sondern eigentlich stets in seiner Hosentasche trug, erschrak er ein wenig. Und als der Name Elly auf dem Display zu sehen war, wurde ihm etwas mulmig. Vorsichtig sah er zu seiner Frau hinüber, die just in dem Moment ihr Lesen unterbrach. „Warum gehst du nicht ran?"

„Tue ich doch." Bernd versuchte, sich zu konzentrieren. „Bin nur fast eingeschlafen. Und es ist wohl geschäftlich."

„Um diese Zeit? Was ist denn los bei euch?"

„Ich gehe auf die Terrasse, da störe ich dich nicht."

„Aha, und der Fußball, der keinen interessiert, läuft weiter?"

Bernd betätigte kurz den roten Knopf der Fernbedienung und verschwand nach draußen. Sein Smartphone hatte mittlerweile aufgehört zu vibrieren – also rief er Elena zurück.

Eine Minute später wusste er Bescheid über das, was passiert war. Und er spürte, dass er jetzt Fehler machen könnte. Auch deswegen, weil Elena in einem emotionalen Ausnahmezustand war.

„Hör mir zu, Elly. Ich muss das Ganze jetzt auch erst mal verdauen. Aber ich kann mir eigentlich nicht vorstellen, dass der Rainer das getan hat. Er leistet so wertvolle Arbeit bei uns im Verein – alles ehrenamtlich. Auch für dich als Mitglied. Warum sollte er das dann tun?"

„Vielleicht hat's ja was mit der Flüchtlingsinitiative zu tun."

„Mensch, Elly. Mir ist klar, dass du von dem Vorfall geschockt bist. Ich kann das alles nachvollziehen. Und wenn du willst, kann ich dir auch Geld geben, damit dein Auto wieder auf Vordermann gebracht wird. Aber bewerte das Ganze bitte nicht über. Und denk dran, der Lukas Kriechmann ist noch ein Kind. Vielleicht will er sich wichtigtun."

„Den Eindruck hatte ich nicht. Das kam so glaubwürdig rüber. Und wenn ich Anzeige mache, dann trifft es den richtigen."

„Anzeige erstatte …"

„Was?"

„Na, ich soll dich doch korrigieren, wenn du …"

„Jetzt nicht. Ich geh morgen zur Polizei."

„Liebling, denk doch mal nach. Das hat doch ganz krasse Folgen, wenn du ein Vorstandsmitglied eines Vereins anzeigst. Diesem Verein hast du so viel zu verdanken. Und das macht die Runde. Das bringt den ganzen Verein in Verruf. Und auch unsere Gemeinde. Alles wegen der Aussage eines Kindes."

„Lukas ist 13 Jahre alt. Ich glaube ihm."

„Das kann ja alles sein. Aber das macht man nicht. In Deutschland macht man das nicht. Man zeigt nicht jemanden im selben Verein an. Das gibt einen riesigen Aufschrei. Und du musst dann die Folgen tragen. Willst du dir das wirklich zumuten?"

Elena war jetzt wieder den Tränen nahe. Und das spürte Bernd.

„Ach, Schätzchen." Es wurde deutlich, dass Dr. Bernd Michaelis sehr besorgt und auch etwas überfordert war. Er musste auf jeden Fall verhindern, dass der Verein, in dem er selbst Vorstandsmitglied war, in Misskredit gebracht würde. Das würde auch auf ihn zurückfallen – und dann? Auch Konsequenzen im Beruf könnten folgen. Wer weiß? Besser weiter argumentieren.

„Du kannst mir vertrauen, Liebling. Es ist besser, du machst nichts. Und was den Schaden angeht: Das werde ich regeln – auch finanziell." Bernd machte eine kurze Pause, als wollte er abwägen, ob er noch etwas sagen sollte. Er entschied sich dafür: „Und hör zu. Ich habe noch eine Überraschung für dich."

Diese Aussage ließ Elena aufhorchen. Sie liebte Überraschungen. Vor allem die von Bernd. So wie sie ihn selbst liebte. Auch wenn diese Liebe im Moment irgendwie seltsam distanziert war. Es war eine Distanz, unter der sie litt, aber die sie gleichzeitig anspornte. Oft hatte sie diesen Zwiespalt in den letzten Wochen gespürt – als zerreißendes Gefühl in ihrer Brust. Am Ende dieses Gefühls war aber immer eines gleich: Sie liebte ihn und sie wollte ihn. Unbedingt.

„Was für eine Überraschung?" Elena drückte ihr Handy noch dichter ans Ohr, als könnte sie das, was sie jetzt hören würde, damit beeinflussen.

„Pass auf." Bernd klang ein wenig feierlich. „Pass auf. Ich habe mich endgültig für dich entschieden. Ich werde Franziska verlassen und mit dir neu anfangen. Gib mir noch ein paar Wochen Zeit. Aber vertrau mir, dass ich das noch dieses Jahr mit allen Konsequenzen durchziehe. Nur für dich. Vertrau mir. Ich vertraue dir auch."

Elena wusste nicht, was sie sagen sollte. Hatte Bernd das eben wirklich gesagt? Das mit dem Durchziehen und das mit allen Konsequenzen? Ja, er hatte es gesagt. Und sie überkam dieses Gefühl, einen Gipfel erreicht zu haben, der nur von ganz besonderen Menschen zu erklimmen war. Ihr Herz pochte und alles in ihr schäumte über. Sie wollte ihn umarmen, konnte aber nur ihr Handy fester in die Hand nehmen. Sie war am Ziel. Sie würde Bernd für sich alleine haben.

Natürlich, es könnte schon kompliziert werden. Aber zusammen mit Bernd würde sie das durchstehen. Natürlich nicht hier, sondern irgendwo anders. Irgendwo in Berlin. Und damit auch weg vom Verein. Das löste alle Probleme. Ziel erreicht.

„Ich vertraue dir, Schatz." Elena kämpfte wieder mit den Tränen. Und das hatte dieses Mal nichts mit ihrem Auto zu tun.

Rosenzweig

30. September

„Hallo, mein Schatz." Wie immer, wenn Daniela bei ihm im Büro anrief, war Michael hocherfreut.

„Du kannst dir nicht vorstellen, was für einen Anruf ich eben hatte." Dannys Tonfall war geprägt von einer Mischung aus Entsetzen und Enttäuschung.

„Oh ha…" Michael war gespannt.

„Elena hat mir eben abgesagt. Keine Anzeige. Sie will nicht mehr."

„Warum das denn?"

Dannys Stimme war noch immer eine gewisse Emotionalität anzumerken. „Sie sagt, sie hat Angst. Davor, dass sie dann keiner mehr mag und so. Ich hab mir vielleicht den Mund fusselig geredet. Aber nix. Sie will auf gar keinen Fall."

„Das ist hart. Aber ich kann sie auch ein bisschen verstehen."

„Also, ich nicht. Wer das Eigentum anderer beschädigt, der gehört bestraft. Das versteht jeder."

„Schon, aber na gut. Sie hat halt Angst. Und einen Vorteil hat die Sache ja: Du brauchst dann nicht mehr früher Feierabend machen."

„Doch, mach ich, ich wollte ja heute eh zur Polizei – weißt du doch."

Es war für einige Sekunden ganz still in der Leitung. So lange brauchte Michael für eine Antwort.

„Sei jetzt nicht sauer, Schatz." Es folgte erneut eine Pause, in der es für Michael gut war, das Gesicht seiner Frau nicht sehen zu können. „Aber auch wir sollten es uns nochmal mit der Anzeige überlegen. Stell dir mal vor, der alte Blatter ist wirklich senil … oder dement oder so. Und wir zeigen ihn an, obwohl wir das wissen. Und der Karsten macht ein Fass auf…"

„Das ist jetzt nicht dein Ernst."

„Ich finde ja nur, dass wir uns das nochmal überlegen sollten. Schließlich ist Karsten ja wichtig… also für uns … für alle Mitglieder. Seinen Vater anzuzeigen, wäre schon krass." Es entstand eine kurze Pause. „Schatz?... Schatzi? … Bist du noch dran …?"

***

Zehn Minuten später nahm ein recht mitgenommener Michael Rosenzweig sein Smartphone zur Hand. Seine Versuche, seine Frau zu erreichen, scheiterten jedoch allesamt. Er musste befürchten, dass Danny ernsthaft sauer war. Er spürte, wie entschlossen sie war und wie zaudernd er selbst. Keine Anzeige wegen Antisemitismus – keine Anzeige wegen Sachbeschädigung – keine Ehrlichkeit – kein Coming-Out – kein echtes Leben. So fühlte es sich an – in diesem Moment. Was war aus ihm geworden? Wo war sein Rückgrat, sein Standing? Wo sein Mut? Michael war kein Mann, der solche Gefühle unterdrücken konnte. So flossen ihm, als er Franziskas Nummer eintippte, zwei leise Tränen über die Wangen.

Kriechmann

1. Oktober

Zum vierten Mal war der Donnerstag der Peinigung gekommen. Zum vierten Mal stieg Anja nach der Arbeit in das Auto von Karsten Blatter – ein paar Hundert Meter vom Innenministerium entfernt. Wie immer saß sie auf dem Beifahrersitz und sagte kein Ton. Aber dieses Mal war etwas anders. Sie waren nicht allein, das spürte sie.

Blitzschnell drehte sich Anja um. Auf der Rückbank saß ein glatzköpfiger, unförmiger und grobschlächtig aussehender Typ, bei dem der Kopf direkt auf dem Brustkorb zu sitzen schien.

Anja erschrak fürchterlich. „Wer ist das?", fauchte sie Karsten an.

Der lächelte. „Ach, hab ich dir noch gar nicht gesagt. Heute schaue ich nur zu. Hab ne Wette verloren."

Anja brauchte fünf Sekunden Zeit. Dann griff sie mitten im Stop and Go des Berliner Feierabendverkehrs mit links den Schnappverschluss des Sicherheitsgurtes und mit rechts den Türöffner der Beifahrertür. Sie stieß die Tür auf, die mit Wucht gegen das auf dem Nachbarstreifen langsam rollende Auto krachte. Anja gelangte mit einem so schnellen und gekonnten Sprung nach draußen, dass Karstens Handgriff ins Leere ging. Sie fand sich mitten auf der Straße wieder und spürte nur am Rande, dass ihr Kopf wohl auf dem Asphalt aufgeschlagen war. Sie raffte sich auf und rannte gegen die Fahrtrichtung einige Meter zurück, erwischte dann eine Lücke, überquerte zwei Fahrspuren und verschwand im Berliner Tiergarten.

Karsten sah auf den leeren Beifahrersitz, auf die aufgerissene Beifahrertür, und den angerichteten Unfallschaden. „Scheiße."

122

Dann drehte er sich herum und sah den grobschlächtigen Mann ohne Hals schulterzuckend und wortlos an.

Der kommentierte die Situation aus seiner eigenen Warte: „Und jetzt besorgst du mir was Anderes zum Ficken."

***

Bernd und André waren seit vielen Jahren befreundet. Sie sahen sich regelmäßig, wohnten nicht weit voneinander entfernt, hatten manchen Urlaub miteinander verbracht und sich stets über Probleme ausgetauscht – zumindest soweit befreundete Männer das tun. Jetzt aber stand etwas zwischen ihnen. Waren es die Flüchtlinge? Oder der Verein? Oder die unterschiedlichen Einstellungen, die die besondere Situation im Ort und im gesamten Land mit sich gebracht hatte? Jedenfalls waren die Mienen ernst, als sie in der Märker Schenke beieinandersaßen.

André hatte ursprünglich eigentlich gar keine Lust gehabt, sich mit Bernd zu verabreden. Er hat es trotzdem gemacht – zu dringlich war der Tonfall seines langjährigen Freundes heute Nachmittag am Telefon gewesen. Und ein bisschen hatte er auch Lust darauf, seine überbordenden Probleme ein wenig wegzuspülen. Er tat dies – mit Bernd und mit 0,5 Liter frisch Gezapftem.

„Tut gut." André stellte sein Bier nach einem großen Schluck, der ein Viertel des Glases vom Gerstensaft befreite, wieder zurück auf den Tisch.

„Tut wirklich gut. Endlich sitzen wir mal wieder zusammen." Bernd lächelte seinen Freund etwas verlegen an.

„Ja, stimmt. Habe mich zuerst gewundert, dass du an einem Donnerstagabend mit mir einen trinken willst. Aber – gute Idee!"

Auf Worte wie diese hatte Bernd gewartet. André fühlte sich offensichtlich wohl mit ihm und man konnte vielleicht auch brisante Dinge besprechen. „Was ich mal in Ruhe mit dir bequatschen wollte und was mir seit Tagen durch den Kopf geht … was ist eigentlich los mit unserer Truppe?"

André stellte sich ahnungslos und wollte die Frage noch mal hören – nur konkreter. „Wie – was ist eigentlich los?"

„Na, du weißt schon. Das stimmt doch vorne und hinten nicht. Oder kannst du verstehen, wie sich Michael und Daniela verhalten?"

Das war zwar nicht wirklich konkret, André reichte das aber. „Du meinst bei der Versammlung? Also ich…"

Bernd fiel seinem Freund ins Wort: „Ja, bei der Versammlung. Zum Beispiel. Und denk an deinen Geburtstag. Du hast schon gemerkt, dass die beiden deinen Geburtstag gecrasht haben, oder?"

André zögerte. Ganz so hatte er das nicht empfunden. Dementsprechend verhalten fiel seine Antwort aus. „Also, das war doch ganz okay. Die beiden – oder besser die drei, also zusammen mit Elly – haben halt eine andere …"

„Lass bitte Elena da raus!" Bernd war einen Tick zu barsch. Also sammelte er sich neu. „Ich möchte mit dir über unsere Rosis sprechen." Bernds Ton war immer noch bestimmt und André war irritiert, was in seiner Miene zum Ausdruck kam. Außerdem mochte er es nicht, wenn Bernd die gemeinsamen Freunde ‚unsere Rosis' nannte. Aber er sagte nichts. Das wiederum war Bernd unangenehm.

„Sorry. Mensch. Ich wollte dich nicht anmachen." Bernd machte eine kurze Pause. „Aber können wir nicht über die Rosenzweigs reden. Elena kann ich nicht beurteilen. Da fehlt mir der Zugang."

André zögerte kurz. „Okay …" Er zog dieses Wort etwas in die Länge, so dass es ein wenig fragend klang, sagte dann aber doch entschlossen und mit aufgehellter Miene. „Gut, also Michael und Daniela."

„Genau." Bernd war offenbar erleichtert, die Kurve bekommen zu haben. „Und über deren negative Einstellung."

„Wie – negative Einstellung?"

„Naja, sie bringen jede Menge Unruhe in den Verein. Karsten ist echt besorgt. Ich habe gerade heute Morgen mit ihm telefoniert. Er hat von Provokationen erzählt, die von der Flüchtlingsinitiative ausgingen. Und die beiden arbeiten da ja mit."

„Okay… erzähl mal Genaueres."

„Genaueres weiß ich auch nicht. Es wird halt so erzählt. Auch in sozialen Netzwerken."

André schaute seinen Freund ungläubig an. „Wo bitteschön? …. Aha."

„Jaja, ich weiß. Aber jede Menge Leute haben das…" Bernd stockte kurz. Ihm war klar, dass ein Gespräch darüber keinen Sinn hatte. „Naja, auf jeden Fall … du hast es ja auch an deiner Party erlebt. Sie sind anders als sonst. Anders als früher. Findest du nicht auch?"

Eine Antwort von André wartete er nicht ab. Er war offenbar im Redefluss. Außerdem war gerade der zweite halbe Liter durch die attraktive Aushilfskraft der Märker Schenke vor ihnen platziert worden – dieses Mal mit einem Kümmerling dabei und den Worten „Aufs Haus." Die Dame fand wenig Beachtung.

„Mit denen kann man nicht mehr richtig feiern. Sie sind irgendwie merkwürdig geworden. Ich weiß nicht, wie du das siehst… Aber ich empfinde sie als Spaßbremse. Man muss doch nicht alles hinterfragen. Man kann doch auch mal locker sein. Ich weiß nicht, wie es dir geht … Ich hasse jedenfalls dieses ewige Moralisieren." Bernd hatte mittlerweile seinen Kümmerling aufgeschraubt und hielt ihn André hin. Der tat es ihm nach, die Fläschchen stießen zusammen und der Inhalt wurde gänzlich geleert.

„Noch mal zwei, bitte!" Bernd war in seinem Element und schaute seinem Freund in die Augen. „Oder kannst du dieses ewige Moralisieren vertragen? Gerade von denen. Man hat ja ständig ein schlechtes Gewissen ..."

„Wieso gerade von denen?" André war hellhörig geworden.

„Ich mein ja nur so." Bernd schaute etwas verunsichert und floh in Verallgemeinerungen. „Ich finde, die machen einem immer ein schlechtes Gewissen."

„Findest du?"

„Naja. Allein schon, dass sie sich für alles Mögliche engagieren ... und wir halt nicht. Wir haben halt viel zu viel zu tun."

André spürte mittlerweile den konsumierten Alkohol. Nicht jedes Wort kam ihm flüssig über die Lippen. Aber er konzentrierte sich noch mal für eine kritische Anmerkung. „Aber viel zu tun haben die auch. Muss ich jetzt mal sagen. Ihnen ist das aber wichtig – mit den Flüchtlingen. Offensichtlich."

Bernd dachte kurz nach. Natürlich hatte André damit Recht. Es lag an der Haltung der Rosenzweigs. Und nicht daran, dass sie mehr Zeit hatten. „Ja, stimmt. Die haben auch viel zu tun." Jetzt machte Bernd eine längere Denkpause. Der Alkohol hatte seine Zunge etwas gelöst. „Aber ganz ehrlich." Noch einmal folgte eine Pause. „Ganz ehrlich – es würde mir auch schwerfallen, Menschen zu helfen, die sich selbst in eine solche Situation gebracht haben."

André hatte sein zweites Bier mittlerweile auch fast geleert und der von Bernd bestellte Kümmerling stand ebenfalls schon bereit. Er spürte, dass Bernd eben eine komische Andeutung gemacht hatte. Aber es wurde ihm langsam egal. Der Alkohol hatte ihn etwas melancholisch gemacht und seine Gedanken gingen eigene Wege. Er dachte an seine Frau und seine Kinder. Er dachte an den Vaterschaftstest. Und auch an die letzten Gespräche mit Anja. Die Gefühle, die er da gespürt hatte, kamen jetzt wieder – stark beschleunigt von Promillen. Er riss sich zusammen.

„Sorry, Bernd. Ich kann dich verstehen. Aber ich sehe das etwas anders. Also das mit dem selbst Schuld. Was die Rosenzweigs angeht … ja, tatsächlich werden die immer komplizierter. Sehe ich auch so. Fünfe gerade sein lassen – das können die nicht." André hielt kurz inne. Diese Ausführungen waren ihm jetzt doch zu negativ und bedurften einer Korrektur, die kurz ausfiel: „Aber ich mag die beiden."

„Jaja, ich auch." Bernd hatte jetzt auch genug. Andrés Einschätzung hatte er vernommen. Er sah sich bestätigt in seiner Ansicht, dass sich die gemeinsamen, jüdischen Freunde wohl verändert hatten. „Lass uns über was Anderes sprechen." Bernd dachte kurz nach. „Wie läuft's mit Anja? Alles fit im Schritt?"

Angesichts der gerade aufgekommenen Melancholie sah sich André noch nicht in der Lage, Bernd irgendetwas Erfundenes über seine perfekte Ehe zu erzählen. Ein wenig verspürte er zwar das Bedürfnis, mit jemandem über seine Probleme zu sprechen. Dieses Pflänzchen der Ehrlichkeit zertrat er aber kurzerhand. „Erst du, Bernd. Erzähl mir von Franziska. Wie läuft's bei euch?"

„Soll ich dir mal was sagen, mein Freund?" Bernds Gesichtsausdruck war offen und seine Zunge schien sich selbstständig zu machen. „Nur eines will ich dir sagen: Unseren letzten Sex hatten wir im Juli."

In Andrés Gesicht zeigte sich ein ehrlicher Gesichtsausdruck von Überraschung. Damit hatte er nicht gerechnet. Über das Thema Sex hatten beide zwar seit Jahren nicht mehr gesprochen. Aber früher hatten sie das schon getan. Und damals hatte Bernd ihm gegenüber mächtig ausgeholt – fast schon geprahlt. In seiner Ehe ging offenbar einiges – damals jedenfalls. Und jetzt das?

„Bitte? Das sind ja …" André dachte kurz nach. „Das sind ja drei Monate." Jetzt kam es ihm eigentlich gar nicht so viel vor, aber beim

Kanzler und angesichts dessen, was er ihm früher alles erzählt hatte – da war das unendlich lang. André glaubte, sich erinnern zu können, dass Bernd mal mit „mindestens alle drei Tage, aber eher öfter" ziemlich laut getönt hatte.

„Franzi zickt immer mehr herum. Sie bekommt regelmäßig Wutanfälle, hat sonderbare Ansichten und ich darf ihr nicht widersprechen. Und mit Sex komme ich ihr schon gar nicht mehr."

„Wechseljahre?"

„Natürlich Wechseljahre. Aber so was von."

Was André jetzt auf der Zunge lag, konnte er sich einfach nicht verkneifen. „Dann hat deine Tochter ja jetzt öfter Sex als du." Die Anspielung auf die Beziehung von Pat und Tom war eindeutig, Bernds wütender Gesichtsausdruck ebenfalls. „Entschuldigung, Entschuldigung, Entschuldigung. Der ist mir so rausgerutscht. Sorry. Passt wirklich gar nicht." André wartete, dass sich der Gesichtsausdruck seines Gegenübers wieder einigermaßen beruhigt hatte. Das geschah auch – zumindest ansatzweise.

„Okay Mann." Jetzt schaute Bernd wieder versöhnlich. „Den konntest du einfach nicht liegen lassen. Verstehe ich. Die Scheiße mit dem verkorksten Winkler-Sohn kommt ja noch dazu."

„Ja. Stimmt. Wir waren bei den Wechseljahren. Wirklich so schlimm?"

„Ich sag mal so: Franzi sollte sich nicht wundern, wenn ich mir so meine Gedanken mache."

„Wie?"

„Hast du dir schon mal überlegt, wie es mit einer anderen Frau wäre?"

André traute seinen Ohren nicht, brauchte aber zum Glück nicht zu antworten, denn die Kellnerin hatte den nächsten halben Liter in doppelter Ausführung auf dem Tisch platziert. „Sorry, Männer, dass ich euch bei wichtigen Themen störe." Ein süffisanter Unterton war nicht zu überhören, bevor sie wieder in Richtung Tresen verschwunden war.

„Okay, André. Du brauchst darauf nicht zu antworten. Natürlich nicht."

Jetzt hatte André wieder das Bedürfnis, sich seinem Freund gegenüber zu öffnen. Schließlich war Bernd eben ganz offenbar auch ehrlich gewesen. Er dachte kurz nach, was ihm trotz des ausgiebigen Alkoholkonsums erstaunlich gut gelang. „Wir haben ganz andere Probleme. Also schon ähnlich, aber ganz anders."

Bernd blickte irritiert, wurde aber durch sein Handy abgelenkt, das er entgegen seiner Gewohnheit auf dem Tisch hatte liegen lassen – ein Anruf. Auch Andrés Blick ging automatisch in diese Richtung, wo ein Display ziemlich deutlich lesbar den Namen ‚Elly' preisgab. Bernd lehnte den Anruf hektisch per Knopfdruck ab, was André nicht an einer Äußerung hinderte, die als Frage formuliert war, auf die er keine Antwort erwartete: „Elly? Um halb elf abends? Ich denke, dir fehlt der Zugang zu ihr … oder so …"

***

Als André die Tür aufschloss, spürte er, dass er wohl etwas zu viel getrunken hatte. Aber nachdem er im zweiten Anlauf den Schließzylinderzugang des Sicherheitsschlosses getroffen hatte, stellte er auch fest, dass er wohl in der Lage war, sich zusammenzureißen. Es war kurz nach elf, was ihm die Gewissheit gab, dass Emily und Lukas bereits auf ihren Zimmern und wahrscheinlich im Bett waren. Seine Frau würde wohl das Sofa hüten – nach einem wahrscheinlich frustrierenden Tag im neuen Job.

Er fand alles so vor, wie er es vermutet hatte. Und doch war alles anders. Anja trug einen Kopfverband, der über dem rechten Auge blutdurchquollen war. Das konnten auch die Haare nicht verbergen, die den stirnbandähnlichen Verband teilweise bedeckten. Auf dem Tisch stand eine zur Hälfte geleerte Flasche Wein, daneben eine geöffnete Packung Schmerztabletten. Anjas Gesicht war rot angelaufen und aufgedunsen. Mit großen, traurigen und auch irgendwie ängstlichen Augen sah sie ihren Mann an, mit dem sie zuletzt wieder so gute Gespräche geführt hatte. Aber heute würde es kein solches Gespräch geben, schoss es ihr durch den Kopf.

André blieb im Türrahmen des Wohnzimmers stehen. Er brauchte zwei Sekunden, um sich zu sammeln. Dann war er weitgehend handlungsfähig. „Was ist passiert, Schatz?" Seine Stimme war authentisch besorgt, aber eine Antwort erwartete er zu diesem Zeitpunkt noch nicht. „Bist du gestürzt? Oder hat dich jemand …?" Den Satz vollendete er nicht. Denn dass seiner Frau jemand Gewalt angetan hätte, war irgendwie außerhalb seines Vorstellungsvermögens. „Erzähl doch … bitte!"

„Ja, ich bin gestürzt." Anja machte einen eigenartigen Gesichtsausdruck, den ihr Mann, der sie seit so vielen Jahren kannte, nicht interpretieren konnte. Gleichwohl spürte André ganz genau, dass das nicht oder zumindest nicht die ganze Wahrheit war. Und er wurde bestätigt, als Anja fortfuhr: „Das hab ich zumindest den Kindern gesagt." Daraufhin brach sie in Tränen aus und weinte so laut, dass André hektisch die Wohnzimmertür hinter sich schloss. Dann ging er in Richtung Sofa, zog sich dabei etwas umständlich die Jacke aus, ließ sie auf den Boden fallen, setzte sich auf dem Sofa halb vor und halb neben seine Frau und beugte sich langsam zu ihr herunter. Sie kam ihm entgegen und verbarg ihr Gesicht schluchzend an seiner rechten Schulter. Einmal mehr spürte André, wie sehr er sie immer noch liebte.

Etwa zwei Minuten verharrten die beiden so, bis sich Anja beruhigte, ihre Nase schnäuzte und sich die Tränen aus den Augen wischte. Dann sah sie ihn an. Ihr aufgequollenes Gesicht zeigte jetzt eine gewisse

Ernsthaftigkeit und er spürte, dass sie ihm jetzt etwas Bedeutungsvolles mitteilen würde.

„Du bist der Mann meines Lebens, André. Du warst immer und bist auch heute noch meine große Liebe." Sie machte eine kurze Pause und André war etwas verunsichert. Er blickte auf die halbgeleerte Weinflasche, dann wieder in ihre feuchten und damit glänzenden, aber wunderschönen Augen. Er freute sich einerseits über die Worte, andererseits irritierte ihn die Melancholie. Und zum dritten war ihm klar, dass sie ihn durch diese Worte auf schlechte Nachrichten vorbereitet hatte.

***

Der Kanzler brauchte nur einen Anlauf, um das Schlüsselloch zu treffen. Auch in Sachen Alkoholverträglichkeit stand er – wie überhaupt und nach eigener Einschätzung – ganz oben. Ohnehin war er zufrieden. Er war zufrieden mit dem Abend, der ihm André wieder nähergebracht hatte. Und André dürfte jetzt auch wieder eingenordet sein – nach seiner Einschätzung. Der Elena-Anruf hatte zwar für Irritation gesorgt, aber Bernd wäre nicht der Kanzler, wenn er nicht rechtzeitig eine Erklärung parat gehabt hätte. Er war halt ein Könner und ein kommunikatives Ass – nach eigener Einschätzung.

Um den Blicken seiner Familie zu entgehen, betrat er das eigene Haus – in der Tat stand nur er im Grundbuch – leise und mit Vorsicht. Franziska tendierte seit einigen Wochen dazu, früh ins Bett zu gehen: Sie schnappte sich lieber ein Buch, statt mit dem Ehemann über den zur Neige gehenden Trag zu sprechen. Aber heute war das offensichtlich nicht der Fall.

Es war durch den Glaseinsatz in der Wohnzimmertür und den kleinen Türspalt noch ein wenig Licht in der guten Stube erkennbar. Dem Anschein nach war es die Lampe auf dem Klavier, die dafür sorgte.

Und die nicht ganz geschlossene Tür verriet, dass Franziska offenbar telefonierte. Um diese Zeit? Das machte den Kanzler neugierig.

„Oh Mann, danke für dein Vertrauen." Bernd hörte jetzt ganz genau hin. „Nein, nein, das meine ich ernst … du bist echt … wie soll ich sagen … taff, also mutig, darüber zu sprechen."

‚Was und vor allem wen meinte Franzi damit?'

„Natürlich musst du mit ihr drüber reden."

‚Mit wem über was reden?'

„Ja, ich weiß. Ich kann dich ziemlich gut verstehen."

‚Was kannst du verstehen?'

„Wenn Bernd jetzt ankäme, er wäre schwul, dann wäre das natürlich ein Schock."

‚Wie bitte?'

„Ja, klar. Ich versteh dich. Da hängt so viel an der Familie … Scheiße, echt!"

Bernd war reichlich irritiert, aber auch etwas neugierig. Jetzt war einige Sekunden nichts zu hören. Dann wieder Franziska:

„Okay, verstehe ich erstmal. Ja, ich versteh dich echt. Klar können wir uns morgen treffen."

‚Wie bitte?'

„Genau so machen wir es."

‚Wie genau so?'

„Hab ich echt super-gerne gemacht."

‚Warum säuselt sie so mit ihrer Stimme?'

„Ja, schlaf auch gut."

Bernd hörte einen kurzen Piepton, anschließend war es still. Fast still, denn Franzi ließ sich offensichtlich mit einem leisen „Oh Mann" nach hinten gegen die Sofa-Rückenlehne fallen. Der Kanzler stieß nun die angelehnte Tür auf, ging erst auf Franziska zu, die sich kurz erschrak, blieb stehen und sagte das erste, was ihm einfiel:

„Mit welcher Schwuchtel unterhältst du dich denn den ganzen Abend?"

Kriechmann

2. Oktober

Das hatten sie noch nie getan. Erst rief Anja an, dann André. Ob es auffallen würde? Jedenfalls wurden am anderen Ende der Leitung keinerlei Zweifel an den Krankmeldungen geäußert. André bekam noch ein „Gute Besserung" mit auf den Weg, Anja musste darauf verzichten. Es war ihr egal. Und auch André hätte darauf verzichten können.

Die beiden hatten wie an jedem Tag im gemeinsamen Vier-Quadratmeter-Bett mit durchgehender Matratze geschlafen. Sie waren zwar nicht krank, aber gut ging es ihnen nicht. Lange hatten sie noch gesprochen gestern Abend, dabei hatten sie Alkohol konsumiert. Es wurde viel gesagt, möglicherweise zu viel. Auf jeden Fall wurde so viel gesprochen und so viel getrunken, dass das Erinnerungsvermögen am nächsten Tag seine Grenze erreichte. Zumindest war das bei André so, der jetzt auf der Seite lag und die Frau ansah, mit der er seit 22 Jahren verheiratet war. Die blickte zur Decke.

„Oh Mann – war alles etwas viel gestern." Etwas Besseres wusste André nicht zu sagen. Und es war offen, was genau er damit meinte.

Anja blickte weiter an die Decke. „Was meinst du?"

„Alles."

Anja zögerte, um dann zu bestätigen: „Stimmt."

Die grauen Zellen arbeiteten auf beiden Seiten der Matratze.

Dann wollte es André wissen: „Ich bin mir nicht sicher, ob ich irgendwas nur geträumt habe – also von unserem Gespräch. Hast du mir wirklich erzählt, dass …"

„Ja, hab ich …", fiel sie ihm ins Wort. „Ja, ich hab das alles getan." Darauf sagte er nichts. Also sprach sie weiter: „Und du hast geweint und mir tut es so unendlich leid." Er erwiderte erneut nichts. Sie drehte sich auf die Seite und schaute ihrem Mann in die Augen. Ihre Worte klangen verzweifelt und unendlich zart: „Ich liebe dich. Ich liebe dich so sehr." Er sah sie an, er sagte nichts, er lächelte nicht. Jetzt lief ihr eine Träne die ungenutzte Lachfalte herunter und verschwand im Bettlaken. „Ich würde es so gern ungeschehen machen."

Anja sah, wie sich André konzentrierte. Dann endlich sagte er etwas: „Ich weiß." Er machte eine kurze Pause. „Aber in meinem Kopf geht jetzt alles durcheinander. Du hast noch etwas erzählt, oder?"

Sie schaute traurig zu ihm herüber, ihr Gesicht schwoll an, die Mundwinkel fielen noch mehr ab und beide Augen weinten nun bitterlich. „Ja, auch das hast du richtig verstanden."

Jetzt sah er sie ganz fest an. In seinem Blick sammelte sich Konzentration und sie spürte, wie er sich die folgenden Worte zurechtlegte. „Anja, ich habe keine Ahnung, wie ich damit umgehen soll, dass du mich damals hintergangen hast. Ich weiß nicht, ob ich bei dir bleiben kann." Ihr Blick, der Bitterkeit und Verzweiflung ausstrahlte, traf ihn so hart, wie sie zuvor von den Worten getroffen wurde. „Aber eines glaube ich zu wissen: Irgendwie liebe ich dich immer noch. Aber ich bin verletzt … über alles andere muss ich nachdenken."

Sein Blick signalisierte ihr, dass er nach einer kurzen Pause weitersprechen würde. Sie kämpfte gegen ihr Weinen an – sie tat das erfolgreich. Und sie hörte zu.

„Aber das, was du mir erzählt hast, heißt für mich vor allem: Du brauchst jetzt meine Hilfe. Und solange du meine Hilfe brauchst, wirst du sie bekommen." Ihr Blick war dankbar, aber auch zweifelnd. „Schließlich gehe ich mit dir durch dick und dünn. In guten und schlechten Zeiten." Er machte eine kurze Pause. „Die Guten hatten wir. Trotz allem. Und jetzt kommen die, die nicht so einfach sind."

Das Zweifeln wich nicht aus ihrem Gesicht. Was meinte er genau damit? Sie hatte eben eine Liebeserklärung bekommen und zuvor eine abgegeben. Sie war seinen Worten genau gefolgt. Und damit war klar: Ihr Mann hatte Zweifel, ob er bei ihr bleiben könnte. Eigentlich verständlich, aber für sie dramatisch.

Aber er hatte auch ein Versprechen abgegeben, das er jetzt noch einmal unterstrich: „Es tut mir so leid, was du durchgemacht hast." André holte noch einmal tief Luft. „Aber ich verspreche dir: Das wird sich jetzt drehen." Er schaute seiner Frau in die Augen. Sein Blick war entschlossen, der von Anja halb fragend und halb dankbar. Sie sagte nichts, er dafür klang fast schon pathetisch: „Ich will das jedenfalls. Bist du dabei, Anja?"

***

Was waren das für Worte? Und was war das für ein Blick. Auch Stunden später war Anja noch am Grübeln, was die Worte ihres überaus entschlossenen Mannes bedeuteten. Sie hatte am Ende nur genickt. Dann hatte er sie geküsst – auf die Stirn. Außerdem hatte er ‚Anja' gesagt. Nicht ‚Liebling' und auch nicht ‚Schatz'. Und auf die Stirn. Das hatte er noch nie getan.

Aber André hatte so etwas auch noch nie durchgemacht. Er hatte viel erfahren. Er war gekränkt. Er hatte Aufklärung über seine Familie erhalten. Seine Familie war sein alles. Und jetzt diese Gewissheit. ‚Natürlich braucht er etwas Abstand,' dachte Anja. ‚Ist es nicht großartig, dass er mir jetzt hilft, statt sich zurückzuziehen. Es ist … ja, eigentlich ist das unglaublich.'

Nach diesen Gedanken fühlte sich Anja reich beschenkt und empfand den Kuss auf der Stirn noch einmal nach. Jetzt machte sich ein wärmendes Gefühl in ihr breit. Schon wieder dieses Gefühl. Warum gerade in dieser schwierigen Zeit? Und warum hatte sie über all die so erfolgreichen Jahre einem solchen Gefühl keinen Raum gelassen. ‚Natürlich bin ich dabei‘, dachte sie, ‚wobei auch immer…‘

wieder vereint?

3. Oktober

„Wie 1990 erwartet uns eine Herausforderung, die Generationen beschäftigen wird. Doch anders als damals soll nun zusammenwachsen, was bisher nicht zusammengehörte."

Die Worte von Bundespräsident Joachim Gauck zum 25. Jahrestag der deutschen Wiedervereinigung spiegelte die Stimmung vor den Toren Berlins allerdings nicht einheitlich wieder.

Rosenzweig

„Wie? Nicht zusammengehört? Klingt irgendwie komisch." Danny konnte keine Motivation aus den präsidialen Worten schöpfen.

Michaelis

„Scheiß-Vergleich." Bernd bediente sich versehentlich in Anwesenheit seiner Kinder der Fäkal-Sprache. „Äh, also, schlau war das nicht, was unser Präsident da gesagt hat." Der Kanzler musste es ja wissen. Und eigentlich hätte er den Tag ohnehin lieber mit Elena verbracht.

Blatter

„Muss das sein – mit dem Fernsehen am Morgen?" Geli Blatter schüttelte den Kopf, drehte sich zur Wand und befreite die schwarz-rot-goldene Flagge von einer Staubfluse.

Winkler

„So redet doch keiner." Udo Winkler nahm die Fernbedienung und wechselte zu RTL 2. Verena verließ den Raum und widmete sich dem Haushaltsbuch, in dem die Ausgaben im September mal wieder höher waren als die Einnahmen.

„Ehrlich mal. Können wir das Gelaber nicht abstellen." Patrizia Michaelis widmete sich ohne Hoffnung, dass sich etwas ändern würde, wieder ihrem Smartphone und der Nachricht an Tom.

Wójcik-Müller

„Manchmal reden die Deutschen etwas komisch." Elena sagte das zu Damian, der aber gerade damit beschäftigt war, die virtuelle Welt von Terroristen zu befreien. „Klar, Mum."

***

Für Krzysztof Olaf Charamsa war es ein besonderer Tag. Allen Mut hatte er am Vortag aufbringen müssen, um das zu sagen, was zu sagen war. Und er hatte etwas zu sagen als Dozent der Päpstlichen Universität Regina Apostolorum und Assistenzsekretär der Internationalen Theologischen Kommission im Vatikan. Im Jahr 2008 hatte er den Ehrentitel ‚Kaplan seiner Heiligkeit' erhalten. Sein Wort zählte etwas. Aber auch seine gestrigen Worte, mit denen er sich geoutet hatte?

Es war der Sprecher des Vatikans, Frederico Lombardi, der sich am 3. Oktober in dieser Angelegenheit zu Wort meldete. Nein, Krzysztof Olaf Charamsa könne seinen Beruf in der katholischen Kirche nicht weiter ausüben. Und aus anderer gelb-weißer Ecke war zu hören, dass Charamsas Äußerungen im Widerspruch zur Heiligen Schrift stünden. Er solle doch bitte „zum Amt Christi" zurückkehren.

Der besondere Tag von Krzysztof Olaf Charamsa zeigte sich somit von seiner hässlichen und von seiner homophoben Seite. Das Outing machte die Unfähigkeit elitärer Würdenträger deutlich, eine wirklich christliche Einstellung zu leben und zu vermitteln. Die Welt war noch nicht so weit, selbst Franziskus nicht.

Rosenzweig

Michael stellte das Radio aus. Der Bericht über Krzysztof Olaf Charamsa, dessen Mut ihn sehr beeindruckte und dessen Erfolglosigkeit ihn tief erschütterte, ließ ihn ernüchtert zurück. Trotzdem versuchte er, das Beste aus dem Tag zu machen – mit Krzysztof, der sich in seinem Kopf einnistete.

***

„Dieses hier geht raus an alle Helfer. An alle, die sich irgendwie in irgendeiner Form eingebracht haben." Offenbar war der 3. Oktober 2015 auch für Campino ein besonderer Tag beim Solidaritätskonzert „Voices of Refugees" in Wien. „Dieses Lied ist für euch. Für all die, die bis zur Erschöpfung kämpfen in dieser Sache. Steh auf, wenn du am Boden bist!"

Und Daniela stand auf. Sie war bei jeder Textzeile dabei. „Wenn du mit dir am Ende bist …" und schwebte euphorisch durch die Küche. Sie spürte die Energie der Musik – wenn auch nur online aus der Hauptstadt Österreichs übertragen. Sie spürte die Solidarität, die sie nach den Vorkommnissen der letzten Tage so dringend brauchte. Und sie spürte, dass ihr Tank sich wieder füllte. Die Sache mit dem Verein hatte sie mitgenommen, die Ankunft der Flüchtlinge ebenso und die Verbalattacken dieses Nazi-Opas gegen ihren Sohn. Und sie hatte schon darüber nachgedacht, sich zurückzuziehen. Aber jetzt … die 100.000 in Wien. Die Toten Hosen. Und Campino, den sie von der ersten LP an irgendwie liebte. Sie schwebte weiter. „… ohne Verrat ein Leben zu führn, das man selber noch respektiert."

***

Ein sichtlich genervter Karsten Blatter schaltet den Rechner ab. „Was für ein Idiot". Karsten war Fan der ersten Stunde und Zahl seiner Konzertbesuche war zweistellig. Trotzdem war Campino für ihn unerträglich, wenn er zwischen den Liedern seine linksversifften Kommentare abgab. Karsten hasste diesen Zwiespalt. Aber er konnte nicht ohne die Toten Hosen. Irgendwie aber auch nicht mit ihnen.

Überhaupt wollte er sich an diesem Abend nur ablenken. Der Tag war eigentlich ein guter. Deutschland feierte den 25. Jahrestag der Wiedervereinigung. Sein Verein hatte eine Feierstunde organisiert, mal wieder die Fahne gehisst und Lieder gesungen, deren Herkunft unbekannt waren. Karsten war stolz darauf, ein Deutscher zu sein. Seit 25 Jahren ein Gesamtdeutscher. Er liebte sein Land, seine Landsleute, seine Rasse. Und er hasste es, wenn jemand diesen seinen Weg in Frage stellte. Das taten die Flüchtlinge jedenfalls. Und die Gutmenschen drumherum.

Seine Frau war wie immer vor ihm schlafen und ihm damit mal wieder aus dem Weg gegangen. Darüber schaute er mittlerweile hinweg. Glücklich machte ihn das aber keineswegs und an diesem Abend hatte er seine Sorgen gezielt heruntergespült. Nur selten tröstete er sich mit Alkohol, aber heute brauchte er das irgendwie.

Karsten war ein angesehener Bürger der Gemeinde. Er hatte bei der Bundeswehr Karriere gemacht. Er sah gut aus und irgendwie mochte ihn auch jeder. Er hatte die Fähigkeit, vor vielen Menschen zu reden und diese für sich zu gewinnen. Sein Leben war eigentlich ein gutes. Ein überragendes. Wobei … Geli war schon ein Problem. Sie wollte einfach nicht, wie er wollte. Also hatte sich Karsten andere Wege gesucht. Aber diese anderen Wege endeten kürzlich … in Tiergarten mit einer flüchtenden Person namens Anja.

Die kleinen Probleme hatte er noch lösen können. Zum Unfall bekannte er sich schuldig und die Versicherung würde schon zahlen. Den Mann ohne Hals lieferte er mit einem 100-€-Schein vor dem Artemis ab, dort wo die Herzen einsam sind, für die Liebe bezahlt wird und die Auswahl groß ist.

Aber das Problem blieb. Es hieß Anja Kriechmann. Wie würde sie sich verhalten? Wahrscheinlich würde sie sich einfach zurückziehen – in der Hoffnung, dass er sich nie mehr bei ihr melden werde. Aber sollte er das wirklich glauben? So würde sie schließlich erpressbar bleiben. ‚Vollkommen zurecht', dachte Karsten. Aber würde sie es wagen, sich ihrem Mann anzuvertrauen? Damit wäre sie nicht mehr erpressbar, dafür aber er selbst. Schließlich waren die Nachrichten, die er doch ziemlich häufig an sie versandt hatte, recht eindeutig. Und auch das Hotelpersonal, das sie mehrfach donnerstags empfangen hatte, könnte sein Puzzleteil zur Wahrheit beitragen. Karsten stand unter Druck. Er war in der Klemme. Weil Anja sich nicht alles gefallen lassen hatte. Ihm war plötzlich klar, dass er alles verlieren könnte.

Karsten aktivierte den Internetstream erneut. Noch mal laut stellen, abschalten und das Gehirn deaktivieren. Und die in Wien aus tausenden Kehlen herausgebrüllte und von den Ärzten gecoverte Botschaft war überdeutlich: „Arschloch! Arschloch! Arschloch!"

Blatter

4. Oktober

Der Blick aus dem Küchenfenster war kein angenehmer. Eigentlich war er es schon, denn Karsten Blatter blickte gewöhnlich – über seine Eingangspforte hinweg – über ein weites Feld. Auf dem grasten stets etwa zehn bis zwölf Pferde, von denen zwei ihm gehörten. Es war damals Gelis Idee gewesen, denn sie hatte sich in den Reitsport verliebt.

Also gab es zwei Pferde für die Liebste. Nachdem sich Geli dann entschieden hatte, das Reiten doch nicht so toll zu finden, standen die Pferde nur noch so da. Und sie grasten. Und sie wurden regelmäßig von einigen Mädchen des Vereins geritten.

Heute jedoch kam Karstens Blick über die recht mondäne Eingangspforte nicht hinaus, als er aus dem Fenster schaute. Denn nach dem Erschallen der Klingel wollte er nur wissen, wer denn am Sonntagnachmittag unangekündigt zu Besuch kam. Schließlich war es sehr ungewöhnlich, dass Gäste einfach so auftauchten.

Jedenfalls waren die Besucher ganz offensichtlich ziemlich gut gelaunt. Hand in Hand standen die beiden da. Und sie winkten Karsten sofort zu, als sie seinen strengen Scheitel und das Zahnpastalächeln durch die wenig reflektierenden Fenster erkannten. Ganz offenbar wollten die beiden zu ihm. Dabei hatten André und Anja doch noch nie bei ihm geklingelt.

Reflexartig trat Karsten einen Schritt zurück. Er spürte, wie ihm ein Kribbeln durch Mark und Bein ging. Seine Hände wurden feucht und ihn überkam das Gefühl von Ratlosigkeit. All diese Symptome waren für ihn neu – zumindest in dieser Konzentration. ‚Ach du Scheiße‘, schoss es ihm durch den Kopf. ‚Was wollen die denn hier?‘ Karsten warf einen Blick in die offene Küche, in der seine Frau noch immer mit dem Abwasch beschäftigt war. Sonntags war das trotz vorhandener Spülmaschine stets sehr aufwändig und Hilfe konnte sie nicht erwarten. ‚Scheiße. Was mache ich jetzt?‘

„Wer hat geklingelt, Schatz?" Geli drehte den Kopf zu ihrem Mann, der regungslos – in einem Meter Entfernung zum Fenster im Wohnzimmer stand. „Ist alles klar bei dir?"

„Ja, klar, alles klar. Es sind nur …. na, wie heißen die beiden…? Äh, André und Anja. Die aus dem Verein." Etwas ungeschickt druckste Karsten um wohlbekannte Namen herum.

„Ah, okay." Geli zögerte kurz. „Aber warum machst du nicht auf?"

„Ich geh schon, Schatz."

Es waren nur ein paar Schritte bis in den Flur. Die brachten Karsten nur wenige Sekunden Zeit, seine Gedanken zu ordnen. Kurz dachte Karsten an die Situation, als Anja letzten Donnerstag aus dem Auto geflohen war. Dann sah er sie nackt vor sich liegen und spürte dieses geile Machtgefühl. Um anschließend die Gefahr zu sehen, dass sich die beiden gegen ihn verschworen hatten, um ihn jetzt … was auch immer.

Das Machtgefühl wich und er fühlte sich ganz klein. Und er dachte an Geli in der offenen Küche und spürte, wie viel jetzt für ihn auf dem Spiel stand. Aber er wäre nicht Karsten Blatter, Offizier und Chefausbilder der Bundeswehr und Vorstandsvorsitzender eines der größten Vereine im Berliner Speckgürtel, wenn er nicht in voller Größe, mit verbaler Strahlkraft und voller Freundlichkeit die Tür geöffnet und seine Gäste empfangen hätte.

„Hallo, ihr Lieben. Das nenne ich mal eine Überraschung. Nur herein in die gute Stube."

„Na, wenn das so ist." André schaute seine Frau, deren Hand noch immer in seiner lag, von der Seite an.

Und die erwiderte in gleicher Tonlage: „Na, wenn das so ist."

Der Vorgarten war schnell durchschritten, die leichten Jacken rasch abgelegt und der Weg ins Wohnzimmer war nicht zu verfehlen.

„Nehmt Platz, ihr zwei." Als Karsten diese Freundlichkeitsfloskel aussprach, waren Anja und André längst in den überdimensionierten Wohnmöbeln versackt.

„Ah, Geli, du auch da." André sagte das nicht nur voller Freude. Er stand sogar noch mal auf, um die Frau des Hauses mit gleich dreimal Küsschen im besonderen Maße zu ehren. Anja tat es ihm nach, drückte Geli zusätzlich und strahlte sie an.

Karsten verfolgte die Szenerie mit Skepsis und Angst. Anja und André waren in sein Haus gekommen und benahmen sich so, als würden sie das als allerbeste Freunde jeden Sonntag tun. Und die beiden waren so ganz anders, als er sie zuletzt zusammen auf der Mitgliederversammlung gesehen hatte. Da haben sie gezaudert bei der Abstimmung und waren sich nicht einig. Und jetzt?

Karsten riss sich zusammen, während seine Frau perplex, aber strahlend, in der Küche stand. „Kann ich euch…?"

„Ich nehme einen Cappuccino." André klang bestimmt, aber nett. „Und du, Schatz, was soll dir Karsten bringen?"

„Bei mir bitte einen Milchkaffee, Karsten." Das letzte Wort Anjas war auf beiden Silben betont.

„Kommt …" Karsten musste sich jetzt tatsächlich räuspern, bevor er weitersprechen konnte. „Kommt sofort." Schnell hatte Karsten die Schwelle zur Küche überschritten, was er höchst selten tat. Dann stand er vor dem Kaffeevollautomaten, zögerte kurz, sah an der Anzeige, dass Bohnen nachzufüllen waren und drehte sich seiner Frau zu: „Du machst das doch, Schatz?" Und ehe die von der Situation ziemlich überforderte Geli antworten konnte, wandte er sich an seine ungebetenen Gäste. „Was treibt euch zu mir an diesem Sonntagnachmittag?"

Darauf war André eingestellt, der offenbar zunehmend Gefallen am quälenden Treiben hatte. „Das schöne Wetter."

Und Anja ergänzte: „Und natürlich ihr wunderbaren Menschen. Wir hatten schon lange vor, euch mal zu besuchen. Wir bewundern dich, Karsten." Und Richtung Küche ergänzte sie etwas lauter: „Du hast einen tollen Mann, Geli."

‚Fotze', dachte Karsten, während Geli das gerade gefüllte Glas mit dem Milchkaffee aus der Hand glitt. Mit lautem Klirren schlug es am marmorähnlichen Boden auf und zersprang in tausend Stücke, die sich in und außerhalb der verspritzten braunen Flüssigkeit im Raum verteilten. Mit einem kurzen Schrei wich sie zurück. Noch ehe ihr Mann etwas sagen oder tun konnte, sprang Anja auf. „Kann passieren, Geli. Moment, ich helfe dir.“

Karsten wurde etwas schwindelig. Er ließ sich in seinen Sessel fallen und schielte zu André. Der hatte ihn fixiert, als wollte er etwas sagen. Karsten schaute ihn erwartungsvoll an. Aber André sagte nichts. Er schaute nur dauerhaft mit verstohlenem Blick zurück. Karsten versuchte, dem Blick standzuhalten. ‚Was weiß der Idiot? Was soll dieses Verhalten?‘ Karsten senkte den Blick, spürte aber Andrés Augen weiter bohrend auf sich. Auch das hielt er nicht aus. Er schaute kurz hoch. Andrés Blick, der Schärfe und Genuss gleichzeitig ausstrahlte, schmerzte. Er versuchte, sich nichts anmerken zu lassen. „Kann ich noch was für dich tun?“ Andrés Antwort war nur dieser bohrende Blick.

***

Kaum war die Tür ins Schloss gefallen, atmete Karsten tief durch. ‚Was war das denn?‘ Er versuchte, sich zu konzentrieren. Schließlich musste er jetzt mit seiner Frau sprechen. Die hatte sich gerade angeregt mit Anja unterhalten. Oder sollte er doch lieber so tun, als wäre nichts passiert?

„Das war ja eine Überraschung. Irgendwie komisch, aber irgendwie auch schön.“ Geli rief auf dem Weg in die Küche in den Flur hinein.

‚Scheiße‘, dachte Karsten. „Ja, war schön. Dass die ein bisschen sonderbar sind, ist ja nichts Neues“, fabulierte er in Richtung seiner Frau.

„Hast du dich auch so gut unterhalten?“ Bei Geli überwogen offensichtlich klar die positiven Vorzeichen. Eine Antwort ihres Mannes erwartete sie aber nicht. „Also wir haben total gut gesprochen – Anja ist ja mega-nett.“

„Ach ja – über was habt ihr euch denn so unterhalten?" Karsten war zwischenzeitlich in die Küche gekommen.

Geli drehte sich zu ihm und umarmte den muskulösen Bauch ihres Mannes. „Frauenthemen." Sie machte einen geheimnisvollen Gesichtsausdruck. „Nichts für Traummänner wie dich."

Karsten war froh, dass seine zierliche Frau jetzt sein Gesicht nicht sehen konnte. Sein Blick ging über sie hinweg. „Sag mal, was ist das denn?"

„Was, mein Schatz?"

Karsten ging näher an die Arbeitsfläche neben der Spüle heran. „Hast du hier rumgekritzelt?"

„Zeig mal." Sie wandte sich der Arbeitsplatte zu und erkannte dort ein skizzenhaftes großes A – mehr gemalt als geschrieben. „Komisch, ist mir noch nie aufgefallen."

Karsten spürte ein eigenartiges Gefühl in sich aufkommen. „Vielleicht hat ja …" Er machte eine kurze Pause. „So ein Quatsch – ich war es ja selbst. Eine kleine Notiz, als ich kürzlich das Regal begradigt habe." Karsten blickte seine Frau unsicher von der Seite an. „A wie … " Ihm fiel nichts ein. „… keine Ahnung".

„Wusste ich gar nicht. War es denn schief?"

„Jetzt nicht mehr." In Karsten Stimme war ein Hauch Erleichterung herauszuhören. „Ich mach's gleich weg. Sorry, mein Schatz."

Geli warf ihrem Mann einen Kuss zu. Für sie war das ein toller Nachmittag. Man merkte ihr das an. „Ich bin übrigens morgen mit Anja zum Walken verabredet."

Jetzt war es Karsten, dem um ein Haar beim ungewohnten Abräumen des Wohnzimmertisches eine Tasse entglitten wäre.

***

5. Oktober

„Seit wann haben wir jetzt eigentlich Sex?"

Elena war irritiert. „Seit wann lieben wir uns?"

Die Gegenfrage kam für Bernd überraschend „Das auch. Also beides."

Elena war etwas besänftigt. „Zum ersten Mal hier waren wir am 13. Mai. Du weißt das nicht mehr?"

Bernd schaute etwas verlegen. Er konnte sich nur noch daran erinnern, dass er damals seinen angeblich stressigen Kanzler-Arbeitstag mit einer fadenscheinigen Ausrede verlängert hatte. „Doch, weiß ich. Also ungefähr." Er hatte damals behauptet, dass er kurzfristig seinen Präsidenten in einer Besprechung vertreten musste. Und er hatte Franziska gesagt, dass der Termin inoffiziell sei. Also irgendwie geheim.

Elena zog sich die Decke bis zum Hals und drehte sich ihrem Geliebten zu. „Ungefähr. Hmmmh. Also für mich ist das *unser* Tag – auch in den nächsten Jahren. Ich war damals schon total verknallt in dich." Dieser Satz klang mit dem polnischen Akzent irgendwie süß – wie alles an ihr.

Bernd lächelte sie an. Elena tat ihm gut – zumindest in solchen Situationen. Sie war eine tolle Frau. Und sie verkörperte genau die Leidenschaft, die er bei seiner Frau vermisste – eigentlich immer schon. „Sag noch mal ‚verknallt' …"

Elena lächelte. „Nein, sag ich nicht. Aber ich sag dir was Anderes." Sie machte eine kurze Pause. „Ich war dir immer treu."

Bernd zuckte kurz zusammen. So etwas erwähnte sie. Er hatte nichts Anderes erwartet. „Na toll." Und schnell versuchte er in ruhigeres Fahrwasser zu kommen. „Ich weiß das zu schätzen."

Elena lächelte nach kurzer Irritation. „Wie wollen wir unseren Jahrestag feiern? Und wo?"

„Wie meinst du das?"

„Ist das so schwer zu verstehen, Liebster? Was machen wir am 13. Mai 2016? Und wo werden wir dann leben? Ich mach alles mit, weißt du doch – wenn man mir dort nicht die Reifen zersticht." Kurz trübte sich Elenas Blick ein – aber nur kurz.

‚Jetzt wird´s anstrengend', dachte Bernd und konzentrierte sich. „Jedenfalls werde ich dich mindestens so leidenschaftlich erleben wie heute", wich er rasch auf die sexuelle Schiene aus. Das wirkte bei Elena eigentlich immer – heute jedoch nicht.

„Bernd! Sag mir, wie du dir unser gemeinsames Leben vorstellst."

Jetzt war der Kanzler tatsächlich gefordert. Ja, er hatte ihr versprochen, dass er sich noch dieses Jahr von seiner Familie lösen würde. Und ja, sie hatte für ihn auf den Gang zur Polizei wegen der Sachbeschädigung an ihrem Auto verzichtet. Aber nein, er hatte noch keinen Plan, wie er sich das genau vorstellte. Seine Kinder 13, 15 und 17 Jahre alt, sie ahnten nichts. Seine Nachbarn, Freunde und Kollegen hielten ihn für einen Muster-Ehemann mit einer Muster-Familie. Niemand ahnte etwas. Und im Januar stand Franziskas 50. Geburtstag an. Die Einladungen waren längst raus und die Mensa in seiner Hochschule war schon lange hierfür reserviert. Da passte nicht viel zusammen.

„Also, lass es erstmal Weihnachten werden..." Er sah ihren empörten Gesichtsausdruck. „Und dann starten wir irgendwann durch…" Sie sah immer noch böse aus. „… mit einer Kreuzfahrt ins Glück."

Ihre Mimik hellte sich auf. „Versprochen?"

„Versprochen", sagte Bernd sicherheitshalber ohne jegliches Zögern. „Schwöre."

„Wann?"

„Lass dich überraschen."

„Oh, das tue ich." Sie dachte kurz nach. „Aber lass dir nicht zu viel Zeit. Und denk an die Ferien."

„Wie, Ferien?"

„Na, ich kann Damian doch nicht wochenweise von der Schule abmelden."

Bernd zögerte und versuchte anschließend, sich seinen innerlichen Zusammenbruch nicht anmerken zu lassen. ‚Oh Gott', dachte er. ‚Daran habe ich ja gar nicht gedacht.' Er riss sich zusammen, was auch gelang. „Gut, dass du´s sagst, Schatz."

Rosenzweig

8. Oktober

Zwischen Daniela und Michael war die Stimmung in den vergangenen Tagen nicht sonderlich gut gewesen. Daniela fühlte sich in ihrem Elan ausgebremst, diesen Nazi-Opa anzuzeigen. „Schlappschwanz", war ihr kürzlich herausgerutscht, wofür sie sich dann gleich wieder entschuldigt hatte. Aber sie hatte weder das Gefühl, dass ihren Mann die Beleidigung sonderlich getroffen hätte, noch dass er sich über die Entschuldigung freute. Michael war irgendwie komisch. Sie kannte ihn so gar nicht.

Immerhin konnte Jakobs Zeitungaustragen vor einigen Tagen erfolgreich gekündigt werden und ihr Sohn war der unmittelbaren Gefahr, beim Verteilen des Brandenburg-Blatts antisemitisch beleidigt zu werden, jetzt nicht mehr ausgesetzt. Auch Elena, der sie kürzlich noch moralisch beigestanden hatten, machte gar nicht mehr den Eindruck, bedroht zu sein. Längst hatte sich ihre Laune gebessert. Es nervte Daniela, dass offenbar vieles verdrängt wurde in dieser Nachbarschaft.

Heute hatte sie Franziska getroffen – rein zufällig in der Nähe des eigenen Hauses. Wie es ihrem Mann ginge, wollte sie wissen. Das war nett. Aber das war auch komisch. Warum erkundigte sich Franzi nach ihrem Mann?

Jedenfalls hatte Daniela an diesem Donnerstag im Oktober das Bedürfnis, Michael mit etwas zu überraschen. Und Michael freute sich tatsächlich über den frisch gebackenen Apfelkuchen auf dem Esszimmertisch.

„Ich wollte dir heute mal was Gutes tun, Liebling."

„Wow. Gelingt dir grade." Michael blickte seine Frau dankbar an. „Hab ich gar nicht mit gerechnet." Er ging einen Schritt auf sie zu und küsste sie kurz auf den Mund. „Dafür mach ich Kaffee."

„Okay, ich lass mich gerne bedienen." Danny ließ sich den Kaffee servieren und drapierte anschließend jeweils ein Stück Kuchen auf die bereitgestellten Teller. „Hatten wir lang nicht mehr, oder?" Danny sah ihren Mann fragend an.

„Stimmt. Aber ist auch mal wieder nötig." Michael erfreute sich der heimeligen Atmosphäre, war aber auch leicht angespannt.

„Lass uns quatschen. Über alles." Danny wusste, dass ihr Mann sich immer gerne austauschte und auch Problemen nicht auswich. Sie war darüber sehr dankbar, schließlich gab es reichlich andere Beispiele – auch in der Nachbarschaft.

Er enttäuschte sie nicht. „Ja, über alles. Zeit ist ja."

„Genau. Zeit ist reichlich. Ist schließlich Donnerstag. Sturmfrei."

Er sah sie etwas verunsichert an und sie zwinkerte ihm zu.

Michaelis

Bernd kam es so vor, als sei ein Spiel zu Ende gegangen. Das perfekte Spiel der letzten Monate befand sich allenfalls noch in der Nachspielzeit. Seine so gepflegten, modisch gekleideten, wohlerzogenen und musizierenden Kinder, seine gut aussehende Frau, sein repräsentatives Haus und seine Kanzlerschaft im Imperium der Verwaltungseinheit einer Hochschule. Das war die eine Seite des Spiels. Die andere war ebenso perfekt, aber von völlig anderem Kaliber. Es war der erfüllende und immer leidenschaftliche Sex mit Elena. Er gab ihm viel, sehr viel sogar. Es war möglicherweise gar nicht der Sex als Akt, der ihn reizte. Es war möglicherweise eher das Bewusstsein, alles haben zu können, wirklich alles.

Und jetzt? Bernd war klar, dass das Spiel zwischen den beiden perfekten Welten enden musste, weil sich die Welten plötzlich vermischten. Elena wollte mehr als Sex und Bernd hatte ihr das versprochen. War das voreilig? Die Ehe von Bernd und Franziska – nach außen in ein perfektes Gewand gekleidet – war merklich abgekühlt. Es fehlte eigentlich alles: der liebevolle Umgang, eine gleiche oder zumindest ähnliche Einstellung zur aktuell wichtigsten politischen Frage und es fehlte jegliche Intimität. Dazu kamen die kleinen Makel bei den Kindern. Magdalena war mit ihrem Streichensemble beim Bundeswettbewerb doch nicht erfolgreich gewesen und zog sich in letzter Zeit – bei untypisch nur durchschnittlichen Schulleistungen – ziemlich zurück. Patrizia war offensichtlich immer noch mit dem Drogendealer zusammen und Konstantin war mit seinen 13 Jahren für ihn momentan nur schwer erreichbar. Noch vor wenigen Wochen war die Welt in Ordnung gewesen. Und jetzt?

Aber sollte er deswegen so schnell alles aufgeben? Wäre es nicht besser, mit Elena weiterhin Sex zu haben und bei der Familie zu bleiben? War das überhaupt noch möglich? Bernd hatte großes Zutrauen in sich und seine kommunikativen Fähigkeiten. Aber würde er Elena wirklich noch einmal an die kurze Leine nehmen können? Er zweifelte. Und er dachte daran, wie ihm letzten Montag die Augen etwas weiter geöffnet worden waren.

Da hatte er Elena eine Kreuzfahrt ins Glück versprochen und landete mit ihrem Hinweis auf die Schulferien ihres Sohnes unsanft in der Realität. Eine Kreuzfahrt ins Glück zu dritt. An Damian, der aus seiner Sicht ohnehin im Vergleich zu seinen Kindern minderbegabt erschien, hatte er gar nicht mehr gedacht. Bernd wurde plötzlich klar, dass er seinen alten Traum von Haus, Familie, heiler Welt und Repräsentativität würde aufgeben müssen – wahrscheinlich zugunsten einer kleinen Wohnung in Berlin mit einer dann vielleicht gar nicht mehr so leidenschaftlichen Elena und ihrem elfjährigen ziemlich durchschnittlichen Sohn.

Bernd dachte an die Unterhaltszahlungen und die Mietkosten für die Wohnung. Und er stellte sich vor, wie er alle 14 Tage mit seinem SUV unter den Augen und Gespött seiner Nachbarn freitags die Kinder würde abholen und sonntags wieder herbringen müssen. Da könnten auch die 280 PS unter der Haube nichts mehr glattbügeln.

Bernd war mittlerweile klar, dass er doch viel zu verlieren hatte und gar nicht so viel zu gewinnen. In ihm reifte der Gedanke, Elena zu enttäuschen. Aber er schloss auch nicht ganz aus, dass sie das bisherige Spiel angesichts seiner Qualitäten sogar mitspielen würde.

Winkler

9. Oktober

„Es tut mir leid, Frau Winkler."

Verena traute sich kaum, dem Herrn, der ihr im gläsernen Kabuff innerhalb gepflegter, kreditwirtschaftlicher Räumlichkeiten gegenübersaß, in die Augen zu schauen. Sie sagte nichts und überlegte kurz, ihren Tränen freien Lauf zu lassen. Aber würde das bei diesem schmierigen Typen helfen? Der Bankberater hatte auch den obersten Knopf seines Hemdes durch das dafür vorgesehene Loch gezirkelt. Die Krawatte war eng angelegt und das Jackett wirkte trotz seiner sitzenden Position geschlossen. Dieser Typ war nicht zugänglich – das verriet auch seine nicht vorhandene Mimik. Da die ihm gegenübersitzende Schuldnerin jeden Moment in Tränen ausbrechen könnte und damit das Gespräch gefährdete, musste er noch sagen, was zu sagen war.

„Frau Winkler, Sie haben unsere letzten Schreiben ignoriert. Sie haben seit Monaten Ihre Rate nur noch zum Teil oder überhaupt nicht mehr geleistet. Sie haben die Konsequenzen damit selbst in die Wege geleitet.“

Verena sah den Mann mit großen und verzweifelten Augen an. „Wenn Sie wüssten, wie ich in den letzten Monaten gekämpft habe. Ich tue alles und verzichte auf viel.“ Natürlich erwähnte sie ihren Mann nicht, der stets mit dem neuesten Marken-Handy amerikanischer Bauart und repräsentativen Klamotten mit der Nachbarschaft mithalten wollte. Er war das Problem. Verena sortierte ihre Gedanken und versuchte, sachlich zu argumentieren. „Aber es war trotzdem nicht zu schaffen. Wir brauchen noch etwas Zeit, dann wird alles besser und wir werden die Raten vollständig bezahlen.“ Der Blick ihres Gegenübers verriet Zweifel. „Glauben Sie mir. Dann ist auch das Auto abbezahlt.“ Verena sagte das und bereute es sofort.

„Sie haben noch einen Kredit zu tilgen?“ Der geschniegelte Typ blätterte in seinen Unterlagen. „Davon weiß ich nichts.“

‚Mist‘, dachte Verena. Und „Kein Problem“, sagte sie. „Das ist privat. Wir können zurückzahlen, wann wir wollen.“ Das war eine verzweifelte Lüge, was beiden Personen am Tisch klar war.

„Frau Winkler, es tut mir leid.“ Er setzte den mitleidigen Blick auf, den er schon zigmal vergeblich vor dem Spiegel geübt hatte. „Wir werden uns jetzt das Geld holen müssen. Es sind schließlich mehr als …“ Erneut schaute er in seine Unterlagen, „… mehr als 180.000 €.“

„Aber …“ Verena wurde nun emotionaler, aber es blieb bei einem Wort.

„Frau Winkler, wenn wir nicht zwangsversteigern, riskiere ich meinen Job. Was meinen Sie, was mein Chef dazu sagt?“

Verenas Gesichtsausdruck verdunkelt sich, hellte sich aber gleich danach auf. „Ihren Chef, kann ich den bitte mal sprechen?“

„Frau Winkler, machen Sie jetzt bitte keine Witze."

„Nein, ernsthaft. Ich würde gerne ..."

„Frau Winkler. Wollen Sie wirklich, dass ich meinen Job verliere?"

Verena brauchte eine Weile, um den Wortwechsel zu verarbeiten. Es machte sie wütend.

„Arschloch!", entfuhr es ihr mit immerhin so lauter Stimme, dass sich einige Kunden- und Angestelltenköpfe in Richtung des gläsernen Beratungszimmers drehten. Sie stand auf und verließ lauten Schrittes und mit giftigem Blick die vornehmen Hallen.

Blatter

10. Oktober

Der Samstagmorgen war dem Ehepaar Blatter wichtig – generell. Das Wochenende war eingeläutet und gewöhnlich genoss man die Zeit zu zweit. Da für Karsten weder ein Termin im Heimatverein noch einer der seltenen Wochenenddienste bei der Bundeswehr anstand, war heute ein solcher Tag. Es war eine gute Gelegenheit für Karsten, sich ein Stück Realität zurückzuholen – zusammen mit seiner Geli am Frühstückstisch.

Gesprochen wurde gewöhnlich nicht viel, was aber kein schlechtes Zeichen für die Atmosphäre war. Man war sich darüber einig, dass das Berühren der Oberfläche des jeweils eigenen Smartphones eine wichtige Form der Kommunikation war. Geli surfte wahlweise über die Social-Media-Seiten diverser Prominenter oder hielt Ausschau nach Modetrends. Karsten, der seinen Verein aufgrund der jüngsten Vorkommnisse etwas hatte schleifen lassen und Rainer an die Front geschickt hatte, bemühte sich, die Themen in seinem Umfeld wieder mehr in seine Richtung zu leiten. Viel zu positiv waren aus seiner Sicht die Einträge zum neuen Flüchtlingsheim und viel zu bekannt waren ihm die Namen, die das in sozialen Netzwerken in den letzten Tagen bestätigt hatten.

Irgendwann schien er zufrieden, den Social-Media-Faden wieder erfolgreich aufgenommen zu haben, legte sein Smartphone beiseite, griff nach der Samstagsausgabe der regionalen Tageszeitung und lehnte sich zurück.

„Ich glaube, der Buchstabe verfolgt mich." Geli hatte ebenfalls kurz aufgeschaut.

„Welcher Buchstabe?" Zwar fühlte sich Karsten etwas gestört, aber er war neugierig.

„Dreh mal um. Ziemlich groß."

Karsten wendete die Zeitung und sah das A – mitten im Anzeigenteil. ‚Oh verdammt.' In kleiner Schrift, die Geli offenbar nicht gesehen hatte, stand darüber „An K:". ‚Verdammte Scheiße.'

„So ein A haben wir auch auf dem Auto", setzte Geli noch einen oben drauf.

Karsten sprang auf. Er war blass geworden.

„Nein, Schatz. Nicht in den Lack geritzt. Nur mit dem Finger in die Dreckschicht gemalt." Geli sah ihren Mann an. „Warum bist du so nervös?"

Karsten blickte irritiert und stellte fest, dass er alles andere als souverän reagiert hatte. „Ich dachte nur …. der Lack. Egal. Ich fahre heute in die Waschanlage."

„Trotzdem komisch." Geli blickte nochmal auf die Zeitung, die Karsten wegen des Kleingedruckten rasch wegzog.

„Ja, komisch. Aber es gibt schon Zufälle, Schatz." Karsten war froh, dass Geli das gemalte A in der Küche kürzlich offensichtlich vergessen hatte.

11. Oktober

Als die Tür ins Schloss fiel, war André und Anja klar, dass ihnen ein Sonntag in Zweisamkeit bevorstand. Vor einer halben Stunde war Emily mit einer Freundin nach Berlin aufgebrochen und eben war Lukas zu einem Leichtathletik-Vereinsvergleich abgeholt worden. Eigentlich war geplant, dass Lukas von seinen Eltern gebracht und begleitet würde. Aber es hatte sich anders entwickelt und der 13-Jährige war dankbar dafür, mal nicht mit seinen Eltern unterwegs sein zu müssen. Noch vor wenigen Wochen hätten Anja und André dafür kaum Verständnis gehabt, angesichts der jüngsten Ereignisse waren sie aber ganz froh.

Anja schaute ihren Mann, kaum dass sie zu zweit waren, noch im Flur stehend in die Augen. „Du glaubst gar nicht, wie dankbar ich dir bin."

Er erwiderte den Blick und sagte ohne zu lächeln: „Du glaubst gar nicht, wie ernst mir das ist."

„Wie meinst du das?" Anja hatte die Energie ihres Mannes, wenn es darum ging, Karsten Blatter anzugehen, in den letzten Tagen gespürt und ernst genommen. Sie konnte seine Entschlossenheit nachvollziehen. Denn Karsten stand plötzlich mitten in Andrés wunderbarer Familie – samt seiner Erbmasse. Für ihn musste das grausam sein.

„Was er dir angetan hat. Damit meine ich nicht das von damals." André war nicht in der Lage, die Situation von vor 16 Jahren irgendwie konkreter zu benennen. „Ich meine die letzten Donnerstage. Ich werde ihn fertigmachen." Der überaus ernste Gesichtsausdruck von André hellte sich ein klein wenig auf. „Und ich muss dir noch etwas sagen." Er machte eine kurze Sprechpause. „Du glaubst gar nicht, wie sehr ich im Moment spüre, was ich für dich empfinde – nach wie vor."

In Anjas Gesicht war ein Lächeln zu erkennen. „Schatzi, ich …"

„Aber ich weiß nicht", unterbrach er, „ob du das verdient hast."

Anjas Lächeln verschwand wieder. Sie sagte nichts.

Er ging auf sie zu. „Ich will, dass es dir wieder gut geht. Ich will, dass es uns wieder gut geht. Das geht aber erst, wenn der Typ am Ende ist. Verstehst du mich?"

Anja nickte und sah ihren Mann mit sehr entschlossenem Gesichtsausdruck auf sich zukommen. Sie ließ es gewähren, wie er seine Arme nach ihr ausstreckte und ihren Kopf fest zwischen seine Handflächen nahm. „Ich möchte ihn fertigmachen. Ganz fertig." Er blickte sie noch fester und mit großen Augen an, die einen Hauch von Wahn und auch – so nahm es Anja durchaus wohlwollend wahr– eine große Portion Sadismus ausstrahlten. „Verstehst du mich, Anja Kriechmann?"

Anja verspürte in diesem Moment heftige Gefühle für ihren Mann. Diese festen, kompromisslosen Worte gefielen ihr. Sie nickte erneut und spürte, wie er seinen Mund fest auf den ihren drückte. Sie spürte, wie er seine Lippen öffnete und wie seine Hände immer fester und bestimmter ihre Wangenknochen führten. Sie fand das ein wenig schmerzhaft, aber seine Kraft und Entschlossenheit zog sie in seinen Bann. Als seine Zunge auf die ihre traf, war sie von ihm körperlich so eingenommen, wie noch nie in den vergangenen 22 Jahren.

Nach dem langen und intensiven Kuss nahm er seinen Kopf zurück und atmete schwer. Seine rechte Hand ließ er nach unten gleiten – mit Nachdruck und zwischen ihren Brüsten hindurch. Dann fasste er sie fest zwischen die Beine, als wollte er sich etwas zurückerobern. „Ich will mit dir schlafen. Jetzt sofort."

Sie nickte. Auch sie wollte das. Und sie war froh darüber. Auch wenn irgendwie alles anders war.

***

Es war ein wilder Vormittag im Hause Kriechmann. Noch nie waren die beiden zwei Stunden lang miteinander intim gewesen. Noch nie hatten sie sich gegenseitig mit sadistischen Worten angespitzt. Und noch nie war dabei eine dritte Person im Raum, das „Opfer" – und zwar in Gedanken und Worten. Immer wieder kamen Fantasien durch. Fantasien, wie sie ihn fertigmachen würden. Das machte sie an – beide machte das an. Und sie lebten es aus – im Flur, im Treppenhaus und im Schlafzimmer. Sie vertrauten sich so viel an, wie noch nie zuvor. „Sag mir noch mehr, was du mit ihm machen würdest", hatte er gefordert und sie wunderte sich über die eigenen sadistischen Gedanken, die ihr über die Lippen kamen. Aber selbst dann hatte er immer noch einen draufsetzen können. Und jedes Mal fielen sie anschließend wieder übereinander her.

***

Als Anja anschließend das schweißgetränkte Bettlaken abzog, war ihr klar, dass Karsten Blatter am Ende der Verlierer sein würde. Natürlich waren ihr die gegenseitig hochgepuschten Wortexplosionen zwischen Sadismus, Geilheit und Wahn jetzt unangenehm. Ob sie beispielsweise eine Schraubzwinge würde zudrehen können, in der ein Hoden des Verhassten steckte, da war sie sich jetzt nicht mehr so sicher. Sie wusste aber genau, dass ihre und Andrés Entschlossenheit sie würde Dinge machen lassen, die ihrem Donnerstags-Peiniger weh tun würden – sehr weh. Und genau der Gedanke tat ihr gut.

13. Oktober

„Nein, es ist nicht mehr zu verhindern." Verena riss ihre Bettdecke und ihr Kissen an sich. Sie klang wütend und verzweifelt. „Dass du es immer noch nicht kapiert hast."

Udo stand im Türrahmen und setzte erneut sein Bier an. Demonstrativ stand er ihr im Weg. „Deswegen brauchst du noch lange nicht so krass zu reagieren. Dein ständiges Ins-Wohnzimmer-Umziehen kotzt mich an." Udo war hörbar angetrunken.

Vergeblich versuchte sie, ihn wegzudrängen. Aber er blieb einfach nur stehen, sagte nichts, atmete laut und roch unangenehm.

„Hau jetzt ab, du bist besoffen." Als sich Udo erneut nicht regte, schlug sie ihm die gerade zum Trinken angesetzte Bierflasche aus der Hand. Sie knallte an den Türrahmen, ohne zu zerbersten. Bevor sie zu Boden ging, brachte Udo seinen Fuß dazwischen. Es gab keine Scherben, aber das Bier hatte sich über Udos Kleidung und auf dem Boden ausgebreitet.

Udo bückte sich, schnappte sich die auf dem Boden liegende Flasche mit der linken Hand und holte mit der rechten in Richtung seiner Frau aus. Sein Gesichtsausdruck war drohend und furchterregend. Verena ließ das Bettzeug fallen und entkam in den Flur, um sich schnurstracks im Badezimmer einzuschließen.

***

Verena hatte 30 Minuten im Bad ausgeharrt. Einfach, um runterzukommen. Sie hatte geweint, nicht aus Angst, sondern weil alles mal raus musste. Udo hatte nicht zugeschlagen. Natürlich nicht. Verena wusste, dass er das niemals tun würde. Er drohte ihr zwar immer öfter und mit zunehmendem Alkoholkonsum, aber zu Taten war er nicht fähig. So wie er seit ein paar Wochen schon mal über die Syrer schimpfte, ohne das wirklich ernst zu meinen. Das störte Verena zwar, aber sie ließ ihn gewähren.

Sie wusste, dass auch ihr Mann belastet war angesichts ihrer finanziellen Situation. Und sie wusste, dass er immer einen Schuldigen brauchte: Manchmal war sie das, manchmal ein Freund und Nachbar, manchmal einer seiner beiden Brüder, die beide beruflich sehr erfolgreich waren, und manchmal ein Ausländer, der angeblich sehr viel Geld vom Staat kassiert. Aber in einem war sich Verena sicher: Udo würde niemals zuschlagen – auch betrunken nicht.

Gleichwohl war die Situation eskaliert. Das wilde Klopfen an der Tür, die Worte, die wohl Drohungen sein sollten, aber keine waren, dann seine Tränen und letztlich die Entschuldigung. Verena kannte das und sie war dessen müde. Irgendwann hörte sie, wie er die Treppe nach unten ging. Sie wartete weitere zehn Minuten, bevor sie das Badezimmer verließ und sich ihre Gedanken mahnend und verharmlosend zugleich ihren Weg brachen: ‚Nein, schlagen würde er mich nicht.'

***

14. Oktober

Meistens strahlte Patrizia über beide Ohren, wenn sie Tom vom Gelände der Flüchtlingsinitiative abholte. Die Beziehung der beiden war gewachsen und ging über den gemeinsamen Konsum von in Tüten verpacktem Marihuana mittlerweile deutlich hinaus. Die beiden sahen sich drei bis vier Mal in der Woche, schrieben sich täglich – oder eher stündlich und überhaupt fast immer. Es war eindeutig: Die beiden waren verliebt und die rosaroten Wolken hatten sich noch lange nicht verzogen.

Heute strahlte Patrizia nicht, sie lächelte aber immerhin. Und Tom erwiderte ihr Lächeln am Eingang des Geländes, auf dem er mehrmals in der Woche für zwei oder drei Stunden – am Wochenende häufig länger – seine Sozialstunden ableistete. Aber auch sein Lächeln war eher gequält – wenn auch liebevoll. Er hatte sich den ganzen Tag auf Pat gefreut. Der Kuss zur Begrüßung war kurz, die anschließende Umarmung hingegen lange, fest und innig. Die Schmetterlinge schwirrten noch immer.

„Wie war's heute?" Pat war neugierig, obwohl sie heute ein ganz anderes Thema besprechen wollte.

„Wie immer." Die ersten beiden Worte klangen, wie 16-Jährige halt so reden. Nur das Nötigste. „Aber gut. Erst Gemüse schnippeln. Aber nur kurz. Dann mit den kleinen Jungs Fußball spielen. Das war toll."

„Verstehen die dich denn?"

„Also beim Fußball verstehen sie alles. Und reden genauso wie ich. Sagen mir alles nach. Tor. Anstoß. Freistoß. Elfmeter."

„Ist ja süß." Pat fand die Vorstellung großartig und sie wäre gerne dabei gewesen. „Und was machen die Mädchen?"

„Hmmh. Weiß nicht so richtig. Sie spielen auch. Und sie helfen. Ich soll mich jedenfalls nur um die Jungs kümmern."

„Komisch." Pat schaute Tom nachdenklich von der Seite an. „Aber irgendwie auch gut…" Sie zwinkerte ihm zu. Der bemerkte ihre Anspielung nicht. Seine Gedanken waren andere und sein Gesichtsausdruck wurde ernster. Das registrierte Patrizia sofort. „Aber du wolltest mir noch was erzählen …"

Er blickte sie an – seine Mimik verriet Traurigkeit und er griff nach ihrer Hand. „Ja, stimmt." Tom war froh über das feine Gespür seiner Freundin. So musste er sein Thema nicht groß herleiten. „Es kann sein, dass wir wegziehen müssen."

Sie erstarrte. „Wieso das denn?"

„Ich hab einen Streit zwischen meinen Eltern mitbekommen." Dann sagte er erstmal nichts weiter.

„Meine Eltern streiten auch", warf Patrizia ein. „In letzter Zeit sogar öfter. Aber wieso wegziehen?" Ihr Gesichtsausdruck war besorgt.

„Ich glaube, Mum und Dad können das Haus nicht mehr bezahlen." Er machte eine Pause. „Vielleicht gehört es bald nicht mehr uns."

Pat war entsetzt. Ein Mädchen in ihrer Klasse hatte vor einigen Monaten Ähnliches mitgemacht. Und sie wohnte jetzt woanders. Pat war mit ihr befreundet gewesen und kannte sich daher etwas aus.

„Und dann? Doch nicht etwa…" Sie schaute ihn mit ernster Miene an. „…Zwangsversteigerung?"

„Du kennst das? Ja, sowas hat Mama zu Papa gesagt."

„Fuck."

„Ja, richtig scheiße."

Patrizia merkte Traurigkeit in sich hochkommen. „Und jetzt?"

„Keine Ahnung. Papa hat das gar nicht so richtig ernst genommen, glaube ich. Dabei war Mama bei der Bank. Es hat aber nichts genutzt."

Pat dachte kurz nach. Bei ihrer Freundin war das damals auf einmal sehr schnell gegangen. Und plötzlich war sie ganz weg und nicht mehr als ein Profil in diversen sozialen Netzwerken. Könnte das auch Tom und den Winklers blühen? „Aber wo könnt ihr denn dann wohnen?"

„Keine Ahnung. Vielleicht in Berlin. Aber da ist es teuer. Keine Ahnung. Echt." Als er das sagte, lief ihm eine Träne über die Wange, was ihm sehr unangenehm war. Sie wurde kurzerhand mit der Schulter und durch eine geschickte Kopfbewegung beseitigt.

„Scheiße." Mehr fiel Pat dazu nicht ein. Sie spürte nur tiefe Traurigkeit und überlegte sich kurz, ob sie ihr Thema jetzt noch oben draufsetzen sollte. Sie entschied sich dafür. „Ich wollte dir auch noch was erzählen." Sie sah ihn fragend an und er erkannte den Ernst in ihrem Gesicht. Das überforderte ihn zwar etwas, aber er war neugierig geworden.

„Hoffentlich nicht so schlimm."

„Hmmh, kommt drauf an. Keine Ahnung. Eigentlich schon." Die fiktiven Sorgenfalten auf der jugendlich glatten Stirn, die nur durch sehr vereinzelte pubertäre Merkmale uneben war, mehrten sich. „Also, wie soll ich es sagen? Es ist mein Vater. Ich hab sein Handy gecheckt. Also eher zufällig." Sie schaute ihn an und erkannte bei ihm eine gewisse Spannung. „Der trifft sich mit Elena. Im Hotel."

„Wie? Da, wo deine Mutter arbeitet?"

„Nein, Quatsch. Woanders. Also gerade woanders. Die gehen aufs Zimmer."

Tom sah sie ungläubig an. Er mochte Pats Vater nicht. Und schon gar nicht nach der Bettdeckengeschichte vor einigen Wochen. Aber er bewunderte ihn auch. Denn er schien alles richtig zu machen. Niemals würde er … „Bist du sicher?"

„Ja, klar. Hab ich doch gelesen."

„Vielleicht haben die ja beruflich miteinander zu tun."

Wenn diese Naivität nicht so traurig gewesen wäre, hätte Pat laut herausgelacht. Ihr wurde aber auch klar, welches Bild ihr Vater nach außen hin abgab. Toms Gesichtsausdruck war immer noch voller Dissonanzen und verriet seine Gedanken: ‚Das kann nicht sein.'

„Mensch, Tom. Nichts Berufliches. Ich habe gelesen, was sie sich schreiben. Ich bin mir noch nicht mal sicher, ob er nicht mit ihr durchbrennt."

Tom schaute jetzt mehr als irritiert. Der korrekte Bernd Michaelis? Der Moralische? Seine bisherige Gedankenwelt war gerade zusammengebrochen und machte damit einer gewissen Genugtuung Platz. Seit er ihm damals die Decke weggezogen hatte, war er für ihn ein Arschloch. Aber eines mit Prinzipien. Und jetzt? Jetzt blieb nur das Arschloch übrig. Er konzentrierte sich. „Und wie ist das für dich?"

„Naja, krass halt. Er ist halt mein Vater. Aber ich glaube, Maggi und Tino – für die wäre das richtig scheiße."

„Die wissen nichts?"

„Eher nicht. Aber bei Maggi bin ich mir nicht sicher. Die ist in letzter Zeit so komisch."

„Die Streberin? Komisch?"

„Sie weint ganz viel. Aber Mum und Dad dürfen das nicht mitkriegen. Ich hab mal kurz mit ihr drüber gesprochen. Also nur über ihr Weinen. Sie war sehr traurig, aber ich soll's nicht weitererzählen."

„Krass." Mehr fiel Tom dazu nicht ein. Ihm ging es auch eher um Pat. Und darum, dass sie seine Freundin war und das auch bleiben sollte. Er war glücklich. Daran sollte sich nichts ändern. Er schaute seine Freundin von der Seite an.

Sie legte ihre Arme um seinen Hals und zog ihn an sich heran. Die Innigkeit der Umarmung erwiderte er. Sekundenlang. Minutenlang. Bis sie sich wieder in die Augen sehen konnten.

„Aber wir bleiben zusammen." Tom hatte das gedacht und Pat sprach es aus.

Rosenzweig

Nein, Michael ging es in diesen Tagen alles andere als gut. Zwar trösteten ihn die seltenen Gespräche mit Franziska, aber auch die beseitigten seine Zweifel nicht, ob er wirklich sein Leben lebte. Zweimal war er in den letzten Wochen mit dem Auto an Szenetreffs vorbeigefahren. Nicht das Gay & Fun, das er in schlechter Erinnerung hatte, aber die Auswahl in Berlin war groß. Ausgestiegen war er nicht. Er fühlte sich mutlos.

Daniela war zuletzt anzumerken, dass sie von ihrem Mann enttäuscht war. Schließlich war der alte Mann, der ihren eigenen Sohn beleidigt hatte, nie angezeigt worden. Sie hatte das dann auch nicht mehr alleine durchgezogen, aber sie war genervt.

‚Sie hält mich für schwach – und das zurecht.' Michael hatte nur noch negative Gedanken. ‚Wenn ich ihr jetzt noch sage, dass …' Er traute sich nicht, diesen Gedanken zu Ende zu denken. Er schämte sich vor sich selbst. Und er schämte sich, weil er sich schämte. Alles war quer.

Die Ehe von Michael und Daniela hatte immer dann eine vorübergehend liebevolle Phase, wenn beide in der Flüchtlingsinitiative aktiv waren. Dann hatten sie ein gemeinsames Thema und eine gemeinsame Überzeugung. Aber auch dorthin ging Daniela immer öfter allein oder mit Elly. Er kam halt später von der Arbeit. Und wenn sie dann von der Initiative zurückkam, erzählte sie nur das Nötigste. Schließlich mussten auch die Kinder zu ihrem Recht kommen. Die tägliche Hausaufgabenkontrolle ihrer 9- und 13-jährigen Söhne lag ihr am Herzen. Für Michael blieb dann nicht mehr viel Zeit. Für ihn fühlte sich das alles nicht gut an. Ein falsches Leben?

***

15. Oktober

„Vor dem Hintergrund zunehmender Flüchtlingszahlen hat der Bundestag heute Änderungen des Asylrechts gebilligt." Linda Zervakis trägt in der ARD-Tagesschau ein rotes Jackett und Ihre Mimik ist professionell wie immer. Es soll beschleunigte Asylverfahren und die Möglichkeit der schnelleren Abschiebung von Asylbewerbern geben, sagt sie. Dafür gibt's jede Menge Geld vom Bund für Länder und Gemeinden. Die Mimik der deutsch-griechischen Nachrichtensprecherin, die seit zwei Jahren die Hauptnachrichten um 20.00 Uhr verlesen darf, ändert sich auch im Folgenden nicht: „Die Opposition, aber auch Flüchtlingsräte, kritisieren die Neuregelung als einseitig und verfassungswidrig."

Jedenfalls werden in der Folge Albanien, der Kosovo und Montenegro als sichere Herkunftsländer eingestuft. Die Kanzlerin wird ganz offensichtlich –

so kommentieren es Beobachter – vom Stimmungsumschwung in der Bevölke-
rung vor sich her getrieben. Und die Mehrheit unter den Volksvertretern treibt
mit. 475 Abgeordnete sind dabei. Dass die Linke vom gravierendsten Angriff
auf das Asyl-Grundrecht spricht, ist an diesem Tag nur eine Randnotiz.

Kriechmann

16. Oktober

Nach dem Freitagssport waren die Damen mittleren Alters schnell verschwunden. Die meisten zogen es generell vor, zu Hause zu duschen. So war es auch heute. Nur rasch die Schuhe umgezogen und eine Jacke umgelegt und schon ging es mit einem „Schönes Wochenende" Richtung Fahrrad oder Auto. Manchmal machte das auch Anja so, aber nicht heute.

Sie und Geli setzten in der Kabine das Gespräch fort, das sie gerade eben beim Ladys Fitness Kurs zu jeder möglichen Gelegenheit zwischen den anstrengenden Einheiten geführt hatten. In den letzten zwei Wochen waren beide mehrfach gemeinsam gewalkt und Anja hatte sich mit einer Kälte, die sie selbst überraschte, Gelis Vertrauen erschlichen. Sie tat das durch scheinbar vertrauliche Gespräche. Sie erzählte Geli so einiges, aber natürlich nichts von dem, was der Wahrheit entsprach. Nichts also über Karstens Machenschaften und Erpressungsversuche. Nichts von der sexuellen Ausbeutung, bei der sie selbst im Mittelpunkt stand. Und auch nichts von seiner heimlichen Vaterschaft, die sie so sehr belastete. Es war eher Märchenstunde angesagt. Jedenfalls hatte sie Vertrauen aufgebaut und das war gut so. Für sie war das gut so. Denn Anja wollte jede Menge von Geli wissen. Sie fragte Belangloses mit dem Ziel, später mehr zu erfahren. Mehr darüber, wer Karsten Blatter, der biologische Vater ihrer Tochter, eigentlich war und wo sich sein wunder Punkt befand.

Anja hatte ein wenig ein schlechtes Gewissen, weil sie Geli eigentlich mochte. Ihr war klar, dass sie Karstens Frau für ihre Zwecke ausnutzte und missbrauchte. Und sie spürte auch, wie gut Geli der inszenierte Kontakt tat, da sie offensichtlich nur wenige Gesprächspartner hatte – möglicherweise sogar überhaupt keine echte Freundin. Bei solchen Gedanken meldete sich das schlechte Gewissen in Anja erst recht. Und manchmal fragte sie sich auch, was mit ihr – und auch mit André, von dem sie nicht wusste, wie er im Moment über ihre Beziehung dachte – los war. Sie spürte bei sich und bei ihm in letzter Zeit vermehrt, wie sich niedere Instinkte Bann brachen. Das passte so gar nicht zu ihrem Beamtenleben und zu ihrem Dasein in einer spießigen Vorstadtsiedlung. Immer wenn sie in den letzten Tagen mit solchen Gedanken in sich ging, quälte sie eine unangenehme Dissonanz – die Dissonanz ihres Lebens. Zumindest für den Moment.

Aber sie war dann meistens schnell wieder in der Lage, sich zu beruhigen. Schließlich ging es darum, an Karsten, ihren Peiniger und Vergewaltiger heranzukommen. Es ging um Rache – gerechtfertigte Rache. Und es ging darum, die mittlerweile angelegte Schlinge ganz langsam und Schritt für Schritt ein klein wenig fester zu ziehen.

Die beiden Frauen waren jetzt allein in der Umkleide, legten ihre Sportklamotten ab, statteten sich mit Handtüchern aus und waren zu den Duschen unterwegs. Anja ließ Geli dabei den Vortritt. Sie hatte die Frau des Vorstandsvorsitzenden dieses Vereins, in dem sie beide gerade eben aktiv waren, schon häufig unbekleidet gesehen. Aber sie hatte irgendwie noch nie so richtig und im Detail darauf geachtet. Jetzt, als Geli vor ihr die wenigen Schritte Richtung Dusche lief, hatte Anja schon einen Blick für ihre sehr gute Figur, den muskulösen Rücken und die Rundungen an den richtigen Stellen.

Ganz kurz stellte sie sich das Ehepaar Blatter im ehelichen Bett vor, aber nur ganz kurz. Denn sobald Karsten unbekleidet vor ihren Augen erschien, war sie von Ekel berührt und von Hass geblendet. Auf der anderen Seite wurde ihr in dem Moment aber auch bewusst, dass die Zeit von Ausbeutung und Erpressung jetzt vorbei war. Sie selbst hatte dafür gesorgt, dass das Kapitel der wöchentlichen, sexuellen Erniedrigung keine Fortsetzung gefunden hatte. Und sie hatte kürzlich gemeinsam mit ihrem Mann den ersten Schritt getan, um das Blatt zu wenden – bei Kaffee und Kuchen.

Mit ihrem Kulturbeutel unter dem Arm folgte Anja der Frau ihres Peinigers in den Duschraum. Routiniert hängte Geli ihr Handtuch auf. Mit geübtem Griff stellte sie den nicht gerade üppigen, aber irgendwie trotzdem ziemlich geräuschvollen Wasserstrahl in der richtigen Temperatur ein. Anja war klar, dass sie sich beeilen musste. Geli war immer fix unter der Dusche. Viel Zeit würde also nicht bleiben. Also konzentrierte sie sich weniger auf eine sorgfältige Versorgung ihrer eigenen schwitzenden Körperregionen als vielmehr auf Geli Blatter, die ihr beim Duschen fast ausschließlich mit dem Rücken zugewandt war.

Es war der Moment, als der Schaum auf Gelis Rücken vom nach wie vor in den Leitungen tosenden, aber spärlicher werdenden Wasser verdrängt wurde. Es war der Moment, als Geli ihr die gut trainiert und dennoch weiblich anmutende Rückenfläche einmal mehr zuwandte. Und es war der Moment, in dem Anja über ihren Schatten sprang, als sie das wasserfeste Markier-Spray aus ihrem Kulturbeutel zog.

Blatter

Karsten wurde alles zu viel. Das verunsicherte ihn, denn dieses Gefühl kannte er nicht. So einwandfrei, wie sein Leben bisher gelaufen war, so war er es gewohnt. Irgendwie hatte er immer das bekommen, was er wollte. Wenn er unter Druck stand, übte er Gegendruck aus – stärkeren Gegendruck. Das war sein Reflex. Und sein Erfolgsrezept. Aber in diesem Moment wusste er keinen Rat.

Klar war: Anja und André hatten etwas vor – offensichtlich gemeinsam. Ob sie ihm alles erzählt hatte? Wohl schon. Nur so konnte der Auftritt der Kriechmanns in seinem Haus am vorletzten Sonntag gedeutet werden. Dazu kam letztes Wochenende das große A in der Zeitung, das ganz offensichtlich ihm galt. Sollte das eine Drohung sein?

Karsten wusste nicht, wie er mit dieser Situation umgehen sollte. Schließlich konnte es sein, dass plötzlich die Polizei vor der Tür stünde – Erpressung, Vergewaltigung, versuchte Zuhälterei oder so etwas Ähnliches. Karsten war klar, dass er kein unbescholtener Bürger mehr war. Früher war er das gewesen, obwohl er auch da seine Spielchen spielte. Und obwohl er auch da immer seinen Willen bekam. Aber er befand sich damals auf der legalen Seite. Mit der Flucht von Anja aus seinem Auto und ihrem offenkundigen Entschluss, André alles zu erzählen, waren die Karten neu gemischt worden. Und er hatte jetzt ein schlechtes Blatt.

Sein Handy vibrierte. Es vibrierte schon den ganzen Abend. Klar, das war fast normal. Schließlich führte er einen Verein mit annähernd 500 Mitgliedern. Und seine Handy-Nummer war bekannt. Auch im Verein war die Situation ja bekanntlich nicht ganz einfach. Gerade seitdem die Flüchtlinge da waren, gab es immer mal Stimmen, die ihn zu weiteren Aktionen drängten. Er hatte eine Gruppe – vor allem mit jungen Menschen – hinter sich, die das Flüchtlingsheim lieber heute als morgen abreißen würden.

Sein Handy offenbarte ihm: Es gab 32 neue Nachrichten. Das war viel. Das war mehr als sonst. Er begann, die Nachrichten zu checken. ‚Seit drei Wochen keine vernünftige Aktion, was ist los?' ‚Es gibt Tumulte auf der anderen Seite. Wollen wir uns das gefallen lassen?' ‚Karsten, du machst dich rar. Dass am Tag der deutschen Einheit schon nichts Vernünftiges lief, finde ich sehr bedauerlich. Wir müssen endlich was gegen unsere Nachbarn tun.' ‚Einer der Asylanten hat an unseren

Zaun gepinkelt. Geht`s noch?' Karsten wusste, dass er diese Geister selbst beschworen hatte – vollkommen bewusst. Er wollte diese Stimmung erzeugen – in den sozialen Netzwerken und auch in der Realität auf der ‚richtigen' Seite des Zaunes.

Ein paar der Nachrichten waren nicht an seinen persönlichen Account gerichtet, sondern sie wurden in der Gruppe *Heimatverein* gepostet. Von diesen hörten sich einige radikal an. Auch Aufrufe zur Gewalt waren dabei, meistens zwischen den Zeilen, aber in einem Fall auch unverhohlen. Und es wurde allgemein Verwunderung zum Ausdruck gebracht, dass sich Karsten, der noch vor Wochen so aktiv gewesen war, nicht einmischte.

Zwischen den Nachrichten, gab es weitere, ganz andere – einfach mit dem Wortlaut: ‚… hat die Gruppe verlassen.' Jeder einzelne, der ihm jetzt von der Fahne ging, war ihm bekannt. Auch die Juden waren dabei. ‚Kein Wunder. Dreckspack'. Er schaute dann noch mal ganz genau hin. ‚Das gibt's doch nicht.' Auch Franziska Michaelis hatte die Gruppe verlassen. ‚Verdammt, Bernds Frau', schoss es ihm durch den Kopf. ‚Die Frau eines Vorstands. Ich glaub`s nicht'.

Karsten checkte jetzt seine Mails mit einem flauen Gefühl im Magen. Und seine Befürchtungen bewahrheiteten sich. In seinem Postfach lagen neben anderen Nachrichten vier Austrittserklärungen. ‚Scheiße', dachte er noch einmal, als er die Folgen für das Ansehen des Vereins, für die Sache selbst und die Kassenlage bedachte.

Karsten konzentrierte sich noch einmal und schaute erneut auf sein Handy. Wer weder die Gruppe noch den Verein verlassen hatte, das waren Anja und André. ‚Komisch. Gehört das auch zu der abgefuckten Strategie?' Und schon kamen ihm seine Vereinsprobleme ziemlich mickrig vor. Denn die beiden hatten Macht über ihn. Und er würde wieder warten müssen, bis erneut etwas passiert. Vorletztes Wochenende, letztes Wochenende und heute war Freitag. In ihm machte sich ein Gefühl der Hilflosigkeit breit. Bis sich seine Miene kurz aufhellte. Schließlich hatte er noch einen Trumpf im Ärmel. „Emily" sagte er laut vor sich hin „Meine Tochter Emily, du ahnst nicht, was auf dich zukommt."

***

Wenige Minuten später schloss Geli die Tür auf. „Hallo, mein Offizier." Immer wenn Geli gut gelaunt war, begrüßte sie ihn so. Und in letzter Zeit war sie, so sah es Karsten, verdammt oft gut gelaunt. Und oft genug waren dann ihre ersten Worte – so wie heute auch „Weißt du, was Anja mir erzählt hat?" Karsten hasste das. Was Anja ihr erzählte, war niemals wichtig. Er hatte trotzdem Grund dazu, es genau zu erfahren. Dieses Mal war es die wieder aufgetauchte Katze der alten Frau Borchers. Wen interessierte das? Nur ihn – für ganz kurze Zeit. Bis er eben wusste, dass nur Frau Borchers' Katze aufgetaucht war. Und dass es sonst nichts Neues gab.

Aber irgendwie schien sich seine Frau zu freuen, dass ihr die neue Freundin Anja etwas erzählte. Wenig später kam dann meistens: „Weißt du, was wir beide nächste Woche machen?" Das bedeutete für ihn: Wieder genau zuhören. Und wieder registrieren: alles belanglos. Karsten könnte kotzen. Er ließ sich nach hinten auf das Sofa fallen und ihn beschlich fast ein Gefühl von Selbstmitleid, während sich Geli wie immer am späteren Abend ihrer Klamotten entledigte, um etwas Bequemes anzuziehen. Meistens schaute Karsten dann schon hin, auch wenn er schlecht gelaunt war. Seine Frau war attraktiv und eigentlich war er stolz auf sie. Splitternackt ging sie auf das Sofa zu und gab ihm einen Kuss auf den Mund. Dann drehte sie sich um und Karsten traute seinen Augen nicht.

„Ich liebe dich"

Michaelis

17. Oktober

„Hast du schon mit Franziska gesprochen?"

„Nein, Liebling, nur Geduld."

„Bitte mach es so bald wie möglich."

„Klar, Liebling."

„Ich liebe dich."

„Ich dich auch."

Bernd löschte den SMS-Verlauf sofort wieder und steckte das Handy in die Hosentasche. „Toll siehst du aus, Liebling."

Franziska drehte sich erstaunt um. ‚Was war das denn?'

„Nein, wirklich."

„Was ist los mit dir?" Franziska war ernsthaft verwundert.

„Wollte ich nur mal sagen." Bernd lächelte, sah auf die Uhr und tippte um Punkt 20.00 Uhr auf die Fernbedienung.

Das Datum, die Uhr, das moderne Studio, der Gong, die Tagesschau-Melodie, die Begrüßung. Dann: *„Einen Tag vor der Oberbürgermeisterwahl in Köln ist die parteilose Kandidatin Henriette Reker bei einem Messerangriff schwer verletzt worden."*

Jens Riewa erschien professionell wie immer. Es waren besondere Nachrichten – auch wenn die Mimik des Sprechers das nicht verriet. *„Der mutmaßliche Täter wurde festgenommen. Er soll fremdenfeindliche Motive angegeben haben. Reker ist als Sozialdezernentin auch für die Unterbringung von Flüchtlingen zuständig."*

‚Kein Wunder', dachte Bernd. Und „Oh Gott!", sagte er in Richtung seiner Frau.

18. Oktober

Es war 14.00 Uhr, als die Tür mit einem lauten Knall ins Schloss fiel. Udo hatte sich bereits zum Mittagessen zwei Bier genehmigt, sich anschließend mit deutlichen und lauten Worten dem Gespräch seiner Frau entzogen und war jetzt auf dem Weg zum Sportplatz. Kreisliga statt Problemwälzerei. Da fiel die Entscheidung nicht schwer. Erst recht natürlich angesichts weiterer Gerstensäfte, die beim Fußball lockten.

Wer jetzt allein zurückblieb – das war Verena. Sie wusste zwar, dass ihr Mann keiner zum Reden war. Aber sich in dieser prekären Situation auf den Sportplatz verpieseln? Das ging gar nicht. Verena war wütend. Sie hatte Udos Drohgebärde von letzter Woche durchgehen lassen. Sie hatte trotzdem das Gespräch gesucht. Und sie hatte eine Abfuhr erhalten – vor dem gemeinsamen Sohn, der nach dem Essen sofort die Flucht ergriffen hatte. Dahin, wo er sich anlehnen konnte.

Etwas hilflos und voller Wut stand Verena jetzt alleine im großzügigen Flur des Einfamilienhauses. Sie suchte Halt an einer Wand, fand ihn dort und ließ sich mit dem Rücken zur Wand bis in die Hocke nach unten gleiten. Ihre Tränen konnte sie nicht zurückhalten. Die vernebelten etwas die Sicht, als sie sich umsah. Der geräumige Flur in dem riesigen Haus wirkte leicht verschwommen. Großzügig war er angelegt, auch die sieben Zimmer und zwei Bäder. Alles war großzügig angelegt, alles auf Kredit, aber damals im Jahr 2005 wollte das ihr Mann so. Er sah die Häuser der Nachbarschaft – und er wollte noch einen drauflegen. Es war ihm gelungen – auch mit Hilfe der Eigenheimzulage, die sich Familie Winkler gerade noch sichern konnte, bevor sie abgeschafft wurde. Das hatte Sicherheit gegeben – für acht Jahre. An die Zeit danach dachte niemand.

Verena hatte über die Jahre registriert, dass die Einkommen in der Nachbarschaft durchweg höher lagen. Man bekommt das so heraus im

Laufe der Zeit. Ihr Mann wollte davon aber nichts wissen. Es hätte sein Ego gekränkt. Er musste mindestens mithalten mit den anderen: SUV mit Stern, Smartphone und Terrassengrill angesagter, amerikanischer Bauart und eine Markengarderobe, die zumindest ansatzweise dem nachbarschaftlichen Standard entsprach. In den Jahren der Eigenheimzulage war das gut gegangen – weil Verena bescheiden war und auch bei Tom sparte, so gut sie konnte. Im neunten Jahr des Hauskredits kam es ziemlich schnell zum Knall und im zehnten wurde der Hauskredit nur noch punktuell bedient. Es folgte das übliche: Schuldnerberatung, Bankgespräche, Umschuldungsversuche. Es hatte nichts genutzt. Verena war klar: Das Leben in diesem Haus würde zu Ende gehen. Sie würde wohl bald mit Tom ausziehen müssen – bestimmt gegen seinen Willen. Und sie hatte große Lust, Udo alleine zurückzulassen. Einer musste den Vollstreckern schließlich die Tür öffnen.

Blatter

19. Oktober

Es ist schon unangenehm für einen Mann in den Vierzigern: das Beobachten einer 15-Jährigen. Karsten fühlte sich keineswegs wohl, als er auf die langbeinige Jugendliche – nur geschützt von der Windschutzscheibe seines Upper-Class-SUV – vor der Pferde-Ranch wartete. Emily hatte die Strecke zum Gehöft im Nachbarort wie immer mit dem Fahrrad zurückgelegt. Die acht Kilometer waren kein Problem für sie – schließlich liebte sie ihren Reitsport.

Karsten hatte sie in den letzten fünf Jahren oft als Sportlerin im örtlichen Verein erlebt und wusste, dass Emily die sportlichen Anlagen nur von ihm geerbt haben könnte. Anja und André waren eher die Ich-tu-mal-was-für-meine-Gesundheit-Typen, aber ganz sicher keine Sportskanonen.

,Dass André, der Depp, noch nicht registriert hat, dass da etwas nicht stimmt', dachte Karsten und fühlte sich selbst gleichzeitig nicht wohl als Beobachter des jungen Mädchens. ,Was, wenn sie mich jetzt sieht?' Karsten hatte in der Tat keinen fiktiven Grund und damit keine Ausrede parat, warum er sich gerade jetzt an der Pferde-Ranch aufhalten sollte.

Er beobachtete Emily, wie sie ihr Fahrrad abschloss, um sich anschließend zielstrebig zum Stall zu begeben. Kurz schaute sie in Richtung des geräumigen Fahrzeugs, in dem ein großer, streng gescheitelter Mann immer tiefer hinter das Lenkrad rutschte. Der hoffte auf die Spiegeleffekte seiner Frontscheibe und traute sich, in ihr Gesicht zu schauen. ,Nein, die ahnt nichts.' Karsten redete sich das nicht ein – er war sich sicher. ,Die ahnt überhaupt nichts. Sie kann ich als Druckmittel einsetzen', dachte er, als sein Handy vibrierte, das Display aufflackerte und ein einziger Buchstabe für Karsten sofort erkennbar wurde: A.

Michaelis

21. Oktober

Ausgerechnet jetzt klingelte sein Handy. Bernd hatte sich gerade seiner Frau angenähert – emotional, körperlich und politisch, während der Fernseher zur besten Sendezeit in minimaler Lautstärke lief. Er hatte Franziskas Austritt aus der Chat-Gruppe des Vereins nicht verurteilt. Er hatte Verständnis gezeigt. Er hatte sich an sie gekuschelt und dabei an all das gedacht, was er zu verlieren hatte, wenn er seine Familie aufgeben würde. Und er hatte den aufregenden Sex, den ihm Elena mehr oder weniger regelmäßig bot, nicht mehr als Messlatte genommen. Hingegen plante er, die Wiederaufnahme körperlicher Vereinigungsaktivitäten mit seiner Frau blümchenreich zu gestalten und die aufregenden, polnischen Momente der letzten Monate dem Kopfkino zu überlassen.

Ja, Bernd hatte gegenüber Franziska heute reichlich Emotionen gezeigt, und ihr dreimal gesagt, dass er sie liebte. Er spürte ihren Kopf auf seiner Brust und sah eine Perspektive mit seiner Franziska, die ihm zwischenzeitlich scheinbar abhandengekommen war. Ausgerechnet jetzt vibrierte es.

‚Elly' stand auf dem Display des einmal mehr unvorsichtigerweise auf dem Wohnzimmertisch liegenden Handys. Und es waren vier Augen, die das registrierten.

„Elena ist dran." Die Worte Franziskas klangen naiv und unverdächtig. Bernd entschloss sich, die grüne Taste zu wählen. Alles andere wäre komisch.

„Hallo, Elena." Bernds Worte bemühten sich um Festigkeit – vergeblich.

Elena merkte offenbar sofort, dass etwas nicht stimmte. „Alles klar, Schatz?"

Bernd hustete in das letzte Wort seiner Geliebten gekünstelt und hektisch hinein. Das Handy war zwar nicht laut gestellt, aber Franziskas Kuschelstellung ließ wenig Abstand zwischen Ohr und Smartphone ihres Mannes. Das Husten schreckte sie auf. „Alles klar, Schatz?"

„Ja, alles klar." Das Stottern war in Bernds Antwort, von der er selbst nicht wusste, wem sie galt, nicht zu überhören. Franziska schaute ihn etwas irritiert an. Bernd richtete sich auf und schaute zurück – auf der Couch Franziska, auf dem Display ‚Elly'. ‚Zusammenreißen, konzentrieren und vor allem: Kanzler sein', dachte er. Es gelang. Bernd fand zu seiner Souveränität, die ihn gerade für Sekunden im Stich gelassen hatte, zurück.

„Kein Problem, Elena. Nein, du störst nicht", flunkerte Bernd in sein Handy hinein, um in Richtung seiner Frau für alle hörbar zu flüstern: „Es ist doch okay, wenn ich ..." Bernd deutete mit seiner Hand Richtung

Tür. Franziska nickte – zwar mit abnehmender, aber immer noch leicht vorhandener Irritation.

„Okay, Elena. Ich habe zwar die Mitgliederliste nicht vor mir, aber stell mir einfach trotzdem deine Frage." Bernd verließ das Wohnzimmer und erhaschte noch einen Blick auf seine Frau, die sich die Fernbedienung schnappte und damit Gleichgültigkeit signalisierte. „Okay, verstehe. Und Damian zahlt den halben Beitrag, oder?"

Bernd schloss die Tür zu seinem Arbeitszimmer und war damit außer Hörweite. „Kannst du deinen Anruf nicht ankündigen?" Sein Ton war barsch, den Schrecken auf der anderen Seite der Leitung kalkulierte er ein. Kurz war es still in der Leitung. „Weißt du eigentlich, was das eben für ein Stress war?" Des Kanzlers Ton war jetzt gemäßigt, aber immer noch nicht freundlich.

„Weißt du eigentlich, Bernd …" Elena sprach ihn weder mit Liebling an, wie sie das gewöhnlich tat, noch mit Lieblingskanzler, was sie sich in letzter Zeit vermehrt angewöhnt hatte. Sie sagte seinen Vornamen. „… dass ich dir in der letzten halben Stunde drei SMS geschrieben habe? Weißt du eigentlich, dass ich einfach nur Sehnsucht hatte und deine Stimme hören wollte?"

Bernd bekam angesichts der jetzt für ihn sichtbaren SMS-Eingänge und der Worte von Elena zwar ein wenig ein schlechtes Gewissen. Er wollte das seine Geliebte aber nicht allzu deutlich spüren lassen. Schließlich sollten ja andere Zeiten anbrechen. „Okay, stimmt. Deine ganzen SMS hab ich nicht gesehen. Sorry." Das letzte Wort klang flapsig, die folgende Frage hingegen ernst: „Aber warum rufst du an, wenn es nichts Wichtiges gibt?"

„Sehnsucht?" Elena betonte das Wort so, als stünden gleich drei Fragezeichen dahinter. „Nichts Wichtiges?" Noch mal drei Fragezeichen.

„Bitte, Elena, stell dich jetzt nicht so an."

„Hallo? Ich mich anstellen? Ich warte seit Wochen darauf, dass du dich endlich von deiner Frau trennst. Und muss mir das jetzt anhören? Du hast mir versprochen …"

„Ich habe dir versprochen, dass ich das mache, aber nicht jetzt. Den Zeitpunkt musst du schon mir überlassen."

„Du hast gesagt…"

„Bitte, Elena!"

„Nichts, bitte Elena. Du hast gesagt …"

Er drückte auf Rot, murmelte ‚Kann die Zicke nerven', schnappte sich eine Rose aus der Vase vom Sideboard im Flur und betrat wieder das Wohnzimmer. „Wieder da, beste aller Ehefrauen."

Franziska blickte kurz auf, lächelte und hatte im nächsten Moment eine bezirzende Rose in der Hand. „Außerdem …". Bernd drehte eine Pirouette und fand sich anschließend auf den Knien wieder. „Außerdem liebe ich dich." Dabei investierte er in sein Lächeln, wie er es schon zigmal vor dem Spiegel geübt hatte. Er wusste, dass das zog. Und zum Fremdschämen war niemand im Raum.

„Kann die Zicke nerven" war ein paar Meter weiter das letzte, was Patrizia über das Treppenhaus gehört hatte. Leise, rasch und mit zufriedener Miene huschte sie die Treppe nach oben, um Tom sofort über die abendlichen Neuigkeiten zu informieren.

***

Das Display ihres Handys hatte Farbe und Text: ‚Anruf beendet.' „Arschloch" war es Elena laut entfahren – nur eine halbe Sekunde, bevor ihr eine Wut-Träne über die Wange gekullert war.

15 Minuten später lag ihr Handy mit geöffnetem Messenger-Dienst vor ihr, direkt daneben ein geleertes Glas Wein. Der Text der geschriebenen Nachricht war lang. Die Worte waren nicht versöhnlich und der

Inhalt war erpresserisch. Sie las noch einmal alles – soweit das ihre verträumten Augen erlaubten. Dann näherte sich ihr rechter Daumen mit zweifelnder Geschwindigkeit der Taste mit dem Pfeil.

Kriechmann

24. Oktober

„Was war das denn?" Anja sah ihren Mann mit funkelnden Augen und durchnässten Haaren an, kaum dass beide die Schwelle zur Haustür überschritten hatten.

„Keine Ahnung, was das war. Jedenfalls war's geil." André stand der Schalk, die Unvernunft, aber auch der Hass zu etwa gleichen Teilen ins Gesicht geschrieben. Nichts deutete in dem Moment auf den Beamten André Kriechmann hin, der im Innenministerium üblicherweise die Wortscherben seines Staatssekretärs aufsammelte und die Öffentlichkeit mit bedeutungslosen Sprachregelungen abspeiste. Jetzt waren seine Worte bedeutungsvoller: „War das geil!"

„Aber so was von …" In ihrem Blick war ebenfalls Hass zu erkennen – ein Hass, der von Begeisterung und Lust getrieben wurde. „Du bist so krass, Schatz." Da war er wieder, der Schatz, dieses Wort als ewiger Klassiker unter Liebenden. Er hatte wieder Einzug gehalten in das Eheleben von André und Anja Kriechmann, die sich irgendwie ziemlich nahe waren.

Aber trotzdem war zwischen ihnen jetzt alles anders. Ihre Handlungen wurden nicht mehr von Karriereplänen gesteuert, nicht von den eigenen und nicht von denen, die sie für ihre Kinder hatten. Anja verspürte eine ganz andere – ihr bis zu diesen Tagen – unbekannte Antriebsfeder. Sie hatte Lust am Leiden, am Leiden der Person, die sie unendlich erniedrigt hatte. Und sie spürte einen Mann an ihrer Seite, der ihre Gefühle teilte. Der sich ebenfalls daran … ja, daran aufgeilte. Sie fühlte sich plötzlich stark und machtvoll.

„So Hammer warst du." Anja zog den Kopf ihres Mannes zu sich herunter, gab ihm mit halb geöffneten Mund einen ziemlich intensiven Kuss und glitt mit ihrer Zunge beim Absetzen feucht über seine Lippen. „Ich liebe dich. Wenn du so bist."

Anja erschrak sich ein wenig vor den zuletzt gesprochenen Worten, aber sie schämte sich nicht dafür. Sie kamen ihr einfach als reinste Wahrheit über die Lippen – zum ersten Mal seit Wochen. „Ein Wurf. Ein Treffer. Ein erbärmlicher Karsten im Garten." Anja merkte man an, welch großen Spaß sie gehabt hatte.

„Und dann noch ihr Geschrei. Leute, war das geil." André hatte ganz offenbar auch seinen Spaß gehabt, obwohl er der eigentlich vollkommen naiven und ziemlich unschuldigen Geli einen gehörigen Schreck eingejagt hatte. Der etwa ein Kilo schwere Stein – eingewickelt in ein Blatt Papier und zusammengehalten von ein paar Gummis – war direkt neben ihr im Küchenfenster eingeschlagen. Es folgte ein nie enden wollender Schrei – schrill, panisch, hilfesuchend. Die Hilfe eilte direkt aus der Dusche herbei – durchtrainiert und gescheitelt, ein viel zu kleines Handtuch notdürftig um die Hüfte gewickelt mit erstarrtem Blick auf das zerstörte Fenster.

Dann innerhalb weniger Sekunden der Sprint Richtung Garten, das Ausrutschen auf der Terrasse, das Aufknallen mit dem Kopf, das Aufrappeln, die schwankenden Schritte auf den Rasen, das breitbeinige Aufstellen im Mittelpunkt des gepflegten Grüns, ein nicht interpretierbares Geschrei in Richtung wo auch immer, ein verwaistes, kleines Handtuch auf der Terrasse und ein 12-sekündiges Video auf Anjas Handy.

Anja und André hatten bitterbösen Spaß gehabt – ihre Augen leuchteten und sie grinsten sich an. Zunächst grinsten sie sich an – nach wenigen Sekunden nicht mehr. Dann wurden die Mienen ernster und der Hass bahnte sich wieder seinen Weg – besonders bei Anja. Sie wurde ernst, verbittert ernst. Ihre Gedanken waren nicht mehr in Blatters Garten. Ihre Gedanken waren jetzt in einem Neuköllner Hotel. Ihr Blick schärfte sich in Richtung ihres Mannes, ihre Worte wurden prägnanter: „Du hast mir versprochen, André, …" Anja atmete tief und musste einmal schlucken „… du hast mir versprochen, das Blatt zu wenden." André nickte, sagte aber nichts. „Dafür bin ich unendlich dankbar. Ich hab das vielleicht nicht verdient, aber ich bin dir so unglaublich dankbar."

„Du hast es verdient. Und noch viel mehr." Auch die Mimik von André zeigte sich von der ernsten Seite – und von der hasserfüllten. „Wir wenden das Blatt – und zwar vollständig." Eine Weile war es still im ansonsten verwaisten Haus, im Eingangsbereich des Wohnzimmers.

Dann hob Anja Augenbrauen und Mundwinkel. „Und sagst du mir heute bitte, was sich auf der anderen Seite des Blattes befindet." Wieder war es eine Weile still.

„Alles, was du willst, Schatz." André sagte das entschlossen und feierlich. „Alles, was du willst."

Blatter

Mit schmerzender Hüfte und Platzwunde am gescheitelten Haupt betrat Karsten sein Haus durch die Terrassentür. Gelis Geschrei war immer noch vernehmbar, ging aber langsam über in ein Schluchzen – immer wieder von lauten Wortfetzen unterbrochen.

„Beruhig dich bitte." Karstens Schädel schmerzte, während er das sagte. „Beruhige dich."

Aber Geli war schwer zu beruhigen. Immerhin wurden ihre Worte jetzt verständlicher, während sie zitternd weiterheulte „Die haben was gegen uns. Die hassen uns."

„Geli, ich bin doch bei dir." Karsten streichelte seine Frau etwas ungeschickt über das Haar. „Wer soll uns denn hassen."

„Keine Ahnung." Gelis Worte waren immer noch mehr geschrien als gesagt. „Alle irgendwie. Oder wer wirft Steine und schreibt Zettel?"

Karsten sah das Wurfgeschoss auf dem Küchenboden liegen. Es war am Hängeschrank abgeprallt, hatte dort eine Kerbe im Echtholz hinterlassen und lag jetzt – noch halb in Papier gewickelt – vor ihm. Erst wollte er danach greifen, dann sah er auf dem Papier andeutungsweise wieder diesen Buchstaben und lenkte rasch davon ab. „Den werde ich schon noch erwischen." Da sich die Miene seiner Frau nicht aufhellte, setzte er noch einen drauf. „Gestern gingen ein paar Mahnungen raus. Außerdem gibt es Austritte, die die Einzugsermächtigung zurückgezogen haben – trotz Kündigungsfrist. Ich hab da schon zwei, drei Kandidaten im Visier."

Geli schaute ihn zweifelnd an. Sie konzentrierte sich einige Sekunden und sammelte so ihre Gedanken: „Aber findest du nicht, dass das alles komisch ist? Dieses große A immer wieder. Und letzte Woche … mein Rücken? Und jetzt das." Wieder begann sie, laut zu weinen.

Karsten stockte. Eigentlich dachte er, seiner liebenswert-naiven Geli immer eine glaubhafte Erklärung geliefert zu haben. Dazu zählte seiner Ansicht nach auch die Farbabsonderung in der Sporthallendusche – sei es durch verschmutztes Wasser oder durch unsachgemäße Fliesenarbeiten. Karsten hatte seiner Geli erzählt, dass er das klären würde. Letzten Freitagabend hatte er Gelis Rücken einer zweistündigen Rubbel-Massage unterzogen, wie er es den Ernst der Lage überspielend nannte. Dabei hatte er nur mit Mühe die Farbrückstände, die ebenfalls diesen unsäglichen Buchstaben andeuteten, den Geli aber nicht zu sehen bekam, weitgehend entfernt.

Trotzdem spannte sie jetzt den Bogen von den alten Vorkommnissen zum heutigen Anschlag. Das passte ihm nicht. Es musste etwas passieren, denn die Ereignisse der letzten Wochen drohten sein Leben entgleiten zu lassen. Die Geschichte um Anja und um die Kriechmanns überhaupt, sein Ansehen in der Gemeinde und die Probleme im Verein.

„Oder hat es was mit deinem Job zu tun?" Gelis Wort klangen fast schon hoffnungsvoll. Das wäre eine ihr angenehme Lösung. Aber daran glauben konnte sie eigentlich nicht.

„Mit dem Job?" Karsten dachte nach. Warum sollte er sie nicht in dem Glauben lassen. „Ja vielleicht. Die neuen Rekruten sind wild. Und letzte Woche gab es einen Riesen-Ärger."

Er schaute sie an und erkannte einen zweifelnden Blick. Und eigentlich war er selbst auch ganz froh, dass seine Tätigkeit als Major und Chefausbilder bei der Bundeswehr nichts mit den Ereignissen zu tun. Aber dann wurde er blass. ‚Scheiße, der Job. Das einzige, was in meinem Leben noch in Ordnung ist. Wenn es die Kriechmann wagen sollten …' Dann jedenfalls würde es eng werden. Sehr eng. Mit allem. ‚Es muss etwas passieren. Unbedingt!' Und wieder dachte er an die 15-jährige Emily – sein eigen Fleisch und Blut.

***

2. November

Es war ein Messenger-Kontakt, der genauso abrupt anfing, wie er endete.

„Kannst du Samstagmorgen vor 10.00 Uhr die Fahne einholen. Könnte provozieren."

„Klar. Aber alle fragen nach dir. Was ist los, Karsten?"

„Danke! Sorry, bin in Eile. Melde mich bei dir."

„Wieso provozieren? Wen und warum?"

Keine Antwort.

Es hatte das ganze Wochenende geknallt. Es hatte geknallt in der Familie Winkler. Es hatte geknallt zwischen Udo und Verena. Keinen Deut näher war Udo der Möglichkeit gekommen, der finanziellen Realität ins Auge zu schauen. Wenn er nüchtern noch argumentiert hatte: „Das wird schon wieder", war im betrunkenen Zustand ein „Verpiss dich, du Schlampe" daraus geworden. Das war am Sonntagabend gewesen – vor den Augen und Ohren des Sohnes.

‚Verpiss dich, du Schlampe', das hallte nach in Verenas Kopf, ließ ihr dann regelmäßig das Blut erstarren und die Tränen laufen. Für sie war es der Abschied. Nicht nur der Abschied vom Haus, vom gut situierten Wohnen, sondern auch der Abschied von ihrem Mann.

Das saß zu tief. Die fehlende Einsicht. Immer wieder die Auswirkungen des Alkohols. Die Androhung von Gewalt und dann noch die beleidigenden Worte. Das war einfach zu viel. Sie hatte es an diesem Sonntagabend keinen Moment länger in diesem Haus ausgehalten. Sie war geflüchtet – zu den Rosenzweigs. Schließlich hatte sie sich Daniela einmal anvertraut – damals im Flur der Schuldnerberatung vor etwas mehr als zwei Monaten. Dieses „Damals" war also gar nicht so lange her. Verena war die Rasanz des freien Falls dadurch erst so richtig bewusst geworden. Danny wusste jedenfalls Bescheid. Sie würde nicht ganz überrascht sein, so Verenas Gedanken, über ihr Auftauchen an diesem tristen, frühen Abend Anfang November.

Aber die Stunde bei den Rosenzweigs hatte ihr nicht wirklich geholfen, trotzdem hatte sie sich anschließend ein wenig besser gefühlt. Danny hatte ihr Bestes gegeben, Trost gespendet, Hilfe angeboten. Was man so macht. Sie war zurückgekehrt in ihr Haus, das nach der Kreditkündigung durch die Bank und der Androhung einer Zwangsversteigerung kaum mehr zu halten war. Sie war in Toms Zimmer gegangen und hatte ihn informiert – vom bevorstehenden Auszug. Die Folge war ein großes Theater gewesen – Verena hatte das erwartet. Denn am Haus hing nicht nur seine großzügige Geräumigkeit, die Zimmer und der Garten. Es hingen die Schule, Toms Kontakte, Freunde und seine erste große Liebe an diesem Ort.

Aber Verena war eisern geblieben. Allerdings hatte sie Tom versprechen müssen, irgendwo im Ort zu bleiben. Schwierig, aber machbar. Verena war entschlossen, und den Kompromiss hatte sie als Herausforderung angenommen. Ob Udo mit solchen Konsequenzen, die immer wieder thematisiert worden waren, wirklich rechnete, das hatte Verena am Sonntagabend auch nicht gewusst. Aber es war ihr egal.

***

Der Rückblick auf das Wochenende war auch für Udo kein angenehmer. Darüber hinaus hatte das triste Novemberwetter an diesem Montag auf der Baustelle für Nässe und Kältegefühl gesorgt. Umso mehr freute er sich schon auf der Rückfahrt darauf, sich aufzuwärmen, ein Bad zu nehmen und sich ein Bierchen zu genehmigen.

Als er das Haus betrat, erschien es ihm seltsam leer. Es war kein Geräusch zu hören und an der Garderobe hing keine Jacke. Das Fach mit Toms Schultasche war verwaist und die Küche war teilweise ausgeräumt. Dafür fanden sich zwei Briefe auf dem Tisch. Der eine war mit ‚Lieber Udo‘ überschrieben. Immerhin. Aber der Inhalt hielt dieser Anrede nicht stand. Sie hatte Ernst gemacht. Der andere war an das Ehepaar Winkler gerichtet. Der Absender war – wie so oft in den letzten Wochen – die Bank. Udo las irgendetwas von Zwangsversteigerung und diesmal auch etwas von Zwangsräumung. So genau wollte es gar nicht wissen. Kurz überlegte er, zumindest einen der Briefe zu zerreißen. Er besann sich eines Besseren. Das Bessere fand er im Kühlschrank. Immerhin.

***

3. November

‚Udo Winkler hat die Gruppe verlassen'

Noch nie hatte jemand die Männergruppe verlassen. Diese Gedanken schossen Bernd, André und Michael unabhängig voneinander durch den Kopf, als sie bei nächster Gelegenheit auf ihr Smartphone schauten. Dann herrschte Funkstille – für zwei Minuten.

Bernd: ‚Weiß jemand was?'

Michael: ‚Frau und Kind sind ausgezogen.'

André: ‚Scheiße. Was ist dort los?'

Michael: ‚Verena war kürzlich ziemlich genervt über seine Äußerungen – Asylbewerber und so.'

Drei Minuten Funkstille.

Bernd: ‚Uiuiui.'

Michael: ‚Könnte aber auch was mit dem Haus sein.'

André: ‚Wie, was mit dem Haus?'

Bernd: ‚Na, was wohl? Monetas, Monetas …'

Michael: ‚Das hab ich nicht gesagt.'

Bernd: ‚Nee, haste nicht. Hahaha ;)'

Zwei Minuten Funkstille.

Bernd: ‚Hat eh nicht gepasst mit ihm.'

***

‚Liebe Mädels, heute habe ich keine guten Nachrichten. Ich bin gestern mit Tom ausgezogen und habe Udo verlassen. Leider war das nicht mehr anders möglich. Darüber konnte ich lange Zeit nicht sprechen. Ich habe immer auf Besserung gehofft und habe alles in mich hineingefressen. Es tut mir sehr leid, dass ich euch nicht vorher informiert habe. Ich wohne demnächst in der Berliner Straße 12. Ich hatte echt großes Glück mit der Wohnung. Mädels, bleibt mir treu :*

Damit ihr etwas mehr wisst: Es ist überhaupt nicht so, dass Udo mir irgendetwas angetan hat. Wir haben uns aber immer mehr wegen finanzieller Angelegenheiten gestritten. Denn unsere Situation ist dramatisch. Das Haus wird demnächst wohl zwangsversteigert. Bitte drückt ganz fest die Daumen, dass das gut ausgeht und wir ohne Schulden da rauskommen. Eure Schnecki. <3 <3'

Elena: ‚Oh Gott, Schnecki. Das tut mir so leid. Ich drücke dich fest.'

Danny: ‚Können wir irgendwas für dich tun?'

Anja: ‚Wollte ich auch gerade fragen. Das tut mir sooo leid, Schnecki.'

Franziska: ‚Natürlich bleiben wir in Kontakt. Und natürlich halten wir zu dir. Du gehörst doch zu uns.'

Danny: ‚Besuchen, quatschen, betrinken mit Likör 43, alles geht. Sag nur Bescheid.'

Elena: ‚Ich komme vorbei. Heute, morgen, wann du willst. Backe Kuchen. Nehme dich in die Arme. Eine Stunde oder länger. Geld leihen, zusammen weinen, uns liebhaben. Schneckiiiie.'

Verena: ‚Danke, ihr seid sooo lieb. Ich bin soooo froh, dass ich euch habe. Dankeeee! Ich melde mich bei euch. Tausend Küsse.'

Es folgte noch eine private Nachricht.

Franziska: ‚Elly, du bist soooo süß.'

Elena wurde kurz ein wenig übel.

Blatter

6. November

Das Wochenende stand bevor. Mal wieder. ‚Scheiße, Freitag', dachte sich Karsten, bevor er nach getaner Arbeit in einem Berliner Schulungsraum der Bundeswehr zu Hause unter die Dusche sprang. Es war ein defensiver Karsten Blatter, der sich in den vergangenen Wochen den

Rekruten der Bundeswehr und der Havelländischen Öffentlichkeit präsentiert hatte. Er war nicht mehr der alte.

Bis Anfang Oktober war sein Leben in Ordnung gewesen: klare, konservative und grenzwertige Botschaften an die Rekruten, alle Macht im Verein, klare Aufgabe als Vorsitzender in Sachen regionaler und nationaler Einwanderung, nahezu bedingungslose Gefolgschaft seiner Mitglieder, Macht über Anja Kriechmann mit dem Nebeneffekt sexueller und narzisstischer Befriedigung und jede Menge Leute in seinem beruflichen und privaten Umfeld, die nach seiner Pfeife tanzten. ‚Dann ist diese Schlampe …', was ihn in verhassten Gedanken immer wieder einholte, ‚… aus meinem Auto getürmt'.

Seitdem war nichts mehr, wie es war. Und alles, was geschah, passierte jeweils am Wochenende. Immer verbunden mit diesem Buchstaben, der genauso eindeutig wie geheimnisvoll erschien. Er stand wohl für A wie André. Und er stand für A wie Anja. Oder etwa nicht? Eigentlich wusste er es nicht. Trotzdem war passiert, was passiert war: der gespenstische Besuch von Anja und André Anfang Oktober, die angebliche Freundschaft zwischen seiner Geli und Anja, deren Tochter er gezeugt hatte. Dann das große A in der Zeitung und am Auto, der unsägliche Freitagabend mit dieser widerspenstigen Farbe auf dem Rücken seiner Frau. Und vorletztes Wochenende die Erniedrigung bei sich zu Hause mit dem Steinwurf.

Karsten war mittlerweile klar, dass er sich nicht mehr unter Kontrolle hatte. Er konnte seinen Auftritt im Garten nicht mehr verstehen. Und er spürte: Seine Nerven ließen ihn allmählich im Stich.

Letztes Wochenende war es vergleichsweise ruhig gewesen. Gerade mal eine Messenger-Nachricht, die aus einem Buchstaben bestand – an ihn und an Geli. Schlimm genug. Und jetzt … Jetzt war wieder Freitag. Seine Frau würde gleich vom Sport wiederkommen. Ob sie wieder von Anja erzählt? ‚Anja, diese Fotze. Hätte ich sie mal richtig …', dachte er

188

noch, als es klingelte. Karsten schaute auf die Uhr. Es war noch zu früh für die Ankunft seiner Frau. Wer könnte das sonst sein? Es gelang ihm nicht, sich zu konzentrieren – zu schwammig war sein Gefühl im Kopf. Alles, was er spürte, war der Angstschweiß, der aus allen Poren seines Körpers zu quellen schien und dabei offenbar jeden klaren Gedanken mit ausschied.

Karsten Blatter, der erfolgreiche Offizier und Chefausbilder der Bundeswehr, kroch auf allen Vieren durch sein Wohnzimmer. Ihm war klar, dass jeder von außen sehen konnte, dass der Fernseher lief. Ihm war klar, dass die Rollläden offen waren und einige Lichter eingeschaltet. Daher befand er sich auf allen Vieren auf dem Boden und krabbelte wie ein Kleinkind bis in die hinterste und dunkelste Ecke des Erdgeschosses. Von dort konnte er sich durch ein kleines Fenster einen Überblick verschaffen, wer sich vor seiner Haustür aufhielt. Ein Auto stand dort, das da nicht hinpasste. Es war blau und weiß. Der Herr und die Dame vor der Gartenpforte trugen Mütze und Uniform.

Karsten erblasste. Er hatte die Situation offensichtlich unterschätzt. Wie sollte er reagieren? Er spürte, wie eine Schweißperle auf seiner Stirn entstand, sich vergrößerte und in sein Auge tropfte. Karsten Blatter hatte Angst. Sie würden ihn wohl abholen. Wegen Erpressung. Und wenn es schlecht lief, wegen Vergewaltigung. Er hatte den Zusammenhalt der Familie Kriechmann wohl unterschätzt. Vielleicht war sogar Emily mit im Boot – und zwar gegen ihn.

Karsten Blatter hielt die Situation kaum noch aus. Aber fest entschlossen, die Tür nicht zu öffnen, verharrte er in einem dunklen Winkel des Hauses mit einem guten Überblick über die Pforte. Schließlich war Disziplin seine Stärke. Er würde länger warten können als die Polizeibeamten. Er war Major und nicht nur Oberkommissar.

Aber die Polizeibeamten hatten Geduld. Kein Wunder – sie sahen ja, da war jemand zu Hause. Aber niemand öffnete – auch nach mehrfachem Klingeln nicht. Ihre Geduld zog sich über zwei Minuten oder sogar drei. Dann kamen die Scheinwerfer in Karstens Blickfeld. Die Scheinwerfer eines modernen Kleinwagens – so einen, wie Geli ihn fuhr. ‚Oh nein! Fuck!', schlich sich ein Anglizismus in seinen gedanklichen Wortschatz. Karsten hoffte mit jeder Zelle seines Körpers, dass dieser Kleinwagen nicht anhalten würde. Aber er tat es. Seine Frau stieg aus – ein Gespräch mit den Beamten und Geli zückte den Haustürschlüssel. ‚Was jetzt?', meldete sich eine innere Stimme verzweifelt zu Wort.

Karsten spürte, dass er keinen klaren Gedanken mehr fassen konnte. Er war fertig, völlig am Ende. ‚Aber ich habe gelernt zu kämpfen', dachte er, während er seinen Körper, wie er es einst bei den Panzergrenadieren gelernt hatte, in der Waagrechten mit dem Rücken am Boden auf das Treppenhaus zusteuerte.

Keine zehn Sekunden später blickte er von schräg unten in drei Augenpaare. „Karsten!", entfuhr es Geli. „Herr Blatter?", sagte eine ihm unbekannte Stimme.

Lulu99

7. November

Der Mann war überraschend groß, der an diesem späten Samstag-vormittag vor den Augen sämtlicher Mitglieder der Flüchtlingsinitiative und zahlreicher Flüchtlinge dem Audi A8 mit Potsdamer Kennzeichen entstieg. Seine Bewegungen waren trotz seiner Körpergröße eher rund als schlaksig und seine Ausstrahlung lag irgendwo zwischen freundlich und landesfürstlich. Ziemlich zielstrebig bewegte er sich auf den Vorstand der Initiative, bestehend aus vier Frauen und einem Mann, zu. Jeder und jedem einzelnen drückte er die Hand, die Kameras des rbb auf ihn, die Helfer, die Unterkunft und deren syrische Bewohner gerichtet.

Elena und Daniela standen an Stelle vier und fünf. Sie hatten anschließend die Aufgabe, dem Ministerpräsidenten alles zu zeigen – draußen und drinnen. Außerdem hatten sich ein paar der Asylbewerber freiwillig gemeldet für eine kleine Unterhaltung mit ein paar Brocken Englisch. Der Händedruck des Landesfürsten war kräftig, seine Wortwahl gekonnt und seine Kamerapräsenz allgegenwärtig. Aber er hatte es offenbar eilig. Ohne auffällig zu drängen, war er es, der Danny und Elena zum Rundgang aufforderte. Er tat das mit Charme und löste alle Aufgaben des Kurzbesuchs mit präsidialer Würde.

Die kurze Rede war voll des Lobes über die Tatkraft der helfenden Menschen und die Friedfertigkeit der Bewohner. Beides war verdient und jeder wusste das. Ohne Frage bewirkte die Rede das, was ihr Ziel war: Sie motivierte bis in die Haarspitzen, gab allen Beteiligten das gute Gefühl, das Richtige zu tun, und zauberte ein Strahlen in die Gesichter.

Am selben Abend war das Strahlen im rbb zu sehen, ebenso die eiförmige Traglufthalle von innen und außen, ausführlich der Ministerpräsident, ein wenig von seiner Rede und am Ende ein Schwenk auf die andere Seite des Zaunes, auf der ein Mann in aller Eile eine Deutschland-Fahne vom Mast zog. Der Bericht endete mit den Worten: ‚Aber auch an diesem Ort des Helfens gibt es Anzeichen, dass keineswegs alle Bewohner der Gemeinde mit der heute durch den Ministerpräsidenten persönlich ausgezeichneten Flüchtlingsunterkunft einverstanden sind.'

Blatter

Für Karsten war der gestrige Freitag der Tiefpunkt seines Lebens gewesen. Er war ganz unten angekommen. Er wusste, wo oben war, hatte sich dort immer gesehen und daraus keinen Hehl gemacht. Jetzt war er unten und beschönigte daran vor sich selber nichts. Da war er absolut konsequent.

Er war vor den beiden Polizisten herumgekrochen. Und vor seiner Frau. Er hatte sich zum Idioten gemacht und ihm war im Nachhinein nicht klar, wie es hatte soweit kommen können. Was war los mit ihm? Sich im eigenen Haus zu verstecken und in Deckung fortzubewegen – das empfand er nun als Erniedrigung erster Güte. Sein anschließendes Gestammel vom Vorbereiten einer Wehrübung ebenfalls. Irreparabel. Wahrscheinlich ein Running Gag auf der örtlichen Polizeistation.

Und dann die Aufklärung des Polizeibeamten, die ihn wegen eines Unfalls befragen wollte. Er sei nach einem anonymen Hinweis Zeuge gewesen, was natürlich nicht stimmte. Erst dann war Karsten vom Boden aufgestanden – wohlwissend, wer dieser Anonymus war. Einen Schreck wollte man ihm offenbar einjagen, was mit großem Erfolg gelungen war.

Karsten registrierte, dass er in jede Falle, die ihm André und Anja Kriechmann gestellt hatten, wie ein naiver Schuljunge hineingetreten war. Er merkte, dass er gejagt wurde – mit den Waffen, die er oft genug selbst einsetzte. So durfte es nicht weitergehen.

Seine Geli, der er über Jahre immer wieder irgendwelche Märchen aufgetischt hatte, konnte er offenbar nicht mehr überzeugen. Eine Wehrübung vorbereiten – um das zu schlucken, war auch ihre Naivität nicht groß genug. Sie hatte am Freitagabend jede Menge Fragen gestellt, hatte aber keine zufriedenstellenden Antworten erhalten. Dann hatte sie ihr Bettzeug ins Gästezimmer verfrachtet und hatte den Abend und die Nacht dort verbracht. „Sag mir, was wirklich los ist.", hatte sie ihm noch durch die Tür zugerufen. Es war der Tiefpunkt.

Dazu kamen jede Menge Nachrichten auf seinem Handy, Anmerkungen zu den Lobpreisungen des Ministerpräsidenten, Fragen nach der Fahnen-Aktion, der Berichterstattung des Regionalfernsehens und weitere Gruppen- und Vereinsaustritte. Karsten spürte, wie ihm alles zu entgleiten drohte. Und er verspürte ein eigenartiges Gefühl von Ohnmacht und Lustlosigkeit, irgendetwas dagegen zu tun. Niemand war da, mit dem er sich beraten konnte. Kein Ansatz war sichtbar, wie er der Situation entfliehen könnte. Ja, es war der Tiefpunkt.

Warum war er nur in diese Gemeinde gezogen? Warum hatte er sich das mit dem Verein mit dem komischen Namen ans Bein gebunden? ‚Better Place – geht's noch?', dachte er. ‚Wie bescheuert war das?' Karsten zweifelte an allem, was er sich aufgebaut hatte. ‚Und warum habe ich damals nicht gleich darauf bestanden, dass die Vaterschaft von Emily festgestellt wird?' Er wäre ein stolzer Vater gewesen. Ein Vater, den seine Tochter bewunderte. Und jetzt? Karsten hatte sich für einen anderen Weg entschieden. Er hatte die Mutter seiner Tochter erpresst – und es war schiefgegangen. Karsten hatte Anja unterschätzt. ‚Und ihren Oberbeamten André – den habe ich auch unterschätzt.', machten sich seine Gedanken selbstständig. ‚André ist stark. Beide sind stark. Als Team. Stärker als ich. Vielleicht.' Zweifellos, es war der Tiefpunkt.

‚Lulu99 möchte in die Gruppe aufgenommen werden.' Immerhin, ein Trostpflaster. Offenbar eine von den vielen Jüngeren, die zu ihm hielten. Karsten bestätigte die Anfrage als Vorsitzender des Heimatvereins.

Rosenzweig

„Es war – glaube ich – für mich der schönste Tag in diesem Jahr." Danny lag auf dem Sofa. Sie hatte ein Leuchten in den Augen und schmiegte sich ganz dicht an ihren Mann.

„Da könntest du recht haben. Ich fühle mich pudelwohl – dort, wo wir sind. Und richtig zufrieden." Michael war ebenfalls beseelt von dem Besuch des Ministerpräsidenten, seinen Worten und der damit verbundenen Gewissheit, das richtige zu tun.

Danny dachte kurz über die Worte ihres Mannes nach. „Wo wir sind? Du meinst in der Initiative?"

„Ja. Und nicht mehr im Verein."

„Stimmt. Bernd hat wohl etwas unglücklich agiert – vorsichtig ausgedrückt."

Danny lächelte zunächst in sich hinein, dann aus sich heraus. „Oh Mann, der Bernd. Der wurde wohl vom Chef beauftragt."

„Wie schnell er die Fahne runtergezogen hat? Sensationell!"

„Und welche Mühe er sich gegeben hatte, dass das souverän aussieht. Ob er die Kamera gesehen hat?"

Michael schaute vielsagend. „Der sieht jede Kamera. Und das war sicher die erste, in die er nicht gleich seine Birne gehalten hat."

„Des Kanzlers schöner Kopf.", ergänzte Danny und rückte noch näher an ihren Mann heran. Ganz eng, um sogleich das Thema zu wechseln. „Wenn wir ganz leise sind …" Sie gab ihrem Mann einen zärtlichen Kuss auf den Mund. „Wenn wir ganz leise sind, dann bekommt niemand etwas mit." Dannys Pupillen wanderten vielsagend Richtung Treppenhaus, während sie geschickt mit einer Hand zwei Knöpfe ihrer Bluse öffnete. „Wir sind bestimmt ganz leise, oder?"

Michael sah das und wusste kurz nicht, wie er reagieren sollte. Er war darauf nicht eingestellt. Er fühlte sich überrumpelt und hatte Mühe, sich zu kontrollieren. Er schaute seine Frau mit nur noch halb bedeckter, üppiger Oberweite entsetzt an und es entfuhren ihm Worte, die er bereits Sekunden später bereute. „Sag mal, spinnst du? Willst du immer nur …?" Dieses eine Wort sagte er nicht. „Denkst du immer nur an das eine?", korrigierte er sich und fuhr etwas hilflos fort: „Die Kinder sind oben. Und was machst du? Nach diesem Tag?"

Er blickte sie erst empört an, anschließend beschämt nach unten. Dann war es still im Raum. Zwei Blusenknöpfe schlossen sich genauso geräuschlos wie zwei Tränen über zwei Wangen flossen. Und Michael war sofort klar, dass dieser Moment vieles verändern würde.

Wójcik-Müller

9. November

Des Kanzlers Reich – dieses hatte sich Elena ganz anders vorgestellt. Ein Zweckbau im hässlichen, westdeutschen Stil der 80er Jahre. Eine Hochschule, wie sie offenbar in kurzer Zeit im Berliner Westen zu Mauerzeiten hochgezogen wurde. Damals kamen jede Menge junger Männer aus Westdeutschland nach Berlin, um sich dem Wehrdienst zu entziehen. Und die mussten ja irgendwo hin. Vielleicht an diese Hochschule? Mittlerweile waren sie jedenfalls nicht mehr da und einige Studierenden-Generationen später wirkte der Bau eher verlassen.

Elena hatte studentisches Leben erwartet: gut gelaunte junge Menschen, die sich vor und in Hörsälen, in Parkanlagen und in der Mensa tummelten, um über Politik zu diskutieren, die sich beim Lernen unterstützten, mal einen Joint rauchten und gemeinsam die beste Zeit des Lebens genossen. Und irgendwo im Inneren eines Glasbaus würde sich des Kanzlers Büro befinden, in dem ihr Bernd die Fäden zog. Irgendwie hatte sich Elena dieses Bild zurechtgelegt, weil Bernd ab und zu über sein Berufsleben, seine Erfolge in Besprechungen und bei Präsentationen und die Bedeutung der Wissenschaft fabuliert hatte. Von einem Glasbau fehlte allerdings jede Spur und zugegebenermaßen hatte er davon auch nicht direkt gesprochen. Aber alles, was er erzählte, musste doch in einer architektonisch glanzvollen Umgebung stattgefunden haben. Anders machte das den Erzählungen zufolge keinen Sinn. Und jetzt dieser graue Zweckbau.

Elena tastete sich mit all ihren Sinnen vor, die Türen standen offen. Sie blickte in einen foyerähnlichen Raum, der ziemlich unaufgeräumt erschien. Alles wirkte etwas schlampig – nicht nur der achtlos weggeworfene Müll auf dem Boden, sondern auch die Aushänge an den unzähligen Pinnwänden und in den Schaukästen. Elena hatte Mühe, diese zu überblicken. Fakultäten, Fachbereiche, Studierendenvertretungen, Gleichstellungsbeauftragte, Doktorandenrat – alle hatten ihre Mitteilungen zu machen. Aber das war – vor allem in diesem Chaos – Elena eher fremd. Sie suchte schließlich ein bestimmtes Büro. Eine Gruppe junger Menschen versprach Abhilfe.

„Hallo, Entschuldigung." Der polnische Akzent war einmal mehr nicht zu überhören. „Könnt ihr mir sagen, wo ich das Büro des Kanzlers finde?"

Fünf junge Menschen sahen sich gegenseitig an. Nur einer fand Worte. „Wie jetzt?"

Elena war völlig verunsichert. „Naja, das Büro vom Kanzler. Mehr weiß ich auch nicht."

Ein junger Mann mit Drei-Tage-Bart grinste die verunsicherte Polin an und duzte zurück. „Bist du sicher, dass du dafür nicht nach Mitte musst?" Zwei seiner Kommilitonen lachten.

Elena wollte gerade eine unpassende Antwort geben, weil ihr eine passende für den Moment nicht einfiel, da mischte sich eine junge Frau ein. „Eye Leute, chillt mal." Sie drehte das Display ihres Smartphones in das Sichtfeld der Umstehenden. „Es gibt hier einen Kanzler. Wusste ich auch nicht. Unglaublich." Niemand sagte etwas. Sie nahm das Handy wieder in ihr Blickfeld. „Büro K17."

Da war sie doch, die gewünschte Information. Elena sah mit aufgehellter Miene in Richtung der jungen Frau „Danke. Und wo finde ich K17?"

Ein junger Mann, der eben noch gelacht hatte und dem das offenbar jetzt leidtat, streckte seinen Arm aus. „Dahinten ist das Treppenhaus. K 17 … wahrscheinlich musst du nach unten."

Keine zwei Minuten später fand sich Elena in einem dunklen Gang wieder. Alle Türen waren verschlossen. Keine Menschenseele weit und breit. Wenn da nicht eine attraktive Blonde um die 30 gerade eine Tür geöffnet hätte, Elena kurz ansah und recht flotten Schrittes Richtung Treppenhaus verschwunden wäre. Das einzige Lebenszeichen. Elena schaute auf die Tür, die eben noch offen war und sich jetzt automatisch verschloss. Toilette. Okay. Und sie schaute etwas genauer hin. Herrentoilette. ‚Sonderbar', waren ihre Gedanken.

Während die attraktive Polin den einsamen Gang – vorbei an K11 und K12 – etwas verunsichert weiterschlich, kamen ihr negative Gedanken. Was, wenn er sie abweisen würde? Was, wenn er gerade im Gespräch war? Was, wenn ihn ihr Thema total auf die Palme bringen würde? Schließlich wollte sie den Druck erhöhen. Noch vor zwei Wochen war sie kurz davor gewesen, ihn zu erpressen. Die damals vorbereitete Nachricht hatte sie jedoch nicht abgeschickt. Denn natürlich wollte sie nicht alles beenden. Und natürlich wollte sie ihn nach wie vor ganz. Nicht durch Erpressung, sondern über seine Liebe. Oder über Sex. Am besten über beides.

Heute wollte sie ihm zeigen, wie ernst es ihr war. Der Jahrestag des Mauerfalls, ohne den sie sich wohl nicht kennengelernt hätten, erschien ihr ideal. Außerdem hatte sie eine kleine Überraschung dabei. Das würde gewiss wirken.

‚K 17 Kanzler Dr. Bernd Michaelis'. Das Türschild war eindeutig. Sie war dort, wo sie hinwollte. Ihr Bernd, der Kanzler der Hochschule. Ihre zwischenzeitlichen Zweifel waren verflogen und sie schämte sich im Nachhinein dafür. Und gläsern war immerhin das Türschild. Elena überprüfte kurz die vorhandene Wirkung ihres Deos, öffnete ihre Jacke ein wenig und klopfte an. Keine Reaktion. Sie klopfte erneut – nicht mehr so zaghaft, sondern etwas lauter. Niemand reagierte. ‚Wahrscheinlich ist das nur das Vorzimmer' und die Sekretärin, die Bernd ihr als unattraktiv und um die 60 beschrieben hatte, hatte schon Feierabend.

Also griff Elena zur Türklinke, die sich genauso quietschend bewegte wie die Tür, als sie sich öffnete. Was sich ihr bot, war ein verwaister Schreibtisch, ein laufender PC, stickige Luft und ein kleiner Sonnenstrahl, der aber viel zu schwach war, um den kleinen Kellerraum zu durchfluten. Hell war es nicht. Nett war es nicht. Und als angenehm empfand das Elena schon ganz und gar nicht.

Trotzdem fasste sie Mut, um etwas genauer hinzusehen. An der Wand: Ein Bild – darauf Bernd … und neben ihm … ja, da stand Friedrich Merz. Stolzes Gesicht, also bei Bernd. Merz wie immer. Daneben die Ernennungsurkunde zum Kanzler, also die von Bernd. Auf dem Schreibtisch: ein Bild mit der Bildfläche nach unten. Das irritierte. Elena kippte es zur Ansicht um gut 90 Grad nach oben: eine Familie mit drei Kindern, Bernd mit Franzi, dazu Maggi, Pat und Tino. Alle perfekt belichtet. Alle am Lächeln. Und alle bestens ausgeleuchtet von einem zweifellos professionellen Fotografen. Familienidylle heruntergeklappt und damit im Abwärtsstrudel. Das gefiel Elena.

„Hallo?" Sie hatte ihn nicht kommen gehört. Erst hatte sie einen Schatten gespürt und dann seine Stimme wahrgenommen. Ein wenig erschrak sie. Aber Elena mochte diese Stimme. Und sie spürte, wie gut es ihr tat, sie zu hören. Sie drehte sich zu ihm herum und lächelte ihn in ihrer bezaubernden Art an.

Er verzog keine Miene. „Was machst du denn hier?" Er blinzelte etwas. Trotz der Strenge in seiner Stimme bemerkte Elena, dass er verunsichert war.

„Ich wollte dich besuchen, Liebling."

Er war immer noch irritiert, versuchte das aber zu überspielen. „Aber du kannst doch nicht …" Der Kanzler stockte. Was konnte sie eigentlich nicht?

„War ganz einfach.", log Elena und dachte darüber nach, die Überraschung möglicherwiese doch nicht zu präsentieren. Der Gummizug war ohnehin etwas unangenehm. „Dein Büro war offen."

Sie spürte, wie er nachdachte. Und sie hatte dabei kein gutes Gefühl, da braute sich etwas zusammen.

„Natürlich war es offen.", war seine zögernde Antwort. Dann erneut eine Stirn in Falten und eine leicht finstere Miene bei ihm: „Aber eigentlich darf ich es gar nicht offenlassen. Wegen Leuten wie dir. Die einfach mal reingehen. In das Büro des Kanzlers. Geht´s noch?" Jetzt war er laut und sie irritiert. Er legte nach: „Seit 14 Jahren kann ich mein Büro offenlassen. Weil nie jemand einfach so hineinmarschiert ist. Und was machst du?"

‚Jemand.', dachte Elena. ‚Bin ich jemand?' Sie fühlte sich jetzt reichlich unwohl mit ihrer Überraschung auf der Haut. Und völlig unpassend. Aber sie sagte nichts. Sie überließ ihm das verbale Feld.

„Einmal auf Toilette – und schon steht meine …. meine – was auch immer du bist – in meinem Büro."

12. November

‚Donnerstag sturmfrei.' Diese Formulierung hatte sich im Hause Rosenzweig zu einer Art Running Gag entwickelt. Immer wenn die Kinder nicht da waren, wurde damit kokettiert, er bewusst ironisch, sie mit Hoffnungen und beide mit einem Augenzwinkern. Früher war das so.

‚Donnerstag sturmfrei' war damit auch eine Art heilender Kitt zwischen Michael und Daniela gewesen, die so miteinander scherzten, sich liebevoll ansahen und manchmal sogar verführerische Blicke zuwarfen – letztes allerdings einseitig und meistens ohne Folgen. Heute sollten den kittenden Worten jedoch keine vielsagenden Blicke folgen. Und auch sonst nichts – natürlich nicht. Denn seine barsche Reaktion vor fünf Tagen war beiden noch allgegenwärtig und Daniela war nach wie vor gekränkt. Erst nach der dritten oder vierten Entschuldigung hatte Michael das Gefühl, dass es besser wurde. Ein bisschen.

‚Donnerstag sturmfrei.' Heute waren es die Worte, mit denen Michael seine Lebensbeichte einleiten wollte. Er hatte dazu lange gebraucht. Schließlich hatte er seine Ehe auf einer Lüge aufgebaut und oft darüber nachgedacht, wie es so weit hatte kommen können. Er war schwul, das war ihm auch schon damals klar gewesen – jedenfalls soweit er sich erinnern konnte. Aber er hatte seinen Glauben, die Sehnsucht nach einer Familie und diese tolle Frau an seiner Seite, von der er sich sicher war, dass er sie liebte, aber eben nicht körperlich begehrte. Trotzdem hatte er mit ihr geschlafen. Immer wegen ihr. Und immer mit der Angst, dass das Kopfkino einmal versagen könnte. Der Akt und das Kopfkino als Spitze des Eisbergs seiner Lebenslüge.

Immer wenn er in unzähligen Gedanken versuchte, sein Leben zu sortieren – wie ein Puzzle, bei dem sich Fremdteile eingeschlichen hatten – kam er sich vor, als sei ihm eine Falle gestellt worden. Eine Falle, aus der es keinen Ausweg gab. Immerhin konnte er mittlerweile zumindest mit einem anderen Menschen darüber sprechen. Im Nachhinein war er dankbar, dass er damals nach seinem unrühmlichen Besuch in dieser Berliner Cruising-Bar Franziska in die Arme gelaufen war. Die Gespräche mit ihr taten ihm gut. Auf ihre Diskretion konnte er sich verlassen. Aber eine perfekte Lösung hatte sie natürlich auch nicht parat.

Gerade in solchen Momenten dachte Michael an Krzysztof Olaf Charamsa, von dem er vor Wochen im Radio gehört hatte. Rein zufällig. Ein Mann, den kaum jemand kannte, der aber mutig war. Der an die Öffentlichkeit ging. Der mit seinem Coming Out alles riskierte. Und das als ‚Kaplan seiner Heiligkeit‘ mitten im Vatikan. Erfolg hatte Krzysztof nicht gehabt. Im 21. Jahrhundert. Aber nicht der Erfolg dieses Helden zählte, sondern dessen Mut. Und irgendwie musste Michael an den mutigen Krzysztof denken, als er seiner Frau gegenübersaß und die ersten Worte sagte:

„Donnerstag sturmfrei.“

Ihr Blick war noch immer gekränkt. Und ihre Worte waren erbarmungslos, voller Schmerz und Verletzung: „Immer nur an das eine denken, oder was?“

Kurz war Michael mit dieser Reaktion überfordert. Trotzdem ermutigten ihn Danielas Worte zu sagen, was gesagt werden muss. Aber erstmal die Wogen glätten. „Ich weiß, ich bin ein Arschloch.“

„Stimmt.“ Daniela klang immer noch unversöhnlich. „Ein Riesen-Arschloch.“

„Stimmt.“, sagte er – und er holte tief Luft, um mit Hilfe von Krzysztof seine innere Zerrissenheit mit den Worten zu beschreiben, die ihm so dringlich auf dem Herzen und kurze Zeit später auf der Zunge lagen.

13. November

Einmal Sport. Einmal schwitzen. Ab in die Damen-Umkleide. Das Handy gecheckt, ein 12-Sekunden-Video angeschaut und dann ein Schrei. „Kraaaaass." Kurze Pause. Verwirrte, aber durchaus interessierte Blicke. „Habt ihr schon in die Gruppe geschaut?" Die junge Sportlerin war aufgeregt. Dann ein Seitenblick. Zum Glück. Geli war schon im Duschraum.

„Was gibt's denn?" „Und wer ist Lulu99?" Gleich mehrere Sportlerinnen stellten diese Fragen, während sie ihr Smartphone aktivierten. Dann Stille. Etwas mehr als 12 Sekunden des Gaffens und des Lauschens mit wohlbekannten Protagonisten. Dann Lachen, Entsetzen, Schweigen. Blicke Richtung Dusche, in der Geli gerade den Wasserstrahl auf Farbpartikel untersuchte. Noch mehr Schweigen. Allenfalls ein Kichern. Dann alle im Rekordtempo umgezogen und raus. Ganz zum Schluss Anja, die vorher noch ihren Alias vom kürzlich erworbenen Prepaid-Handy löschte.

Als Geli zurückkam, sich verwundert umsah, ihren Rücken vor dem Spiegel checkte, sich abtrocknete und anzog, ahnte sie noch nicht, dass das nächste Level bereits erreicht war.

***

14. November

12 Sekunden, Hunderte im Verteiler, keine Antwort. Nur der einsame Satz „Lulu99 hat die Gruppe verlassen." Das war's.

Pat besuchte an diesem Samstag ihren Freund in der Flüchtlingsunterkunft. Es gab gerade wenig zu tun. Also diskutierte man das Thema der Stunde. „Keiner sagt was?" Sie schien etwas irritiert. Aber sie hatte auch eine Begründung parat: „Ich glaube, die meisten haben Angst.

Also, sie finden das lustig. Aber sie können sich nicht darüber lustig machen. Wegen Karsten."

„Klar. Das können sie nicht. Könnte was auf die Fresse geben. Außer Lulu99. Die war mutig." Tom versuchte erneut, ein Profil hinter Lulu zu finden, was natürlich nicht klappte.

„Naja, mutig. Keiner weiß, wer sie ist. Oder weißt du mehr."

„Nee. Keine Ahnung. Selbst schuld. Sie könnte berühmt werden."

„Wieso berühmt?"

Tom schaute seine Freundin ungläubig an. „Bekommst du gar nichts mit? Hast du mal die Klickzahlen gesehen? Das Ding geht gerade viral."

„Echt?" Pat checkte blitzschnell ihr Smartphone. „26.000? In drei Stunden? Ach du Kacke."

„Und gestern Abend lief das Ding sogar ohne Balken."

„Wie, ohne Balken?"

„Naja, so wie der Blatter gebaut ist. Nichts, was die Sicht versperrte. Dann wurde es offenbar gelöscht. Wahrscheinlich automatisch. Und jetzt mit Balken geht's viral."

„27.000. Ach du Kacke."

Rosenzweig

„Schwul." Ein Wort, das Daniela seit Stunden durch den Kopf geisterte. Ein Wort, das bei ihr niemals Probleme ausgelöst hatte. Bislang. Und jetzt? Jetzt war alles anders. Dieses eine Wort stellte ihr Leben auf den Kopf. Er liebte sie trotzdem, hatte er gesagt. Aber sollte sie das glauben? Und was bedeutet das? Für sie, für Michael und für die Zukunft mit den Kindern?

Sie hatte nie daran gedacht, dass es so sein könnte. Warum eigentlich? Schließlich passte jetzt alles zusammen. Seine fehlende Initiative,

seine nicht vorhandenen Vorlieben, seine nicht immer vom Erfolg ge-
krönten Bemühungen. Und sein Bedürfnis, ihr und nicht ihm selbst Befriedigung zu gönnen. Und sie hatte das genossen. Im Nachhinein kam
sie sich schäbig vor. Überflüssig. Belogen.

Dass ihr Mann sexuell stets einen Mann begehrte, während er mit
ihr schlief, verletzte sie. Sie mochte sich nicht vorstellen, was währenddessen in seinem Kopf passierte. Sie konnte ihn nicht mehr ertragen.
Nur wegen der Kinder und wegen des fehlenden Platzes hatte sie ihn
nicht des Schlafzimmers verwiesen. Stillschweigend waren die beiden
in den letzten zwei Tagen zu Bett gegangen. Ohne Worte, ohne Zärt-
lichkeit, ohne Kuss, Rücken an Rücken.

Daniela dachte an ihre Kinder, zwölf und neun Jahre alt. Sie dachte
an das bevorstehende Fest, an die Bar Mitzwa, zu der die Gäste bereits
eingeladen waren. Verwandte, Freunde und Menschen, die sie regelmäßig in der Synagoge trafen. Sie dachte an antisemitische Anfeindungen, die sie gemeinsam überstanden hatten. Sie dachte an den alten
Blatter und ihren Mann, der eine Anzeige verhindert hatte. Ihren
schwulen Mann, den offenbar ganz anderes beschäftigte.

Nur einmal hatten beide kürzlich zusammen gelacht – über ein 12-
sekündiges Video. Aber auch dabei sah sie ihm seine gequälte Miene
an.

Michaelis

‚Einmal auf Toilette – und schon steht meine …. meine – was auch
immer du bist – vor der Tür.' Der Satz hatte fünf Tage nachgehallt in
Elenas Kopf. ‚Meine was auch immer.' Das war deutlich. Für Dr. Bernd
Michaelis, dem Kanzler der Unterwelt eines hässlichen Zweckbaus,
war sie ein Nichts. Allenfalls ein Sex-Objekt. Nicht im Traum hatte
Bernd daran gedacht, seine Familie zu verlassen. Davon war Elena jetzt
überzeugt.

Wahrscheinlich war sie nur eine von Vielen und musste noch dankbar sein, dass sie ihm in einem Hotelzimmer wilde Wünsche erfüllen durfte und nicht auf einer Toilette im Keller einer ziemlich versifften Hochschule. Elena hatte keinen Zweifel daran, was vor fünf Tagen passiert war – unmittelbar bevor sie Bernd in seinem Büro getroffen hatte. Es war eindeutig und sie hätte es ihm gleich an den Kopf schmeißen sollen. Stattdessen war sie gegangen nach diesem unsäglichen Satz, bei dem die Wahrheit hochgequollen war wie Exkremente aus einem verstopften Lokus.

Es war das Ende einer abstoßenden Liaison. Anders ging es nicht. Aber es sollte sich wenigstens lohnen. Sie würde das nicht auf sich sitzen lassen. Ihr Schaden war groß genug. Alles würde sich zum Negativen ändern. ‚Aber nicht nur für mich‘, machten sich die Gedanken der verletzten Polin selbstständig. ‚Nicht nur für mich, Bernd Michaelis, Doktor der Scheiße und Kanzler am Abgrund.‘

Umarmungen

15. November

Franziska traute am frühen Sonntagabend ihren Augen kaum. Ihr Mann hatte sich das edle Stabfeuerzeug geschnappt und damit eine Kerze entzündet. Und noch eine. Dann ging er zur nächsten Fensterbank und sorgte für weiteres erhellendes Licht im jetzt romantisch anmutenden Wohnzimmer. Das hatte er noch nie getan. Das war besonders. Kerzen kaufte gewöhnlich sie, entzündete sie, löschte sie und entsorgte sie. Immer. Er hatte nie etwas dazu gesagt. Und nicht zuletzt deshalb hatte Franziska immer geglaubt, dass er die dadurch entstehende Stimmung eigentlich verachtete.

Während sie ihren attraktiven Mann mit seinen 51 Jahren beobachtete, wie er Atmosphäre schuf, die ihr gefiel, versank sie in Gedanken. Es war viel passiert in den letzten Wochen. Ihr Mann hatte sich ganz schön was aufgehalst mit dem Vorstandsposten im Verein. Dabei war sein Uni-Alltag immer stressiger geworden. Beides – Uni und Verein – hatten für zahlreiche Abendtermine gesorgt. Zweifellos war er seltener zu Hause. Und auch sie kam ja des Öfteren spät zurück. Sie war im Hotel-Management mittlerweile so weit aufgestiegen, dass sie Arbeiten ein- und verteilen konnte. Und sie sorgte dafür, möglichst häufig pünktlich zu Hause zu sein. Aber das klappte nicht immer.

Franzi hörte, wie Bernd eine Sektflasche öffnete. Sie erkannte das typische Plöppen der höheren Güteklasse. Es war ihr Lieblingssekt. Nicht dieses Ossi-Getränk, das hier gewöhnlich herumgereicht wurde. Nein, Franziska stand auf Qualität und sie spürte, dass sich jemand um sie kümmerte. Offenbar mit Empathie. Wahnsinn.

Ja, die Kinder waren in den letzten Wochen mehr allein gewesen. Und ein klein wenig hatte sie das Gefühl, den Überblick verloren zu haben. Am unkompliziertesten erschien ihr noch Konstantin, der nach ihrem Eindruck einfach nur funktionierte. Zumindest wenn er zwei Stunden am Tag zocken durfte. Dann war klar: Er strich auch mal über die Seiten seines Cellos und brachte fast ausnahmslos gute Noten nach Hause. Läuft beim Sohn.

Patrizia hingegen war das Problemkind der Familie, auch wenn die Probleme übersichtlicher Natur waren. Diesen Ausdruck ‚Problemkind' verwendete eigentlich nur ihr Mann. Franziska selber spürte, dass sie zu ihrer Mittleren eine innige Beziehung hatte. Großes Vertrauen, innige Liebe, Synapsen, die in ähnlicher Weise ihren Dienst tun und entsprechend ähnliche Gedanken erzeugen. Kurz gesagt: Franziska tickte fast genauso wie ihre Tochter Pat und ihr war das auch bewusst.

Natürlich gefiel es Franziska trotz dieser Seelenverwandtschaft nicht, dass sie sich ausgerechnet mit Tom Winkler traf. Der wohnte zwar jetzt etwas weiter weg, aber der offensichtlich gut funktionierenden Beziehung tat das keinen Abbruch. Franzi wehrte sich innerlich dagegen, diese kleine Liebschaft abzuwerten. Denn sie erlebte täglich, wie glücklich Pat war, wie tapfer sie ihren Alltag bestritt und wie sie mit ihrem Strahlen immer wieder für eine besondere Familienatmosphäre sorgte. Das alles legte Franzi gedanklich in die Waagschale. Und trotzdem war dieses Gefühl da, dass ihr Kind die Schicht, die ihre Eltern sich mühsam erarbeitet hatten, nach unten verlassen würde. Ein bisschen schämte sich Franziska für dieses Gefühl.

Und was war eigentlich mit Magdalena? Franzi versank noch tiefer in Gedanken. War ihre älteste Tochter glücklich? Das Mädchen, das ihr ganzes Leben lang Erfolg hatte? Schule, Sport, Musik, Freunde. Aber war das immer noch so? ‚Eher nicht', dachte Franziska. In Klasse elf auf dem Gymnasium brachte sie jetzt ab und zu eine einstellige Punktezahl nach Hause. Das hatte es früher im Notensystem nicht gegeben, da gab es weder Dreien noch Vieren.

Die zuletzt schwachen Ergebnisse hatte nur Franzi zu sehen bekommen und auch unterschrieben. Bernd wusste davon nichts. Für ihn würde eine Welt zusammenbrechen, wenn seine geliebte, älteste Tochter nach seinen Ansprüchen so versagte. Er stellte hohe Ansprüche und vergab viel Liebe. Wenn seine Ansprüche erfüllt wurden.

Die einstelligen Ergebnisse gingen daher an ihm vorbei. Bernd hatte ohnehin genug damit zu tun, die Niederlage in der Berliner Philharmonie vor einigen Wochen zu verarbeiten. Wie konnte das nur passieren? Das hatte er damals auch Maggi gefragt. Und sie hatte nichts gesagt. Und jetzt fiel es Franziska auf: Ihre älteste Tochter sagte öfter mal nichts. Einfach nur nichts.

Ein Geräusch erhellte ihre Miene. Franzi liebte es, wenn Bernd ihr Lieblingsgetränk teuer zischend und sanft plätschernd in die eleganten Sektflöten mit extrafeinem Schliff einfüllte. Und sie liebte es noch mehr, wenn er gläserne Untersetzer aus der Schublade holte, um den nagelneuen Vollholz-Tisch nicht zu gefährden. ‚Etwas spät‘, dachte sie angesichts der bereits stehenden Gläser, glücklich machte sie das trotzdem.

Überhaupt freute sich Franziska irgendwie und unerwartet auf den Sonntagabend mit ihrem Mann. Er hatte sich in den letzten Wochen immer mehr bemüht. Er hatte zu den Flüchtlingen eine differenzierte Position eingenommen, auch wenn die Sache mit der Vereinsfahne gehörig schiefgegangen war. Und er hatte sie massiert, gestreichelt, getröstet, wann immer sie es brauchte. Kuscheln war sonst nicht so sein Ding. Das hatte sich geändert.

Jetzt hatte er sogar feines Gebäck drapiert. Daneben zwei gefüllte Sektflöten, darin ihr Lieblingsgetränk. Kerzen, die einfühlsam leuchteten, und ein Mann, der vor ihr stand, als würde er darüber nachdenken, was er noch für sie tun könnte. Gut sah er aus. Mühe hatte er sich gegeben.

Sie lächelte ihn an und sagte das erste, was ihr einfiel: „Sag mal, warst du mir eigentlich immer treu?"

Kurzes Schweigen.

„Es tut mir leid, du bist nicht die einzige, die ich liebe." Sein Gesicht souverän, lächelnd, liebevoll. „Die drei da oben bekommen auch eine gehörige Portion ab." Der Zeigefinger seiner rechten Hand deutete Richtung Treppenhaus. „Aber heute machen wir es uns zum Ausklang des Wochenendes zu zweit gemütlich. Oder bist du da anderer Meinung?" Einmal Kanzler – immer Kanzler.

„Hm, nein. Aber sag mal, hast du noch irgendwelche Reaktionen bekommen?" Offenbar war Franzi angesichts ihres großen Vertrauens zu ihrem Mann mit seiner ausweichenden Antwort zufrieden.

„Reaktionen auf was?"

Franzi dachte kurz nach. Eine berechtigte Frage – es war viel passiert. „Naja, auf deinen Fernseh-Auftritt. Und vielleicht auch auf die Strip-Show von Karsten."

„Scheiß rbb. Nein, da kam nichts. Und Karsten: Schweigen im Walde. Niemand hat mich auf das Video angesprochen. Nicht einmal Karsten selbst. Krasses Ding. Unverschämtheit."

„Weißt du eigentlich, dass Geli einen Zusammenbruch hatte?"

„Wie, einen Zusammenbruch?"

„Naja, Alles unter Vorbehalt. Aber in der Frauengruppe gab es solche Andeutungen. Gesicherte Hinweise angeblich. Krankenwagen vor der Tür und so."

Bernd dachte kurz nach und entschied sich für Empörung. „Was für Idioten. Die Jugend, das Internet, soziale Netzwerke. Wissen die eigentlich, was die mit so was anrichten können?"

Kriechmann

Kerzen leuchteten auch im Hause Kriechmann. Und Augen leuchteten. Cheeseburger im November. Und das am Sonntagabend. Das gab's noch nie. Fast Food zum Abendessen. Das Leibgericht von Lukas. Aber der war nicht da. Bis 20.00 Uhr durfte er den Abend bei Damian verbringen. ‚Ob es da auch so was Leckeres gibt', dachte Emily. ‚Geil, Cheeseburger.' Sie ließ ihren Blick über den Tisch schweifen: Salat, Gurke, Tomate, Zwiebel, Hamburger-Soße, Käsescheiben, angeröstete Hamburger-Brötchen – die mit Sesam – und leckeres Rindfleisch. ‚Geil'. Und der Tisch war bereits gedeckt. ‚Richtig nice!'

Anja und André hatten sich in den letzten Tagen mehr unterhalten als Triebe ausgelebt. Sie hatten schließlich ein Problem zu lösen. Sie wollten Karsten Blatter zuvorkommen. Nur dann würden sie ihn endgültig fertigmachen können. Nur dann. Sein letzter Trumpf sollte ihm aus der Hand geschlagen werden. Heute Abend. Beim Cheeseburger-Essen zu dritt.

„Bekommt Lukas nichts davon ab?" Emily liebte ihren Bruder und sie war etwas besorgt.

Anja war dankbar für die Frage, ihr darin ausgedrücktes Einfühlungsvermögen und die Gesprächseröffnung überhaupt. „Mal sehen, was übrigbleibt.", sagte sie augenzwinkernd. „Ich glaube kaum, dass wir das alles zu dritt schaffen." Anja hatte ihren Burger bereits mit Beilagen belegt und fügte zum Abschluss eine brutzelnde Rindfleischscheibe darauf. Ihre Tochter war schon am Essen und der Genuss war erkennbar – an den leuchtenden Augen und an der Größe des Bisses.

„Apropos zu dritt." André war anzusehen, dass er sich jetzt mehr konzentrierte. Außerdem fielen ihm die Worte offensichtlich schwer. Er hatte seiner Frau versprochen, voll hinter ihr zu stehen und ihr das

Gespräch nicht alleine zu überlassen. Seine Rückendeckung sollte Emily von Beginn an spüren. „Wir wollen einfach mal was ohne Lukas besprechen."

Wieder machte André eine Pause, mit der er die Aufmerksamkeit seiner Tochter auf sich zog. „Schließlich bist du mittlerweile alt genug, um auch das eine oder andere zu erfahren, was dein Bruder nicht weiß. Oder noch nicht weiß."

Emily vergaß kurz, weiter zu kauen. Worte dieser Art waren ihr neu. Aber sie taten ihr gut und ihre Spannung stieg. Sie stopfte das Rindfleisch, das sich hinten samt Käse aus ihrem Cheeseburger zu entfernen drohte, mit der Hand zurück in die weichen Brötchenhälften. Ihre mit Ketchup und Burgersoße verschmierten Finger leckte sie einfach ab. Das war eigentlich gar nicht ihre Art – schon gar nicht vor ihren Eltern. Offenbar tat ihr das ‚mittlerweile alt genug sein' ziemlich gut. Und tatsächlich – es gab keinen Protest.

Stattdessen fühlte sich Anja nun verpflichtet, das Gespräch weiterzuführen. Sie wusste, dass nun kritische Worte bevorstanden und auch ihr merkte man Unsicherheit an: „Erstmal sollst du wissen, dass wir mit dir und Lukas zwei so tolle, wirklich großartige Kinder haben. Wir sind glücklich mit euch. Und wir sind auch glücklich miteinander – also André und ich."

Der erwähnte Ehemann fühlte sich verpflichtet zu ergänzen: „Auch wenn wir in den letzten Wochen vielleicht mehr gezofft haben als sonst, wir sind glücklich, diese Familie zu haben. Ich möchte dir ganz direkt sagen: Emily, du bist eine wunderbare Tochter."

Mit einem flutschigen Geräusch rutschte das Rindfleisch aus Emilys Burger und sorgte beim Aufprall auf dem Teller für kleine rötliche Flecken auf ihrem gelben Shirt. Niemand beschwerte sich. ‚Was soll ich denn dazu jetzt sagen?', dachte Emily. „Oh, wie schön. Aber echt jetzt?" Die 17-jährige Emily war offenbar überrascht, beeindruckt und gerührt.

„Vollkommen echt jetzt", reagierte Anja spontan. „Du bist ein großartiger Schatz, ein wunderbarer Bestandteil unserer Familie."

Spätestens jetzt war Emily klar, dass noch mehr kommen würde. Und ihre Mutter sollte sie nicht enttäuschen: „Du bist jetzt alt genug zu erfahren …", wiederholte sich Anja „also alt genug, um …"

„Bin ich auch adoptiert?", platzte es aus Emily heraus.

„Wäre das schlimm?", nutzte André die Gunst der Stunde.

„Nee, echt jetzt?"

„Erst meine Frage: Wäre das schlimm?"

Emily dachte nach. ‚Ein bisschen schlimm wäre es schon. Und komisch. Und überraschend. Aber richtig schlimm wäre anders.' „Ist ja krass … ja oder nein, also … richtig schlimm wäre das eigentlich nicht. Ich bin ja ich!"

‚Was für eine Vorlage.', dachte André. „Ja, genau. Du bist du!" Mehr fiel ihm für diesen Moment nicht ein – außer ein: „Genauso ist es." Er hielt es jetzt für angemessen, dass erneut Anja das Gespräch übernahm. Sie dachte genauso.

„Also, zunächst mal, du bist nicht adoptiert. Aber es ist ein bisschen ähnlich. Und es ist und war alleine mein Fehler." Anja holte tief Luft. „Du hast den besten Vater der Welt. André ist der beste Vater der Welt."

Jetzt merkte sie, wie ihr Mund trocken wurde. Davon, dass sie einmal Pressesprecherin war, war nichts zu merken. Sie wünschte sich in dem Moment, ihren Chef in der Bundespressekonferenz zu vertreten, und 100 bohrend fragende Journalisten säßen ihr gegenüber. Phoenix, ntv und N24 live dabei. Absolute Stresssituation. Damals löste sie die Situation bekanntermaßen und üblicherweise mit dem Satz „Den Ausführungen von Herrn Seibert habe ich nichts hinzuzufügen." Die Realität sah allerdings anders aus. Kein Steffen Seibert weit und breit und nicht die Möglichkeit, den Hauptstadtjournalisten nur die halbe Wahrheit zu erzählen. Jetzt ging es nur um eines: um die ganze Wahrheit. Ihr Mann schwieg.

„Aber ich habe mal vor vielen Jahren, ziemlich genau vor 16 Jahren, einen Fehler gemacht." Anja blickt ihre Tochter an, um Erkenntnisse zu gewinnen, inwieweit die Nachricht bei Emily angekommen war. Sie war es. Ihr Gesicht erstarrte. Das, was sie von ihrem Cheeseburger noch in den Händen hielt, legte sie apathisch halb auf und halb neben den Teller.

„Soll das heißen …" Sie sprach nicht weiter.

„Es ist lange her, Emily. Ja, das soll es heißen. Aber es bedeutet nichts."

Jetzt fühlte sich auch André wieder in der Lage, seine Frau zu unterstützen. „Du warst für mich immer so wie meine eigene Tochter. Und natürlich bist du meine Tochter. Ich habe nie einen Unterschied gemacht." Diese kleine Notlüge hatten Anja und André vorher verabredet. Denn schließlich wusste ja André all die Jahre von nichts.

Emily schluckte und sagte dann ziemlich gefasst: „Naja, Lukas ist ja adoptiert. So groß war der Unterschied für dich ja dann nicht."

Beide, André und Anja, waren ziemlich überrascht über diese Reaktion und wussten sie zunächst nicht einzuordnen. Aber André fing sich: „Das stimmt. Ja, das stimmt auf jeden Fall. Ich liebe euch beide, dich und Lukas, genau gleich und ganz doll."

Jeder der Drei hatte nun Mühe, seine Emotionen zu unterdrücken. Aber jeder spürte, dass dieser Moment, dieser große Moment, wohl ein guter Moment zu sein schien. Dieses Bewusstsein brach sich offenbar Bann, als erst einzelne, dann mehrere und letztlich unzählige und ungenierte Tränen über sechs Wangen kullerten, um sich zwischen Sesamkörnchen in weichen Brötchen einzunisten.

Dann sagte keiner etwas, bis Emily aufstand – mit einer weinerlich herausgepressten Frage: „Könnte mich mal jemand umarmen?"

***

Die Last, die Anja an diesem Abend vom Herzen fiel, war unbeschreiblich groß. Sie war stolz, nun endlich fast reinen Wein eingeschenkt zu haben. Und sie war stolz auf ihre Tochter, die phänomenal reagiert hatte. Lange hatten sich die drei noch in den Armen gelegen. Immer wieder hatten sie sich gegenseitig ihre Liebe beteuert. Es war ein großartiger, emotionaler Moment gewesen.

Natürlich musste sie auch noch heraus mit der Sprache, wer denn der leibliche Vater von Emily überhaupt war. Das tat nochmals weh – auch und vor allem ihrer Tochter. Aber es musste sein. Denn mit diesem Wissen war Emily geschützt und wusste nicht weniger als Karsten selbst. So konnte sie auf keinen Fall ein Opfer von ihm werden. Anja hatte gespürt, wie Emily schlucken musste, als sie den Namen ihres leiblichen Vaters hörte. Denn Karsten Blatter sah sie ja regelmäßig im Verein. Sie hatte kurz nachgedacht. Dann äußerte sie nur die eine Bitte, sie dort abzumelden.

Das passte Anja und André natürlich. Es hätte ganz anders kommen können. Er würde sie nicht mehr sehen, allenfalls zufällig. Seelische Wunden waren so bei ihrer Tochter nicht zu erwarten oder – angesichts der tollen Reaktion von Emily – zumindest in weiter Ferne.

Anja drehte sich zu ihrem Mann, der sich gerade auf das Bett gelegt hatte und mit zufriedener, aber immer noch von Emotionen geprägter Miene zur Decke starrte und schwieg. Sie hatte das Bedürfnis zu reden. „Das war großartig vorhin. Großartig von Emily. Und du warst meine Stütze. Ich fühle mich so befreit – das kannst du dir gar nicht vorstellen."

André drehte sich auf die Seite und nahm seine Frau in den Arm. Er spürte, wie seine Gesichtsmuskeln an Kraft verloren und wie seine Augen feucht wurden. Es war viel für ihn in den letzten Wochen. Die E-Mail nach dem Vaterschaftstest, das Geständnis seiner Frau, die gemeinsame Rache an Karsten und die Sorge, er würde Emily in seine Erpressung einbeziehen. Viel zu viel war das. Viel zu viele Probleme in seinem Kopf, wo jetzt eine angenehme und erleichternde Leere zu spüren war.

André ließ seinen Tränen freien Lauf. Er hatte nicht mehr die Kraft, sie zurückzuhalten und sein Weinen war unbändig. Er weinte in die Arme seiner Frau, in ihre vertraut und tröstend wirkenden Brüste, bis es keine Tränen mehr gab. Dann sah er sie an – sekundenlang, rückte an sie heran und nahm sie mit all seiner Kraft in seine Arme. Er spürte ihren Körper, ihre Wärme und ihre Liebe. Minutenlang verharrten die beiden so. Weit weg waren ihre Ängste, weit weg ihre Freunde, ihre Nachbarn, der Verein und die Beamtenkarriere. Ganz nah war die Familie. Und was ihnen in ihrer Zweisamkeit blieb, war dieses Gefühl, immer füreinander da zu sein. Sie hatten es geschafft. Sie wussten das, ohne dass es ausgesprochen wurde. Und sie waren in ihrer emotionalen Stimmung noch nicht einmal in der Lage, weitere Rachepläne zu schmieden. Es hätte nicht gepasst. Und doch wussten Beide, dass dieser Weg noch nicht zu Ende war.

***

‚Emily Kriechmann hat die Gruppe verlassen.'

Blatter

18. November

„Das hat mit den Ausländern zu tun." Gelis Gesicht war voller Verzweiflung.

„Du meinst die Asylanten? Meinst du, dass die das alles machen? Der Stein, das Video, dieses Zeichen?" Karsten witterte in den von seiner Frau ausgesprochenen Worten eine Chance.

„Nein. Quatsch." Sie sah ihn verständnislos an. „Die tun doch nichts. Die sind nur arm dran. Und sie sind nett – das sagen alle."

Karsten zog seine Stirn in Falten. ‚Doch keine Chance, die Schuld umzuleiten. Stattdessen dieses unsägliche Gutmenschen-Gelaber – und das aus dem Mund meiner Frau.' Aber Widerspruch musste sein: „Hast du schon wieder vergessen, was ein Syrer oder ein Araber – jedenfalls irgend so ein Kameltreiber – kürzlich in …"

„Hör damit auf! Bitte!" Geli schaute Karsten mit flehendem Blick an. „Hör auf damit. Unsere Syrer hier benehmen sich. Glaub doch den ganzen Scheiß nicht, der auf Social Media steht. Echt jetzt mal…"

Er sagte nichts, also kam sie nochmal zur Sache. „Das hat mit denen zu tun. Weil du immer gegen sie hetzt. Das gefällt hier einigen nicht. Damit hat es zu tun."

Karsten passte das nicht in den Kram. Aber er schonte seine Frau. Die hatte kürzlich immerhin einen Schwächeanfall gehabt. Sie sollte sich ausruhen. Er hatte vor ein paar Tagen den Krankenwagen gerufen. Es war aber halb so schlimm, hieß es. Seine Frau könnte sich zu Hause erholen, hatte der Sanitäter gesagt. Aber sie könnte Aufregung nicht gebrauchen. Also blieb Karsten ruhig. Und vor allem liebevoll. „Meinst du wirklich? Also ich bekomme vor allem Unterstützung mit meiner Kritik am Bürgermeister und seinen Asylentscheidungen."

„Das glaubst du. Weil du dich nur unter Deinesgleichen bewegst. Hast du mal die Kommentare unter dem Video gelesen?"

Karstens Blick verfinsterte sich. Ja, er hatte einige Kommentare gelesen. Und er hatte sie als feindselig empfunden. Und vor allem als erniedrigend. Er hatte es dann gelassen. Und jetzt schwieg er. Im Gegensatz zu seiner Frau: „So kann das nicht weitergehen, Schatz. Du musst was ändern. Du musst mit denen sprechen."

Karsten fühlte sich jetzt noch elender. Er wusste, was Geli meinte. Mit der Flüchtlingsinitiative sprechen. Ein Friedensangebot machen. Oder so was Ähnliches. Und er würde es tun. Er würde es für seine Geli tun. Er würde mit denen sprechen – so wie sie das wollte. Aber *denen* war gar nicht die Initiative. *Denen* waren andere – und die hießen Kriechmann. Davon ahnte seine geliebte und so naive Frau aber nichts. Und er hatte reichlich wenig Lust, bei den Kriechmanns mit weißer Flagge aufzulaufen.

Michaelis

19. November

Franziska gönnte sich den ersten Kaffee des Tages. Sie dachte dabei an ihren Mann und schüttelte liebevoll den Kopf. Er wollte damals unbedingt diesen sündhaft teuren One-Touch-Automaten haben, der in der Lage war, ein Herz in die abdeckende Kaffee-Creme zu zaubern. Niemand hatte ein solches Gerät, das vor Jahren mehr als 4.000 € gekostet hatte. Aber genau darauf war es Bernd angekommen.

Immer wenn Gäste da waren, hatte er den Barista gemacht, den One-Touch-Barista sozusagen. Wenn allerdings Kaffee-Varianten gewünscht wurden, dann musste er erst einige Knöpfe drücken – manchmal unter Zuhilfenahme der seitendicken, ausschließlich englischsprachigen Bedienungsanleitung. War das geschehen und der Gast hatte immer noch Lust auf einen Kaffee, erfolgte jeweils wieder sein Auftritt. „Schau mal, One-Touch", sagte er dann immer, wenn sich sein rechter Zeige-Finger auf den One-Touch-Screen zubewegte.

Anfangs hatte er sogar die Rechnung wie zufällig neben der verchromten Maschine liegen gelassen. Und wenn er auf den Preis angesprochen wurde, war er am Ziel angekommen. Dann folgte unter Wahrung eines möglichst neutralen Gesichtsausdrucks wie beiläufig der Satz: „Haben ist besser als Brauchen."

Franziska lächelte in sich hinein, während sie den Herz-Kaffee zum Küchentisch brachte. So war ihr Mann. Manchmal etwas speziell und übertrieben, aber so hatte sie ihn damals kennen und lieben gelernt. Und wenn sie ehrlich war: Sie liebte den Luxus, den sie sich trotz großer Familie leisten konnten.

Franzi kam selbst aus einer gut situierten Familie und es hatte nie an irgendetwas gemangelt. Immer die neueste Technik, Autos der Oberklasse und vor allem viele, teure Urlaube. Als sie in den letzten Jahren jeweils ihren Urlaub geplant hatte, musste sie ernsthaft darüber nachdenken, wo sie eigentlich noch nicht gewesen war. Irgendwie hatte sie schon alles gesehen. Aber natürlich hatte man immer noch Lücken entdeckt – fast ausschließlich auf der anderen Seite des Erdenballs.

So viele Morgen, an denen sie wie heute überwiegend lächelte, hatte es in den letzten Monaten nicht gegeben. Heute konnte sie es sich leisten, erst gegen 13.00 Uhr im Hotel zu sein. Sie genoss den Morgen allein. Ihr Kanzler frönte seiner Kanzlerschaft und ihre Kinder waren in der Schule. Franzi nippte am heißen Kaffee und versuchte dabei, das One-Touch-Herz nicht zu zerstören. Ihr gefiel das, weil es sie an ihren Mann erinnerte.

Der hatte sich in den letzten Wochen gefangen, war großzügig, tolerant und hilfsbereit. Jeden Wunsch schien er ihr von den Lippen abzulesen. Und er hatte ihr zugesichert, den Vorstandsposten beim Heimatverein aufzugeben. Sie hatte ihn nicht darum gebeten. Aber er hatte offenbar gespürt, dass ihr die fragwürdige Ausrichtung des Vereins an der Seite eines Karsten Blatter ein Dorn im Auge war.

In den Wochen zuvor hatten sich Bernd und Franziska schon etwas voneinander entfernt, was natürlich nicht nach außen drang. Die Probleme hatten sich zwischenzeitlich gehäuft. Da gab es Differenzen beim Umgang mit den Kindern, insbesondere was den Leistungsdruck anging, und die Ansprüche, die er an Noten und Erfolge stellte. Auch manche seiner Äußerungen zur Flüchtlingskrise missfielen ihr – einige fand sie gar unerträglich. Da hing der Haussegen doch gehörig schief bei den Michaelis'. Und das hatte Folgen für die Familienatmosphäre.

‚Und Außerdem …' Franziska dachte nach. ‚Wann hatten wir eigentlich zum letzten Mal Sex?' Sie dachte nach und spürte plötzlich, dass ihr etwas fehlte. ‚Das muss wohl im Sommer gewesen sein.' Darüber erschrak Franzi gehörig. Dann lächelte sie angesichts ihres zurzeit ziemlich erträglichen Ehemanns. Und sie schmiedete Pläne für das kommende Wochenende.

Keine 30 Minuten später entschloss sie sich, doch früher ins Hotel zu fahren. Das Haus war sauber, ihre Laune bestens und selbst der Briefträger lächelte, als er ihr kurz vor dem Einsteigen in den Mini Cooper im Vorbeigehen die Post in die Hand drückte. Sie legte die Briefe auf den Beifahrersitz und aktivierte am Autoradio ihren Lieblingssender, der überwiegend Oldies spielte, den Midlife-Crises-Tröster, wie ihre Kinder zu sagen pflegten. Sie startete den Wagen, um das Wohngebiet, das ihrer Familie eine so wunderbare Heimat gab, zu verlassen. Nicht einmal eine neu eingerichtete Baustellen-Ampel konnte ihre Laune vermiesen.

Franziska griff bei anhaltend rotem Signal auf den Beifahrersitz. Die Umschläge enthielten offensichtlich überwiegend Werbliches. Ein zweifelhaftes Kreditangebot war dabei und die Werbung für eine Zahnzusatzversicherung. Angesichts des abbezahlten Hauses und der privaten Krankenversicherung ihrer ganzen Familie war das aus ihrer Sicht der übliche überflüssige Werbe-Mist. Was blieb, war ein an sie adressierter Brief ohne Absender. Mit einer geschickten Bewegung öffnete sie den Umschlag, entnahm ein gefaltetes DINA4-Blatt, faltete es auf und sah nur diese fünf Worte, die ihr in XXL-Schriftgröße entgegensprangen.

‚Dein Mann fickt eine andere', las sie, während hinter ihr jemand hupte.

***

20. November

„Wir sind der festen Überzeugung, dass diese große historische Aufgabe, die Integration von Flüchtlingen in unserem Land, ..."

Neben dem üppigen Mann hinter dem Rednerpult und vor den drei großen Buchstaben C, S und U wirkt die 61-jährige Frau auf der Bühne wie ein Schulmädchen, das einmal mehr ihre Hausaufgaben nicht gemacht hatte.

„... dass äh auch die Zustimmung der Bevölkerung nicht auf Dauer zu haben sind, wenn wir nicht zu einer Obergrenze bei der Zuwanderung bei den Flüchtlingen kommen."

Die gut gefüllte Messe-Halle C1 in München Riem tobt mindestens so euphorisch, wie das Schulmädchen neben ihm brodelt. Die Parteien mit dem C im Namen sind sich einmal mehr uneins. Der Druck wächst.

Rosenzweig

21. November

„Wie stellst du dir das vor?" Danielas Blick war alles andere als versöhnlich, als sie sich am Tisch gegenübersaßen. „Wie soll das funktionieren? Und was sollen wir den Kindern sagen?"

Michael war klar, dass es eigentlich keine Lösung gab. Aber er suchte trotzdem eine. Eine Notlösung musste es doch geben. „Die Kinder würde ich da erstmal raus lassen. Aber ich verspreche dir: Wenn die Zeit gekommen ist, werde ich es ihnen sagen. Ich allein. Sie werden es verstehen."

Daniela stellte das zwar nicht zufrieden, aber sie wusste nur allzu gut, dass sie ihren neun- und zwölfjährigen Söhnen im Moment keinen schwulen Vater zumuten konnten. Das ging einfach nicht. Und überhaupt: Alles ging nicht. Die Nachbarschaft durfte dann auch nichts erfahren. Und die jüdische Gemeinde schon gar nicht. „Jaja ... wenn die Zeit gekommen ist. Wie lang hat es gedauert, bis die Zeit für mich gekommen war. Nicht einmal mir hast du all die Jahre was gesagt." Gleichzeitig spürte Daniela, dass die Vorwürfe gegenüber ihrem Mann alles nur schlimmer machten. Sie dachte kurz nach. „Ich weiß natürlich, wie schwer das für dich war. Oder ich ahne es zumindest." Ihr Blick wirkte jetzt liebevoller.

Michael erkannte das Aufhellen in ihren Augen. Er lächelte zurück – ein wenig. „Ja, es war sauschwer. Aber eingebrockt habe ich mir das selbst. Schöner Mist." Er registrierte bei ihr ein kleines Nicken und ein winziges Lächeln. Und er traute sich die Frau, mit der er seit 14 Jahren verheiratet war, zu fragen: „Darf ich dich in den Arm nehmen?"

Sie nickte, er stand auf, ging zu ihr, streckte die Arme aus, beugte sich zu ihr herunter und drückte sie. Dann gaben seine Knie nach, er ging in die Hocke, und legte seinen Kopf langsam in ihren Schoß. So verharrte er sekundenlang und genoss den Moment der Demut. Und er genoss ihr Streichen über seine Haare und den zarten Kuss auf die kleine unbehaarte Stelle an seinem Hinterkopf, über die sie sich früher immer lustig gemacht hatte.

Daniela und Michael hatten ihre kleine Chance genutzt. Sie waren sich nähergekommen und hatten sich vernünftig unterhalten. Das war beiden an diesem Abend klar. Sie hatten die Dinge in ihrem Leben sortiert, die zu sortieren waren. Dabei hatten ihre Kinder im Mittelpunkt gestanden. Das war beiden an diesem Nachmittag wichtig gewesen. Jakob und Aaron sollten es weiterhin guthaben. Und dazu war es notwendig, nichts zu verändern. Und körperliche Bedürfnisse hintenanzustellen. Das hatten die beiden zwar so nicht gesagt in ihrer Aussprache. Aber es schwebte stets unausgesprochen im Raum.

***

23. November

André war eine elegante Erscheinung. Und er passte in seinem Aufzug in die moderne Mitte Berlins. Das Regierungsviertel war aufgeräumt wie immer, das Grün zwischen dem Ministerium und dem Hauptbahnhof war trotz des fortgeschrittenen Herbstes noch üppig und gepflegt und der Schritt des aufstrebenden Ministerialbeamten war gradlinig und forsch.

Gerade jetzt im nachmittäglichen Berufsverkehr waren Personen wie André im Vorzeigebezirk Berlins keine Seltenheit. Weitaus die meisten Beschäftigten rund um den Bundestag waren mit öffentlichen Verkehrsmitteln unterwegs und durchmischten wie jeden Tag die ganz anders gekleidete Horde in- und ausländischer Touristen mit einer gewissen Ernsthaftigkeit.

Diese Ernsthaftigkeit war auch in Andrés Gesicht abzulesen, als er auf das weitgehend verglaste und immer noch neu erscheinende Gebäude des Hauptbahnhofs zuschritt. Noch vor wenigen Monaten hätte er gesagt: ‚Das hier ist meine Welt.‘ Und seine Frau hätte ihm zugestimmt. Aber die hatte längst Feierabend und war ohnehin auf der Karriereleiter in ungeplanter Richtung unterwegs.

Und wer genau hinschaute, der konnte in Andrés Gesicht mehr ablesen als nur politische Ernsthaftigkeit. Denn André freute sich auf Zuhause. Er freute sich auf seine Frau, bei der er noch nie zuvor so stark das Gefühl hatte, dass sie mit ihm an einem Strang zog. Und er freute sich darauf, mit der ganzen Familie – und es war seine Familie – essen zu gehen.

Ohnehin hatte er das Gefühl, etwas feiern zu müssen. Dieses Gefühl hielt bereits seit einer Woche an. Schließlich war es ein großer Schritt, den er gemeinsam mit seiner Frau gegangen war, und den Emily in einer bemerkenswert starken Reaktion einfach so mitging – das musste gefeiert werden. In der letzten Woche war kein Abend ohne zumindest ein kurzes Gespräch mit ihr vergangen. Das Bedürfnis, die große Tochter, die so viele Begabungen und Ziele im Leben hatte, einzufangen, konnte man den Eltern anmerken. Die wiederum waren sich dabei aber meistens vorgekommen, als trügen sie Eulen nach Athen. Emily hatte das alles nämlich weggesteckt – fast so, als hätte sie immer schon etwas geahnt.

André war aber nicht nur stolz auf seine Tochter, sondern auch stolz auf seine Frau. Die hatte Widerliches mitgemacht, wurde Opfer von schändlichen Verbrechen und war vor allem bereit, damit aufzuräumen. Und er selbst? Ja, André war auch ein wenig stolz auf sich. Nicht nur, weil er seiner Frau geholfen hatte. Nicht nur, weil er ihr verziehen hatte. Auch deshalb, weil sich bei seinen Gefühlen gegenüber seiner Tochter – und es war seine Tochter – nichts verändert hatte. Der Erzeuger war schließlich kein Konkurrent. Und niemand, auf den man eifersüchtig sein müsste. Der Erzeuger war einfach nur ein krimineller Drec.kerl.

„Einen schönen guten Nachmittag, Herr Kriechmann." Die Stimme war André bekannt. Sie traf ihn ins Mark, kurz bevor er wie fast jeden Tag um diese Zeit den gläsernen Eingangsbereich des Berliner Hauptbahnhofs durchqueren wollte. Er spürte, wie ihn die Worte und die Situation unvorbereitet trafen. Sein Blick ging nach links, wo niemand anderes stand, als der etwa zehn Zentimeter größere, muskulöse, aber doch verletzlich und farblos aussehende Karsten Blatter.

223

„Hallo." Mehr war als Antwort für den Moment nicht möglich.

„Na, Feierabend?" Karsten bemerkte, wie die Schritte von André langsamer wurden und er fast stehen blieb.

„Ja, aber was treibt dich hierher?"

„Was mich hierhertreibt? Das kann ich dir erklären. Du treibst mich hierher."

Mittlerweile hatte sich André auf die unbequeme Situation eingestellt und spürte, dass er sich stellen musste und auch konnte. Offenbar hatte Karsten ihn abgefangen. Wer weiß, wie lange er dort schon gestanden hatte – und wie oft?

„Das ist kein guter Zeitpunkt, Karsten. Ich bin nämlich auf dem Weg nach Hause, mein Zug fährt in fünf Minuten und ich habe noch einen Termin. Aber in aller Kürze: Was ist los?"

Was folgte war ein langer, prüfender, süffisanter, skeptischer und auch kritischer Blick des heute doch sehr blassen Herrn Majors. „Du weißt, dass ich was mit dir klären muss."

André wusste, dass es jetzt auf seine Antwort ankam. Und ihm fiel das Richtige ein: „Wie klären? Jetzt bin ich aber neugierig."

Karsten gefiel diese Reaktion überhaupt nicht. Für einen Bruchteil einer Sekunde war seinem Gesichtsausdruck ein gewisser Zweifel zu entnehmen, der aber sofort wieder verschwand. „Du weißt, André, dass wir was klären müssen." Karsten bemühte sich, einen ernsten und leicht drohenden Blick aufzusetzen. Es gelang ihm nicht. Er wirkte ganz im Gegenteil eher wie ein verzweifelter Bittsteller.

„Mensch, Karsten. Mein Zug fährt gleich. Was gibt es denn? Was gibt es zu klären? Ich hab's echt eilig." André war sich sicher, selbstbewusst zu wirken und möglicherweise sogar Zweifel zu wecken.

„Jetzt hör mal zu. Meine Frau ist mit den Nerven runter. Und ich hab die Schnauze voll. Was willst du eigentlich von mir? Was wollt ihr von mir? Ja, du willst jetzt nicht drüber reden. Kann ich verstehen. Aber ich bin hier, um das Ganze zu beenden. Und es fällt mir nicht leicht. Aber ich tue es wegen Geli. Das kann dir doch nicht egal sein, oder?"

„Also ich weiß wirklich nicht, …"

„Okay, sag mir einfach, was du willst. Du hast ja meine Nummer."

„Karsten, du sprichst in Rätseln. Verwechselst du nicht irgendwas? Aber ich muss jetzt wirklich gehen. Ich hab nur noch zwei Minuten." André ließ ihn nicht mehr zu Wort kommen, drehte sich Richtung Bahnhofseingang, stieß die Tür auf und verschwand mithilfe der nächsten Rolltreppe, ohne sich noch einmal umzuschauen.

Michaelis

24. November

Fünf Tage hatten gereicht. Sie hatten ausgereicht, um die Welt von Franziska Michaelis einmal mehr auf den Kopf zu stellen. Von der perfekten Familie, die sie nie aus den Augen verloren hatte, über sonderbare Anwandlungen ihres Mannes im Verein, über eine Kehrtwende mit Lieblings-Plöpp bis hin zu diesem Zettel. ‚Dein Mann fickt eine andere.'

Das ganze letzte Wochenende, an dem Bernd eine Tagung in Düsseldorf besucht hatte, hatte sie darüber gegrübelt. Wer hat das geschrieben und warum? Welche Absicht steckte dahinter? Und vor allem: Stimmte das? Franzi hatte Bernd kürzlich etwas flapsig die Frage gestellt, ob er ihr denn immer treu gewesen war. Aber sie konnte sich gar nicht mehr erinnern, was und wie er geantwortet hatte. Ja, er war ein Meister des Ausweichens. Das hatte sie mittlerweile mitbekommen. Er stellte den Fragenden zufrieden, ohne etwas zu sagen. Und wenn man nicht nachhakte …. ‚Heute werde ich nachhaken', dachte Franziska.

Ohnehin war ihre Skepsis in den letzten Tagen gewachsen. Am Samstag hatte sie sogar eine seiner Ex-Freundinnen angerufen, zu der sie beide seit Jahren keinen Kontakt mehr hatten. Schon bei Simones

Nachfrage hätte sie am Liebsten wieder aufgelegt. „Wie lange seid ihr jetzt verheiratet?", hatte sie gefragt. „Und jetzt rufst du mich an? Keine Ahnung. Klar, das passt. Das passt sogar sehr. Aber Menschen entwickeln sich ja. Wobei … Bernd …. naja."

Da war Franzi klargeworden, dass das keinen Sinn hatte. Simone hatte Bernd gehasst, nachdem er sie verlassen hatte – verlassen wegen einer gewissen Franziska. Die hatte mehr zu bieten. Und die hatte ihm imponiert – als baggernde Studierende – damals schon im Cabrio. Simone hatte in dieser Zeit nicht mithalten können. Und Bernd schätzte nun mal das Materielle. „Wusstest du eigentlich, dass wir verlobt waren?", hatte Simone sie noch gefragt. Franziska hatte es nicht gewusst – und das war demütigend.

Spätestens nach diesem peinlichen Telefonat war Franzi klar, dass Bernd in der Lage war, zu lügen und Vergangenes zu kaschieren, ohne dabei unglaubwürdig zu erscheinen. Ihr Kanzler halt. Plötzlich traute sie ihm zu, fremdzugehen oder – wie es auf dem Zettel stand – andere Frauen … und so weiter. Ja, das war ihm zuzutrauen. Schließlich hatte sie bei außergewöhnlichen Terminen nie nachgefragt, war ihm nie gefolgt und hatte nie auch nur im Traum daran gedacht, dass ausgerechnet Bernd das Bröckeln seiner Fassade riskieren würde. Aber genau jetzt traute sie es ihm zu.

Zusatzschichten in der Hochschule und im Verein – beides hatte zugenommen. Seit wann eigentlich? Franziska dachte nach. ‚Es ist noch gar nicht so lange her‘, dachte sie ‚Noch gar nicht so lange … ja, seit einem halben Jahr. Vielleicht etwas mehr. Seitdem war er abends recht häufig spät zu Hause.‘ Er hatte immer gesagt, dass er jetzt Leistung zeigen müsste. Ein Aufstieg in die W3-Besoldung sei möglich. Sie ließ ihn gewähren. Immerhin 900 Euro mehr, hatte sie damals recherchiert und für gut befunden. Franziska kannte schließlich ihre Schwachstelle.

In diesem Moment war ihr das W ihres Mannes aber reichlich egal. Sie spürte an diesem Dienstagabend, als Bernd mit Rainer und ohne Karsten eine Vorstandssitzung wahrnahm, dass sie Anlass hatte, skeptisch zu sein. Es passte einfach so viel zusammen. Aber was hatte sich vor 7 oder 8 Monaten verändert? Wer war SIE? Und die Zweifel daran, dass es SIE überhaupt gab, verflogen, obwohl Franziska sich innerlich mit Macht dagegenstemmte. Mit zitternden Händen griff sie *den* Zettel, nahm ihn mit nach oben, machte sich bettfertig. Und bevor sie sich zweifelnd in ihre Bettwäsche eingrub, drapierte sie die fünf Worte auf dem Kissen nebenan.

„Orbicularis oculi?"

Winkler

26. November

Drei Wochen waren vergangen. Drei Wochen hatte Udo allein im Haus verbracht. Drei Wochen hatte ihn niemand kontaktiert. Kein Anruf, keine Nachricht, sich wegdrehende Köpfe draußen im Ort und auch mal ein rasches Wechseln der Straßenseite, wenn ein bekanntes Gesicht in der Entfernung erkennbar war. Udo war allein. Er bereute es etwas, die Männer-Gruppe verlassen zu haben. Aber das wollte er jetzt auch nicht mehr rückgängig machen. Ehrensache.

Aber eines war ihm doch gelungen: Er hatte nach einer Woche den Kontakt zu seiner Frau gesucht. Und Verena hatte ihm sogar geantwortet. Es war ein oberflächlicher Kontakt gewesen, aber der hatte ihm gutgetan. Sie war noch da und er war ihr offenbar nicht egal. Sonst hätte sie ja nicht geantwortet. Vielleicht liebte sie ihn ja sogar noch. Vielleicht. Allerdings konnte sich Udo nicht daran erinnern, dass sie ihm das in den letzten Jahren mal gesagt hätte. Warum sollte sie sich ausgerechnet jetzt an ihre Liebe zu ihm erinnern? Nach all dem, was vorgefallen war? Ein wirklich schlechtes Gewissen hatte Udo wegen seiner verbalen Entgleisungen allerdings nicht. Er war sich zudem nicht sicher, was genau vorgefallen war und was genau er zu Verena gesagt hatte.

Auch seine sture Haltung zur finanziellen Lage hatte sich eigentlich nicht geändert. Zwar spitzte sich die Situation mehr und mehr zu und Udo musste sich mittlerweile Gedanken machen, wie er einer Zwangsräumung zuvorkommen könnte. Eines war klar: Zappelnd aus dem Haus getragen werden wollte er nicht. Aber der Traum, der für ihn geplatzt war, war einfach zu groß und zu tragend für sein Leben. Und genau das bewirkte seine Sturheit und verursachte sein Dilemma: entweder weiter um das Haus kämpfen und am Ende verlieren, oder das

Haus aufgeben und die Geschicke der Bank und der Zwangsversteigerung überlassen. Beide Ergebnisse waren für ihn nicht annehmbar. Denn bei beiden Ergebnissen stand am Ende ein Haus weniger. Das war sein Dilemma.

Was er Verena bei den mehrmaligen kurzen Messenger-Dialogen nicht mitgeteilt hatte, war die Zuspitzung seiner beruflichen Situation. Udo war nämlich seit vier Tagen in Kurzarbeit. Zu 100 Prozent. Saisonale Kurzarbeit – wie fast jedes Jahr. Nur diesmal war es früher losgegangen. Es hatte nicht jeden getroffen. Aber Udo war dabei. Er konnte damit rechnen, bis weit in das nächste Jahr hinein, nicht mehr beschäftigt zu werden und sich mit dem Kurzarbeitergeld begnügen zu müssen. Seine Einsamkeit hatte das noch verstärkt – von der finanziellen Situation ganz zu schweigen.

Udo öffnete ein Bier. Er war kein Trinker. Er hatte es allenfalls in den letzten Wochen mit dem Gerstensaft etwas übertrieben. Und für die letzten Tage galt das umso mehr. Er wurde dann meist zunächst melancholisch und erinnerte sich an früher. Damals, als sie in das Haus eingezogen waren, hatte er geglaubt, dass ein ausgefülltes und reichhaltiges Leben vor ihm stehen würde. Damals hatte er sich gekümmert, um den Garten, den Innenausbau des Hauses, seine Frau und vor allem seinen Sohn. Das hatte nachgelassen. Alles hatte nachgelassen, als sich die Situation verschärft hatte. In solchen Momenten wurde Udo immer traurig. Er hatte in den letzten Tagen manchmal geweint. Er war ja alleine. Da ging das. Und er hatte sich zu trösten gewusst: mit dem dritten, dem vierten und dem fünften Bier. Immer dann war es vorbei mit der Melancholie. Immer dann brach sich die Wut Bahn. Und er hätte nur allzu gerne jemanden angeschrien. Aber es war niemand da. Niemand, an dem er seine Aggressionen hätte abbauen können.

27. November

Auch heute war der Blumenstrauß wieder riesig, den Bernd mit nach Hause brachte. Am Mittwoch hatte er das getan, am Donnerstag und heute erneut. Und es schien, als hätte er täglich für die üppigen und farbenfrohen Gewächse noch mal zehn Euro draufgelegt. Er tat das, weil er wusste, dass Franziska zweifelte. An seiner Treue, an seiner Ehrlichkeit, an der Echtheit der Familien-Fassade und überhaupt an allem.

Bernd holte die letzte noch verfügbare Vase aus dem Schrank. Seit zwei Tagen wusste er, wo diese standen, wurden sie doch selten genutzt und in den letzten Jahren so gut wie nie mit Blumen befüllt, die er nach Hause gebracht hatte.

Franzi saß eng angeschmiegt neben Pat auf dem Sofa, als Bernd feststellte, dass der Strauß für die Vase zu groß war. Mutter und Tochter beobachteten ihn, wie er die Stilenden umständlich etwas kürzte und krampfhaft versuchte, gute Laune zu verbreiten. „Für dich, mein Schatz", rief Bernd beschwingt mit seinem Kanzler-Lächeln Richtung Sofa. „Für dich nur das Beste." Sein Lächeln war vergänglich, erreichte seinen Mund und die frisch polierten Zähne zwar, nicht aber die Augen.

Pat erhob sich demonstrativ vom Sofa und verließ den Raum. Bernds Lächeln wurde noch eine Portion künstlicher, als er vielsagend und mit pädagogischem Unterton kommentierte: „Auch weil du ihre Pubertät ständig aushalten musst."

Franziskas Gesichtsausdruck verfinsterte sich, während Bernd den Freitagsstrauß neben dem Donnerstagsstrauß drapierte. „Ihre Pubertät ist kein Problem." Sie blickte ihren Mann mit der gebotenen Ernsthaftigkeit an. „Du bist das Problem."

Bernd konzentrierte sich und spielte dann den Entsetzten. „Sag bloß, du glaubst immer noch …"

„Was soll ich glauben, Bernd? Soll ich glauben, dass du mir immer treu warst – so wie ich dir? Soll ich das wirklich glauben? Soll ich glauben, dass all die Abendtermine in der Uni wirklich stattgefunden haben?"

Bernd versuchte krampfhaft, beim Entsetzen seiner Gesichtszüge noch einen draufzulegen. „Ist das jetzt dein Ernst? Du weißt doch, dass ich drauf und dran bin, W3 zu bekommen. Das schaffe ich nicht nine to five. Da muss ich schon mal …"

„Hier stehen alle Hochschultermine der letzten Monate", sagte Franzi, während sie demonstrativ das Tablet aufklappte und mit schwungvoller Bewegung um 180 Grad drehte. „Wo sind denn die Termine, die so wichtig sind?"

„Ernsthaft jetzt?" Bernd klang höhnisch. Seiner Miene war das Entsetzen zugunsten einer vertrauten Überheblichkeit gewichen. „Schatz, wenn wir abends konzeptionell arbeiten, dann ist das doch kein Termin, den wir ins Internet schreiben. Ich bin doch der, der bestimmt, was auf unserer Terminseite steht und was nicht."

Franziska hasste es, wenn ihr Mann belehrend wurde – so wie jetzt. Sie hasste diese Überheblichkeit, sein falsches Lächeln, den gespielt-mitleidigen Blick und überhaupt alles an ihm. Sie erschrak selbst davor, dass sie in diesem Moment seine Stimme nicht mehr hören und seine Markenanzüge nicht mehr sehen konnte. Sie überkam plötzlich das Gefühl, mit einem grandiosen Schaumschläger verheiratet zu sein. Aber sie beherrschte sich, als sie vom Sofa aufstand, und sagte nur fünf Worte: „Ich. Glaube. Dir. Kein. Wort." Zwei Sekunden später stand Bernd allein in seinem mondänen Wohnzimmer, das von Tag zu Tag mehr einem Blumenladen ähnelte.

28. November

Kaum hatte Karsten das Brandenburg-Blatt in der Hand, fiel ihm die Schlagzeile auf Seite 1 ins Auge: Heimatverein sucht Kontakt zu syrischen Flüchtlingen. ‚Wo soll das denn gewesen sein?‘, dachte er noch, aber ihn beschlich sofort ein komisches Gefühl. Ziemlich hektisch nahm er die Zeitung mit zum Frühstückstisch, den er selbst gerade eingedeckt hatte. Für seine Geli. Und für sich. Aber für seine Frau hatte er jetzt kein Wort und kein Auge.

Karsten überflog die ersten beiden Absätze und wurde immer blasser. Er hatte das Gefühl, sich an der Tischkante festhalten zu müssen, denn der Artikel kannte keine Gnade – mit Worten wie diesen:

‚So wusste ein gut gelaunter Karsten Blatter zu berichten, dass die Nachbarschaft zu den Flüchtlingen und der Kontakt zur Flüchtlingsinitiative keine Wünsche offenließ. Blatter wörtlich: *Wie überall gab es auch bei uns zunächst Bedenken, als feststand, dass eine Traglufthalle für mehrere hundert Flüchtlinge errichtet werden sollte. Aber gerade die Nachbarschaft zu unserem Heimatverein hat es möglich gemacht, Vorurteile abzubauen und auch Freundschaften entstehen zu lassen.* Und Blatter ging noch einen Schritt weiter: Er kündigte für den dritten Adventssonntag einen gemeinsamen Weihnachtsmarkt an. *Jeder kann sich beteiligen*, so Blatter. *Der Erlös wird zu 100 Prozent der Initiative und damit den Flüchtlingen zugutekommen.‘*

„Alles klar bei dir?" Geli, die sich von den letzten Tagen gut erholt hatte, machte sich ernsthaft Sorgen. „Du bist so blass, mein Schatz."

Karsten lächelte verlegen. „Nee, ist schon alles klar", stotterte er, um sofort danach einzusehen, dass es keinen Sinn hatte, diesen Artikel seiner Frau zu verheimlichen. „Mal abgesehen davon. Lies einfach mal selbst. Erschrick dich aber nicht. Das alles hab ich nämlich nicht gesagt." Er reichte die Wochenzeitung über den Tisch und schnappte sich anschließend sein Smartphone.

‚31 Personen haben die Gruppe verlassen.'

‚6 Personen wollen in die Gruppe aufgenommen werden'

Michaelis

30. November

Schwestern, die sich liebten, die aber doch recht unterschiedlich waren – das waren Maggi und Pat. Aufgewachsen im Speckgürtel Berlins – dort, wo die Welt noch so richtig in Ordnung war. Das hatten sie jedenfalls ziemlich oft gehört. „Hier ist eure Heimat. Hier habe ich euch das Haus gebaut, das ihr eines Tages erben werdet." Diese Worte ihres Vaters waren in den letzten Jahren mehr als nur einmal gefallen. Und doch war die Entwicklung beider sehr unterschiedlich.

Magdalena, der ganze Stolz ihres Vaters, wollte immer nur gefallen. Ihrem Vater und auch ihrer Mutter. Vor knapp etwas mehr als 17 Jahren, als sie das Licht der Welt in der Berliner Charité erblickt hatte, war sie erdrückt worden von der Liebe ihrer Eltern. Das hatte sie all die Jahre gespürt – auch nachdem ihre Geschwister angekommen waren und die Familie komplettiert hatten. Aber dieses Gefühl, besonders geliebt zu werden, war geblieben. Dass dies mit Erwartungen verbunden war, das hatte sie erst als Jugendliche so richtig verinnerlicht: die Erwartung guter Noten, die Erwartung besonderer Leistungen an der Violine und die Erwartung, dass keinerlei Probleme entstünden.

Magdalena hatte immer alles im Griff gehabt. Die Noten, das Musizieren und das Wohlgefallen. Aber das hatte sich geändert. Das Abrutschen von einer sehr guten zu einer mittelmäßigen Schülerin machte ihr zu schaffen. Auch merkte sie in letzter Zeit vermehrt, dass ihr kleiner werdender Freundeskreis andere Einstellungen hatte. Da wurde auch mal über die Stränge geschlagen, da wurde getrickst und gelogen, wenn elterliche Regeln so umgangen werden konnten, und da wurde schon mal ein Streit provoziert. Magdalena wollte hingegen ihren Eltern gefallen und jetzt schaffte sie das nicht mehr. Nicht mehr vollständig jedenfalls. Das bedrückte sie.

Manchmal blickte sie sogar etwas neidisch auf ihre jüngere Schwester, die ihre eigenen Wege ging. Die sich traute, mit einem Jungen zusammen zu sein, der ihren Eltern nicht gefiel. Niemals hätte Maggi das gewagt. Immer dann, wenn sich ein Junge für sie interessiert hatte, war das an der Messlatte ihres Vaters gescheitert. Jedenfalls konnte sie nicht anders, als genau diese Messlatte an Wohlstand, Begabung, Anstand und soziokulturellem Hintergrund – so drückte sich ihr Vater gewöhnlich aus – anzulegen, wenn wieder einmal ein junger Mann an ihr herumbaggerte.

Ihre Schwester Patrizia war da ganz anders. So etwas interessierte sie nicht. Sie wusste zwar, dass ein Tom Winkler im Hause Michaelis und vor allem als ihr Freund alles andere als erwünscht war. Aber das war ihr egal. Die Abneigung ihres Vaters spürte sie zwar, aber seit der Bettdeckengeschichte vor drei Monaten beruhte das durchaus auf Gegenseitigkeit. Ihre negativen Gefühle gegenüber ihrem Vater hatten sich zudem verstärkt, als sie von seiner Affäre Wind bekommen hatte. Gerne hätte sie ihre Mutter, zu der sie ein inniges Verhältnis hatte, informiert. Aber das schaffte sie nicht. Auch Tom war der Meinung, dass dies keine gute Idee war. „Das wird schon wieder", war sein unbefriedigender Kommentar. Auch wenn er den alten Michaelis nur allzu gerne vorgeführt hätte.

Zudem war es Patrizia gelungen, sich emotional und politisch ein wenig abzusetzen. Sie wusste von der kritischen Haltung ihres Vaters gegenüber den Flüchtlingen. Er hatte sich in den letzten Monaten immer wieder kritisch zur Bundeskanzlerin geäußert. „Warum öffnet die einfach die Grenzen?", war immer wieder und in verschiedenen Variationen zu hören. Aber Pat wusste als Zehntklässlerin ganz genau, dass die Grenzen doch seit Jahren offenstanden. Kürzlich erst hatte sie ein Referat über Schengen gehalten. Und kurz danach hatte sie ihrem Vater widersprochen. Der Streit war eskaliert und die Gräben waren tiefer geworden.

Gut, dass Patrizia im siebten Himmel schwebte. Denn Tom war in der Lage alles aufzufangen, zu trösten und vor allem von seinen eigenen Flüchtlingserfahrungen zu berichten. „Die sind alle in Ordnung.", hatte er mal über die Syrer gesagt, mit denen er jede Woche zu tun hatte. Natürlich war nicht alles Gold, was glänzte. Dass er nur mit den syrischen Jungs zu tun hatte, war für ihn schon sonderbar. Die Mädchen in seinem Alter wahrten stets Abstand und er kannte die vom Kopftuch umrundeten Gesichter nur aus der Entfernung. „Die Jungs dürfen alles. Aber die Mädchen sind kaum draußen", hatte er mal gesagt. Das stimmte ihn manchmal traurig und er verstand das relativierende Gerede von einer anderen Kultur eigentlich überhaupt nicht.

Aber für ihn stand fest: Die Syrer waren dankbar. Sie respektierten ihn und die gesamte Flüchtlingsinitiative. Und in manch einem Gespräch mit Gleichaltrigen erfuhr er vieles über deren Schicksale: Bombeneinschläge, Tote in der Familie, Flucht und Vertreibung. Viele hatten ihr altes Leben im Krieg verloren und waren auf der Suche nach einem neuen. Und *ein* Bestandteil dieses neuen Lebens war er selbst. Das machte ihn stolz.

Als Pat nun an diesem Montagabend mit ihrer Schwester zusammensaß, war großes Vertrauen spürbar. Auf Maggis Seite dominierte das Bedürfnis, einfach nur zu reden. Und für Pat war die Frage wichtig, ob denn ihre große Schwester bereit war, etwas sehr Bedeutendes zu erfahren – etwas bedeutend Negatives.

Es war Maggi, die an diesem Tag die Gesprächsinitiative ergriff. „Aber ich will eigentlich nicht stören", sagte sie angesichts der konzentrierten Smartphone-Aktivitäten ihrer 15-jährigen Schwester, meinte aber genau das Gegenteil.

„No Problem." Pat tippte noch kurz zu Ende.

„Tom?"

„Ja, genau. Aber er ist gerade in der Traglufthalle. Hat zu tun."

„Wie gefällt es ihm eigentlich?" Maggi zeigte Interesse am Freund ihrer Schwester.

Pat schaute sie erst ungläubig an. Dann lächelte sie. „War nur kurz irritiert. Das fragt mich eigentlich sonst keiner." Sie brauchte einen Moment der Konzentration. „Ihm gefällt es sehr gut. Er sagt, dass er das gar nicht als Strafe empfindet, dort Sozialstunden abzuleisten. Ich glaube, die mögen ihn dort."

„Stimmt ja. Sozialstunden. Da war ja mal was …" Maggi lächelte vielsagend. „Sag mal, kifft er eigentlich noch?"

„Kannst ruhig fragen. Er kifft jetzt eher selten. Fast gar nicht mehr. Er sieht ja auch, wie die in der Halle leben. Von denen kifft keiner. Die sind auch voll streng mit Essen und Alkohol und so. Außerdem will er ja keine härtere Strafe. Jedenfalls hat er nur noch ein paar Reste, glaube ich."

Magdalena war sich unsicher, ob sie Pat das glauben sollte, aber eigentlich war ihr das auch nicht so wichtig. „Wie läuft's denn so bei euch?"

„Äh, wie meinst du jetzt?"

„Naja. Alles halt. Auch mit Daddy. Du weißt schon …"

„Dad ist mir egal. Wirklich scheißegal."

Das hörte sich für Maggi ziemlich krass und auch unwirklich an. Ihr Vater war ihr niemals egal. Niemals. „Wie egal? Der kann doch voll streng sein. Hast du keine Angst, wenn er dahinterkommt, dass ihr immer noch…"

Pat sah ihrer großen Schwester in die Augen. Sie musste kurz nachdenken, was sie jetzt sagen sollte. „Ich glaube, er weiß das. Aber er sagt nichts mehr dagegen. Zumindest nicht zu mir. Also direkt. Wir reden kaum. Außerdem sollte er erst mal sein eigenes Leben …" Pat hielt inne. „Ist ja auch egal."

„Wie, sein eigenes Leben? Sein Leben ist doch … es ist doch irgendwie perfekt."

„Soll ich dir mal was verraten?" Pat sah ihre Schwester vielsagend und fragend zugleich an und registrierte ihr Nicken. „Es ist aber ganz schön krass. Also krass für dich." Der fragende Blick blieb, das Nicken wiederholte sich – allerdings jetzt mit einem ängstlichen Ausdruck. „Es ist voll krass. Aber ich sag's dir: Unser Vater hat eine Freundin."

Jetzt war es kurz ganz ruhig. Nur ganz langsam bahnte sich der Inhalt dieser Aussage durch Maggis Gehirnareale – so als müssten erst Widerstände beseitigt werden. Dann blickte sie ihre Schwester an. Sie erkannte Ernsthaftigkeit und Gewissheit in ihrer Miene. Trotzdem entfuhr Maggi ein unsicheres „Quatsch", das jedoch durch Pats Kopfnicken sofort wieder in der Bedeutungslosigkeit verschwand. Schrecken machte sich in ihrem Gesicht breit und auch Erschütterung. Trotzdem klammerte sie sich an die Hoffnung, etwas falsch verstanden zu haben. „Wie meinst du das … eine Freundin?"

„Genau so. Eine Freundin. Er geht fremd."

Es folgte Maggis letztes Aufbäumen, um das Denkmal, das sie sich Zeit ihres Lebens aufgebaut hatte, doch nicht umstoßen zu müssen. „Quatsch. Kann ich mir nicht vorstellen. Niemals."

„Doch, es ist scheiße wahr. Ich hab schon seine Telefonate mitgehört. Seine Liebestelefonate mit Elena."

Diese Information war für Magdalena jetzt genauso konkret wie bitter. Elena, eine Freundin der Familie. Jeder mochte sie – auch Maggi. Sie wurde blass und schluckte, was eine konkrete Nachfrage verhinderte. Aber eigentlich war alles konkret genug und Pat war weder eine Lügnerin noch eine Wichtigtuerin. Pat stand stets im Leben. Und das Leben war gnadenlos. Gerne hätte Maggi widersprochen. Sie spürte jedoch, dass es sinnlos war.

„Kann aber auch sein, dass es jetzt vorbei ist. Sie hatten nämlich Streit."

Magdalena hob ihren Kopf und sah ihre Schwester lange in die Augen. Dann sagte sie mit leiser Stimme: „Das macht es auch nicht gerade besser." Sie sah dabei richtig traurig aus.

3. Dezember

Viermal hatte sein Handy in den letzten Tagen einen Anruf von Karsten angezeigt. Und viermal hatte Bernd abgelehnt. Dann folgte meist eine kurze Nachricht an Karsten – irgendetwas mit viel zu tun, beruflich eingespannt oder geht im Moment leider überhaupt nicht. Er hatte einfach keine Lust gehabt, mit Karsten zu sprechen und ihm zu sagen, dass er seine Vorstandstätigkeit aufgeben würde. Das würde Karsten nicht gefallen.

Jetzt klingelte Bernds Handy zum fünften Mal – in der Mittagspause, die er in der Nähe der Hochschule allein verbrachte. Er ließ es dreimal klingeln, dachte kurz nach, dann drückte er auf grün. „Hallo Karsten, sorry – es ging wirklich überhaupt nicht in den letzten Tagen."

„Bernd, na endlich, du kannst dir doch denken ..."

„Es tut mir wirklich leid, Karsten. Ich kann mir alles denken nach dem Artikel am Wochenende. Sauerei. Gut, dass du mir geschrieben hast. Aber dass du das nicht veranlasst hast, war mir eigentlich klar."

„Natürlich nicht. Da hat uns jemand übel mitgespielt. Und glaub mir, das geht mir nahe. Und Geli erst recht."

„Kann ich mir vorstellen. Da ist ja auch in der Gruppe einiges los… so viele, die sich verpiss…, also die Gruppe verlassen."

„Sprich's ruhig aus, Bernd. Verpissen. Die verpissen sich. Es ist nämlich nicht nur die Gruppe. Es gibt auch Vereinsaustritte ohne Ende – fast 40. Wenn du mich fragst: Ich hab kein Bock mehr."

„Kann ich mir vorstellen, Karsten."

„Und da sind wir auch schon bei der Sache, Bernd. Warum ich dich anrufe. Du bist ja mein Stellvertreter. Klar, Rainer auch, okay. Aber du weißt ja. Der ist nicht wirklich geeignet, mich zu vertreten."

„Wie jetzt?" Einen Moment war es still in der Leitung.

„Ich höre auf, Bernd. Es geht nicht mehr. Bin am Ende meiner Kraft – auch wenn ich vielleicht nicht so aussehe. Aber das zehrt alles. Glaub mir. Und Geli hab ich versprochen aufzuhören."

Wieder entstand eine längere Pause. Erst dann antwortete Bernd. „Jetzt willst du aufhören?"

„Ja, sofort. Sorry. Geht nicht mehr."

„Aber was machen wir mit dem Weihnachtsmarkt dann?"

„Deshalb rufe ich dich an: Da bist du ohnehin viel glaubwürdiger als ich."

„Wie, ich soll das jetzt…?"

„Ja, Rainer kann ich das Ding schlecht anvertrauen. Du weißt ja."

Bernd dachte nach und entschloss sich, mit der Wahrheit herauszurücken.

„Ich will dir mal eines sagen, Karsten. Auch ich habe meiner Frau etwas versprochen." Mehrere Sekunden sagte niemand etwas. „Ich habe ihr versprochen, im Heimatverein aufzuhören. Sofort aufzuhören."

Jetzt war die Pause etwas länger und Bernd wartete geduldig auf Karstens Reaktion, die dann auch kam: „Das geht nicht, Bernd."

„Wieso das denn nicht?"

„Einfach so aufhören? Da macht die Satzung nicht mit."

Blatter

6. Dezember

Um 17.30 Uhr traute Geli Blatter nach dem Öffnen der Haustür ihren Augen kaum. Vor ihrer Gartenpforte stand, wie an diesem Tag nicht anders zu vermuten, der Nikolaus. Oder wohl doch eher ein Student, der sich zu einem kinderlosen Grundstück verlaufen hatte. Auch trug er nicht wirklich ein Nikolauskostüm, sondern den üblichen Weihnachtsmann-Einheitsbrei. Aber egal. Geli lächelte. Nachdem dieses Wochenende ruhig und vor allem ohne die üblichen Vorfälle verlaufen war, fühlte sie sich am heutigen Nikolausabend entspannt. Der Tag hatte schon gut angefangen, morgens hatte sie sogar etwas im Stiefel gehabt: ein Erholungsbad. Das konnte sie zurzeit wahrlich gut gebrauchen.

„Bist du sicher, lieber Nikolaus, dass du dich nicht verlaufen hast?"

„Wenn du öffnest diese Tür, kann ich es erzählen dir."

Also doch nicht verlaufen? Noch eine Überraschung von Karsten? Der war gerade oben und hatte auf das Klingeln nicht reagiert. Ganz gezielt? ‚Bestimmt steckt mein Mann dahinter. Wie wunderbar. So etwas wünsche ich mir seit Jahren. Dass der Nikolaus unser Haus mal nicht auslässt.'

„Da bin ich aber gespannt, lieber Nikolaus." Geli ließ ihn vertrauensvoll hinein.

„Wenn das ist das Blatter-Haus, pack ich meinen Beutel aus."

„Ja, das ist das Blatter-Haus. Dann pack mal deinen Beutel aus." Geli grinste innerlich. Was für Reime!

Der Mann in dem roten Mantel mit dem weißen Bart, der ständig verrutschte, hatte tatsächlich einen kleinen Beutel mit. In den passte gerade mal *ein* kleines Geschenk. Das lag flugs auf dem Tisch – und der dazugehörige Reim blieb nicht aus: „Wenn du öffnest diesen Kasten, fallen von dir alle Lasten."

„Dann werde ich das mal tun." Geli war klar, dass allenfalls eine Botschaft oder ein Gutschein darin verborgen sein konnte. Gekonnt öffnete sie das Kästchen. Ein klitzekleiner Umschlag mit aufgeklebten Weihnachtsmotiven lag darin. Geli war sich jetzt sicher, dass es eine Überraschung ihres Mannes sein musste. Nach all dem Stress.

‚Ob er jetzt von irgendwo aus filmt?' Sie sah sich kurz um. Nichts Auffälliges. Aber ihr gefiel das. Sie nahm den Umschlag und packte ihn aus. Nach all den Reimen und der Vorfreude konnte sie gar nicht anders, als das Geschriebene selbst laut vorzulesen: „Zur dritten Kerze bei dem Feste, machst du daraus das Allerbeste. Lade Menschen groß und klein in heimatliche Räume ein."

Geli zögerte. Langsam schwand ihr Lächeln. Die dritte Kerze, der dritte Advent, der Zeitungsartikel vor einer Woche. Sie blickte den Nikolaus, so gut das möglich war, ins Gesicht. Der übernahm jetzt wieder das Wort und reimte munter weiter.

„Weigerst du zu tun das Gute, werd ich dir zeigen meine R…" Weiter kam er nicht. Wie aus dem Nichts tauchte Karsten auf und streckte den reimenden Nikolaus kurzerhand mit einem gekonnten Faustschlag nieder. Der schlecht kostümierte Gottesvertreter knallte gegen die Wand hinter ihm und ging zu Boden. Sofort tropfte Blut aus der Nase und auf den weißen Bart, der ihm jetzt endgültig aus dem Gesicht gerutscht war. Seine Augen zeigten Entsetzen und Angst.

Karsten kochte vor Wut. Ihm war sofort klar, dass er die Beherrschung verloren und sich damit angreifbar gemacht hatte, aber das war ihm egal. „Wer hat dich beauftragt?", schrie er den kaum 20-Jährigen an, der sich als Nikolaus Zugang in sein Haus verschafft hatte. Karsten packte den am Boden Sitzenden am Kragen des roten Plüsch-Mantels. „Wer hat dich beauftragt?"

Dar verängstigte junge und weitgehend entkostümierte Mann brauchte einen Moment. Dann sagte er: „Es war äh… Rubi15 oder so ähnlich…"

„Wer? Sag's mir jetzt und verarsch mich nicht, Junge."

Die Drohung war deutlich, die Auskunft allerdings nicht. „Rubi15 – es war eine Internet-Buchung."

***

7. Dezember

„Was willst du von mir? Willst du Geld? Warum zerstörst du meine Ehe? Warum meine Familie? Warum tust du das meinen Kindern an?"

Elena und Bernd standen sich heute mal wieder gegenüber – nicht im Kanzler-Keller, sondern auf der viel belebten Müllerstraße. Er hatte das veranlasst. Und er hatte deshalb an diesem Montag extra früh Feierabend gemacht und war nach Wedding gefahren – pünktlich zu Elenas Dienstschluss.

Aber sie bereute sofort, zugesagt zu haben, als ausgerechnet er sie mit Vorwürfen überhäufte. Sie hielt dagegen: „Du hast so einen Knall. Bist so ein Egoist. Vielleicht schicke ich euch demnächst keine Zettel mehr, sondern stehe vor eurer Tür. Pass auf, du selbstverliebtes Arschloch." Sie drehte ab und ließ ihn auf der belebten Einkaufsstraße stehen.

Er schnappte nach Luft und schaute sich um. Menschen, die die Szenerie irritiert und kritisch beobachtet hatten – fast alle mit Migrationshintergrund. Braune und braun-schwarze Augen, die ihn anstarrten. Das wirkte auf ihn bedrohlich. ‚Was für ein Pack', dachte er, war aber vor allem froh, dass er niemanden kannte. Den vielen Blicken, die ihn trafen, zum Trotz ging er Elena hinterher. Er musste das jetzt regeln.

Und er wusste, dass er das konnte. Er hatte Geld, er hatte Charme, er sah gut aus und er war der Kanzler. „Elly" rief er ihr hinterher. „Ich muss dir noch was sagen." Es hörte sich ein wenig kleinlaut an.

Erst nach etwa hundert Metern hatte er sie eingeholt. Schließlich musste er ihr möglichst unauffällig folgen. Wer weiß, wie diese Menschen sonst reagieren würden, die die Straße bevölkerten und sich in Sprachen austauschten, die er nicht verstand. „Verpiss dich, du Idiot", hieß Elena ihn willkommen.

„Es tut mir leid, Elly." Bernd spürte, dass viel auf dem Spiel stand. Irgendwie sogar alles. Also wählte er jetzt den Weg der Demut. „Es tut mir leid."

„Was tut dir leid?"

„Alles tut mir leid. Dass du dir Hoffnungen gemacht hast. Dass ich so unsicher war. Dass ich nicht immer ehrlich war. Alles halt."

Elena war überrascht, aber unbeeindruckt. „Aha, der Kanzler zeigt Reue. Und jetzt?"

Bernd dachte kurz nach. „Wir sollten nicht alles kaputtmachen. Es war doch nicht alles schlecht. Es war vieles großartig. Findest du nicht auch?"

„Was soll ich dazu sagen, Bernd? Dass du im Bett ein Hengst bist? Dass du mich glücklich machst? Was soll ich dazu sagen?"

Bernd schaute sich etwas verunsichert um – wenige Menschen, keine bekannten Gesichter. Gott sei Dank! „Lass uns das Ganze doch niveauvoll beenden. Wir sind erwachsen. Wir sind intelligent. Wir sehen gut aus. Du siehst gut aus. Du bist jung. Dir liegt die Welt zu Füßen. Wir sollten uns nicht gegenseitig alles kaputtmachen."

„Aha, der Herr sieht, wie seine Fassade bröckelt. Er will das Ganze niveauvoll beenden." Dann fragte sie lakonisch: „Wie wäre es mit einem Abschlussfick?"

Dieses Wort hätte Bernd nie ausgesprochen. Aber offenbar – so schoss es ihm durch seinen Kanzler-Kopf – zeigte sein Auftritt Wirkung. Er dachte an die wunderbaren Worte, die er immer von ihr hörte – begehrend vor dem Sex, laut stöhnend dabei und voller Superlative danach. Er hatte Eindruck hinterlassen.

„Viel besser. Ein Essen im Sterne-Restaurant, den besten Sex der Welt in unserem Lieblingshotel und dann ein leiser Abschiedskuss und ewiges Schweigen."

„Sag mal, was glaubst du …?"

„Nein, nein, das war noch nicht alles. Ich weiß wohl, dass dein Schweigen teuer ist. Sagen wir 5.000 Euro. Die werden im Hotel auf dem Nachttisch liegen. Vor dem besten Sex der Welt gehören sie noch mir. Und danach dir. Gib zu, da kannst du nicht Nein sagen."

Elly blieb stehen. Hatte sie richtig gehört? Natürlich hatte sie richtig gehört. Sie griff in Richtung Bernds Brust und stieß ihn mit der flachen Hand von sich weg. Dann drehte sie sich zur Seite, wo eine Gruppe junger, südländisch aussehender Männer stand. „Der Mann belästigt mich. Könnt ihr mir bitte helfen?" Dann ging sie forschen Schrittes weiter.

Kriechmann

8. Dezember

Nachdem Emily und Lukas zu Bett gegangen waren, öffnete André genüsslich eine Flasche Wein. „Ich wäre so gerne dabei gewesen", sagte er, als er zwei riesige Rotweingläser zu etwa einem Fünftel befüllte.

„War bestimmt lustig." Anja lächelte ihren Mann an, aber um ihre Mundwinkel herum war auch etwas Ernstes zu erkennen. „So ganz ohne war's aber nicht." Sie hatte etwas Angst, ihrem Mann die Laune zu verderben. „NikoXmas95 hat ganz schön was abbekommen."

„Stimmt. Das ist echt blöd gelaufen. Aber dass Karsten so ausgerastet ist, hat auch etwas Gutes."

„Der ist so hohl. Meine Güte, wenn ich daran denke, dass ich …"

„Nicht jetzt, Schatz. Ich hab dem Nikolaus auch das Dreifache überwiesen. Wie er es verlangt hat. Der ist froh darüber und wirklich etwas passiert ist ihm ja auch nicht."

„Meinst du, der kann unsere Spur nachverfolgen?"

„Das wird er nicht tun. Er hat gut verdient, da haben wir keine Konsequenzen zu befürchten. Und wie gesagt: Etwas Ernsthaftes passiert ist ihm ja offenbar auch nicht."

„Und Karsten wäre echt ziemlich blöd, wenn er es versuchen würde. Ich meine, blöd ist er ja. Aber so blöd?"

„Niemals macht er das. Er hat so viel mehr zu verlieren als wir."

Anja tat der Gedanke gut, ihren Peiniger fest unter Kontrolle zu haben. Niemals hätte sie gedacht, dass dieses Gefühl, Macht über Karsten Blatter zu haben, ein so großes sein würde. Aber sie hatte noch ein anderes Gefühl. Sie war nämlich irgendwie quitt mit ihm. Sie hatte ihn gequält und an den Rand der Verzweiflung gebracht. In seinem Leben war vieles am Einstürzen. Und in seinem Heimatverein deuteten die Wortbeiträge in sozialen Netzwerken darauf hin, dass ihn niemand mehr ernst nahm.

Also sagte sie das, was sie dachte: „Ist das jetzt vielleicht genug? Ich hab irgendwie das Gefühl, es reicht." Sie sah ihren Mann fragend an, der ihr mittlerweile das Glas Rotwein gereicht und neben ihr Platz genommen hatte.

Der gab den Blick zurück und stieß mit ihr an. Es war ein bedeutungsvoller Klang und es war ein teures Tröpfchen. „Wenn du das so willst, dann war's das. Ich habe dir versprochen, ihn fertig zu machen. Und wann er fertig ist – und wann du mit ihm fertig bist, das bestimmst alleine du."

Sie lächelte, stieß mit André noch einmal an und nahm einen Schluck
– so wie er. „Das war's", sagte sie. „Wenn der dritte Advent so läuft wie
geplant, dann war's das."

„Genau so", war seine Antwort. „Genau so machen wir das."

Der Kuss, der jetzt folgte, war ganz anders als zuletzt. Er schmeckte
zarter. Weniger nach Rache. Eher nach ganz früher. Und dieses Kribbeln war wieder da. Bei Anja und André.

Michaelis

10. Dezember

Franziska griff zum Handy und begann zu tippen.

‚Liebe Freunde'

Die Nachricht erreichte die ganze Gruppe. Sie erreichte Verena
Winkler und ihren Mann Udo, die mittlerweile in getrennten Wohnun-
gen lebten. Sie erreichte Anja und André, die seit Wochen niemanden
mehr aus der Gruppe gesprochen hatten. Sie erreichte Michael und Daniela, die sich einander fremd fühlten. Sie erreichte ihren Mann Bernd,
mit dem sie nichts mehr verband und den sie auch nicht eingeweiht
hatte. Und sie erreichte Elena, die monatelang mit ihrem Mann ein Verhältnis hatte und die täglich überlegte, Franzi darüber aufzuklären.

*‚Uns verbindet viel und ich denke dabei an so viele tolle Feiern und Ur-
laube, bei denen wir so richtig zusammengewachsen sind. Ich möchte keine
Minute mit euch missen. Ihr seid die Besten.*

*Trotzdem habe ich das Bedürfnis, meinen 50. Geburtstag alleine und im
familiären Kreis zu feiern. Bitte ignoriert also einfach die Einladung zum 15.
Januar. Es ist ein besonderer Tag und für den habe ich besondere Ideen. Nehmt
es mir nicht übel und seid voller Vorfreude auf den Januar 2017. Dann werde
ich es wieder richtig krachen lassen. Natürlich mit euch – mit wem auch sonst.*

Fühlt euch gedrückt von eurer

Franzi'

Vor dem Absenden dachte Franziska noch kurz nach. Würde die Enttäuschung groß sein? Dann nahm sie ihren Mut zusammen und drückte auf ‚Senden' – ohne zu ahnen, welche Erleichterung sie damit auslösen würde.

***

13. Dezember

‚Wer hätte es machen sollen?', dachte Bernd. ‚Wer?' Also machte er es. Er war derjenige, der den Weihnachtsmarkt organisiert hatte. Er war derjenige, der den Kontakt zur ziemlich überrumpelten Flüchtlingsinitiative geknüpft hatte. Natürlich hatte er dabei seine privaten Kontakte zur Führungsriege der Initiative genutzt – einschließlich der Mitglieder seines Freundeskreises, die sich dort engagierten. Nur Elena war nicht mit dabei, was manchen wunderte, ihn jedoch nicht.

Aber wer hätte es machen sollen? Karsten konnte man vergessen. Er hatte seinen Heimatverein offensichtlich aufgegeben. Das war Bernd zwar schleierhaft, denn so kannte er Karsten nicht. Die Widerstände wären wohl überwindbar gewesen. Aber dass ihn dieser Zeitungsartikel, in dem Karsten falsch zitiert wurde, letztlich offenbar jegliche Motivation geraubt hatte, das fand Bernd übertrieben. Es erschien aber so, als wollte sich Karsten zwar zurückziehen, aber diesen Weihnachtsmarkt um jeden Preis durchziehen. Warum eigentlich? Fair ihm gegenüber war das jedenfalls nicht.

Zumal es zu Bernd keine Alternative gab. Denn Rainer wäre alles andere als geeignet gewesen. Er war seit Wochen ausschließlich dadurch aufgefallen, dass er sich über die Flüchtlinge, über Frau Merkel und alle sogenannten Gutmenschen aufregte und sich lustig machte. Dabei hatte er auch Grenzen überschritten. Natürlich hätte er niemals mit den Flüchtlingen zusammen einen Weihnachtsmarkt auf die Beine gestellt. Im Gegenteil: Als sich herausgestellt hatte, dass diese

Veranstaltung tatsächlich stattfinden sollte, war er aus dem Verein ausgetreten – Satzung hin oder her. Ein Vorstand existierte also eigentlich gar nicht mehr.

Bernd hatte sich schließlich breitschlagen lassen. Er war ja gerade noch Vorstand, wobei er bei seiner Frau im Wort stand, damit aufzuhören. Das musste er zwar nicht mehr sonderlich ernst nehmen, zumal sich Franziska in den letzten Tagen immer mehr von ihm distanziert hatte. Aber aus genau diesem Grund hatte Bernd eine neue Taktik: Er hatte noch immer die Hoffnung, sie zurückzugewinnen – möglicherweise auch durch ein erfolgreiches Andocken des Vereins bei der Flüchtlingsinitiative, durch eine Kehrtwendung, bei der er die Hauptrolle spielen sollte. Das war seine Motivation, an diesem 13. Dezember 2015 – immerhin bei Plus-Temperaturen – hinter einem der 15 Stände zu stehen.

Jedenfalls war Beachtliches zustande gekommen. Die Flüchtlingskinder hatten Bilder gemalt und ausgestellt. Auf einigen war sogar das Jesuskind in der Krippe zu sehen. Die Erwachsenen boten syrische Spezialitäten an, die den Hunger stillen und Geld in die Kasse der Initiative spülen sollten. Auch einige Gruppen des Heimatsvereins waren aktiv geworden. Der Rentner-Stammtisch versorgte die Gäste, die ziemlich zahlreich gekommen waren, mit Bratwurst und Bier. An insgesamt fünf Ständen wurde Glühwein ausgeschenkt. Und die Kreativgruppe des Vereins war für den Gesamtaufbau, insbesondere für die Dekoration, verantwortlich. Der Weihnachtsmarkt 2015, zustande gekommen durch einen Zeitungsartikel, dem eine nicht vorhandene Kooperation zwischen Heimatverein und Flüchtlingsinitiative zugrunde lag, wurde so zum Erfolg.

Dieser Erfolg war auch Bernd zu verdanken, der im Vorfeld starkes Engagement gezeigt hatte. Dabei hatte er auch Kontakt zu Tom und damit Gelegenheit, Vorurteile abzubauen. Ob das gelungen war, war nicht erkennbar. In jedem Fall hatte er sich zusammengerissen – auch für Pat. Und vor allem für Franziska. Und seine Familie. Und damit letztendlich für sich selbst. Der ungeliebte Weihnachtsmarkt sollte den fest zugezogenen Knoten seines komplizierten Privatlebens lösen – das war des Kanzlers Plan.

Als der Abbau zu später Stunde bewältigt war, nahm sich Bernd ein Bier aus einem halbleeren Kasten, öffnete es mit seinem Taschenmesser und nahm einen zufriedenen Schluck. Und noch einen. Ein Fiasko, wie der Weihnachtsmarkt zustande gekommen war – und dann dieser Erfolg. ‚Ich habe aus Scheiße Gold gemacht‘, dachte er zufrieden. ‚Aus richtiger Scheiße richtiges Gold.‘ Er nahm noch einen noch zufriedeneren Schluck. ‚Wäre doch gelacht, wenn ich das nicht auch im wirklichen Leben könnte‘ kreisten seine Gedanken um seine Frau, seine Familie, sein Haus und sein Ansehen. ‚Das wäre doch gelacht‘. Während seine Gedanken immer enger wurden und schließlich nur noch um sich selbst kreisten, schlugen drei oder vier rohe Eier direkt neben ihm ein. Andere landeten am Eingang der Traglufthalle – begleitet von Rufen wie „Scheiß-Asylanten“, „Moslem-Pack“ und „Verräter“. Dann waren rasche Schritte zu hören, die sich in die Dunkelheit verkrochen.

***

16. Dezember

Es war ruhig und beschaulich geworden in der havelländischen Gemeinde. Die Adventszeit verbreitete zwar ihren glitzernden Charme, aber Menschen begegnete man kaum – allenfalls wenn die um diese Jahreszeit üblichen Besorgungen gemacht wurden. Der Weihnachtsmarkt galt zumindest medial als Erfolg, hatte aber in den nächsten Tagen keine große Rolle mehr in den Köpfen der Menschen gespielt.

Auch der Anschlag mit den rohen Eiern hatte keine hohen Wellen geschlagen. Zwar hatten zwei oder drei Mitglieder der Flüchtlingsinitiative darauf bestanden, die Polizei einzubeziehen, die hatte es aber bei einer Tatortbesichtigung belassen. So schien es zumindest. Es gab Wichtigeres im Land und durchaus größere Probleme mit der Integration der Kriegsflüchtlinge in anderen Städten, Gemeinden und Bundesländern.

Gleichwohl war spürbar, dass die Stille im Ort nicht nur auf die bevorstehenden Tage der Besinnung hindeutete. Sie war auch stumme Zeugin des Bruchs, der durch die Bevölkerung ging. Das Wechseln der Straßenseite mit anschließendem Winken von drüben samt obligatorischem Lächeln stand höher im Kurs als das aufeinander Zugehen und der persönliche Austausch.

Nicht mal die oberflächlichen Themen, die rund um Konsum und Festmahlzubereitung eigentlich hätten Konjunktur haben sollen, kamen zur Geltung. Nein, man mied das Gespräch und hatte Angst, Stellung zu beziehen. ‚Warum sich positionieren? Das birgt doch die Gefahr, am Ende auf der falschen Seite zu stehen.' Die Köpfe vieler Menschen machten sich offenbar selbstständig, die Taktik gewann und die Persönlichkeit ging. Was blieb, war der fehlende Austausch. Es gab zwei Seiten, die nicht mehr redeten. Winken und Lächeln in der Vorweihnachtszeit – das musste genügen.

Im Heimatverein wurde dieser Bruch besonders deutlich. Die einen eher etablierten Mitglieder hatten endlich mal wieder Oberwasser und lobten die integrative Leistung der Gemeinde und auch des Vereins angesichts des letzten Wochenendes. Was für ein wunderbarer Weihnachtsmarkt! Welch ein Erfolg! Die anderen fühlten sich plötzlich unter lauter Gutmenschen und strebten danach, die so verhasste Spezies wieder in den Hintergrund zu drängen. Faule Eier hatten sie geworfen – es hätten Steine sein sollen, mindestens. Ein Riss im Verein. Im Ort. Im

Land. Ein Riss, der schwieg. Und der jeden das Konsumfest einzeln vorbereiten ließ. Beim Einkauf. Mit Winken an der Kasse. Und stets mit einem Lächeln um die teuer gepflegten Lippen, das den Orbit rund um die Augen aber noch nicht einmal ansatzweise erreichte.

Michaelis

23. Dezember

Auch eine Woche später ruhten im größten Verein der Gemeinde alle Aktivitäten und die Gruppen hatten Pause. Weder das Basteln der Kinder noch der Rentner-Stammtisch, die Pfadfinder- oder Sportkurse waren aktiv. Das ging aber nicht auf die Führungslosigkeit des Heimatsvereins zurück, sondern vielmehr auf die Weihnachtspause, die – lang angekündigt – seit Montag für ein besinnliches Durchatmen sorgen sollte.

Gleichwohl war nahezu allen Mitgliedern klar, dass etwas nicht stimmte. Zuletzt waren Veranstaltungen und Kurse ausgefallen, was die Gerüchteküche zusätzlich anheizte. Dass keines der Vorstandsmitglieder seine Arbeit fortsetzen wollte, war mittlerweile an die Basis durchgesickert und wurde in den sozialen Netzwerken heftig diskutiert. Und schließlich meldete sich auch Karsten Blatter im Namen des gesamten Vorstandes mit einer Nachricht an alle Mitglieder: Der Vorstand sei aus unterschiedlichen Gründen zurückgetreten. Dadurch schlugen die Emotionen noch höhere Wellen und die Austritte häuften sich. Schon in den vergangenen Wochen waren Mitgliedsbeiträge einfach nicht mehr bezahlt worden, ohne dass sich jemand darum kümmerte.

Letztlich war es Bernd Michaelis, der die Social-Media-Aktivitäten durch Auflösung der jeweiligen Gruppe einfach beendete, die Homepage abschaltete und vor Ort am Vereinsgebäude einen kleinen In-fobrief anheftete, auf dem ohne Angabe von Gründen die vorüberge-hende Schließung offiziell gemacht wurde.

Jugendgruppenleiter, Trainer, Praktikanten und andere Mitarbeiter, die allesamt keine absichernden Verträge hatten, wurden separat infor-miert. Sie bräuchten vorübergehend nicht mehr zu kommen, war die etwas holprige und aus der Not geborene Formulierung, die sich der Kanzler hierfür ausgedacht hatte. Anschließend schrieb er seine eigene Kündigung und bezog die gesamte Familie mit ein. Das Schreiben steckte er in den überfüllten Vereinsbriefkasten, den er selbst zu leeren aber nicht mehr bereit war. Damit hatte er einen Tag vor Heiligabend, dem Fest der Familie und der Harmonie, ein unrühmliches Kapitel in seinem jetzt so komplizierten Leben abgeschlossen.

„Feierliche" Tage und das „frohe" Neue

24. Dezember

Der Kirchgang gehörte an diesem Tag einfach dazu. Das war jedes Jahr so. Die einen besuchten einen Gottesdienst in Berlin, die anderen in der evangelischen Kirche vor Ort und wiederum andere, die sich mit der katholischen Kirche mehr oder weniger verbunden fühlten, im römisch-katholischen Gotteshaus des Nachbarorts. Dorthin zog es traditionell die katholisch verwurzelte Elena mit Damian, Anja und André Kriechmann mit ihren Kindern und auch die fünfköpfige Familie des Kanzlers. Traditionell schienen die Michaelis einmal mehr die erste Reihe für sich reserviert zu haben, während Kriechmanns und die polnische Kleinfamilie im Mittelteil des für havelländische Verhältnisse recht großen Kirchenschiffs kaum zu sehen waren.

Franziska ärgerte sich, dass ihr Mann – bedingt durch sehr frühzeitiges Erscheinen – einmal mehr zielgerichtet die Pool-Position im romanisch anmutenden Gotteshaus eingenommen hatte und sich selber am Mittelgang positionierte. Musste das denn sein? Immerhin sorgte sie dafür, selbst größtmöglichen Abstand zu ihrem Mann zu wahren. Geschickt manövrierte sie ihre Kinder, die schick gekleidete Magdalena mit konzentriert-traurigem Blick, eine genervte Patrizia und den 13-jährige Konstantin – ebenfalls genervt, aber auch aufgeregt – neben ihren Mann, um selbst außen in der Reihe Platz zu nehmen. „Ich verspreche dir, es ist das letzte Mal, dass du teilnehmen musst", flüsterte sie ihrem Sohn zu. Konstantin machte nämlich – einigermaßen gegen seinen Willen – beim Krippenspiel mit. Er war das älteste Kind der Gruppe, einen Kopf größer als die anderen, die die mühsame Quartiersuche der Heiligen Familie nachspielen sollte. Große Lust hatte er nicht gehabt, aber er hatte sich gefügt. Immerhin war ihm die Rolle des

Josefs zugeteilt worden. Angefangen hatte er vor Jahren einmal als Ochse.

Konstantin nickte und seine Unterlippe zuckte etwas nervös. „Das möchte ich schriftlich haben", sagte er halb ironisch und halb ernst zu seiner Mutter, die jetzt den Rest ihrer Familie von der Seite in Augenschein nahm. Pat hatte die Mundwinkel ziemlich heruntergezogen und offensichtlich nicht die geringste Lust, sich in heiligen Räumen als perfekte Familie zu inszenieren. Maggi war wie immer die gute Tochter, aber glücklich sah sie nicht aus – das erkannte Franziska sofort.

Und dann war da noch ihr Mann. Bernd hatte seinen besten Anzug an, darüber einen sündhaft teuren Mantel. Er war perfekt frisiert, rückstandslos rasiert und schien mit dem die Gemeinde begrüßenden Pfarrer lächelnd zu kommunizieren, als sei er jede Woche hier. Zum Gebet waren seine Hände so sorgfältig gefaltet wie wahrscheinlich bei keinem Zweiten, der sich gerade zur Christmette in der weihnachtlich geschmückten Kirche befand. Sein Gesicht war in diesen Momenten, in denen Franziska von ihrem Außenplatz aus einen Blick erhaschen konnte, vor Frömmigkeit nicht zu überbieten.

In Franzi machte sich ein Gefühl breit, das sie lange nicht mehr hatte und erst einmal selbst interpretieren musste. Wie fand sie das Verhalten ihres Mannes? Als dieser ein perfekt-aufgesetztes Kreuzzeichen hinlegte, dachte sie an den Zettel, der ihr kürzlich per Post zugestellt wurde – inklusive des F-Wortes, das sie angesichts der Christmette sofort wieder aus ihrem Kopf verbannte. Genau jetzt konnte sie auch ihr Gefühl interpretieren: Franziska verspürte Ekel gegenüber ihrem Mann. Alles war falsch an ihm. Wirklich alles. Es war der Moment, als sie beschloss, ihn endgültig zu verlassen.

Beim Krippenspiel stellte sich Konstantin gut an und es war für jedermann offensichtlich, dass er die Gruppe führte. Diese bestand zunächst nur aus ihm und seiner schwangeren Frau Maria, gespielt von einem etwa zehnjährigen Mädchen, mit der er dem Evangelisten Lukas zufolge auf der Suche nach einer Herberge war. Doch wo sie auch klopften, so gab es die Weihnachtsgeschichte vor, nirgendwo waren sie willkommen. Niemand war bereit, das junge Paar aufzunehmen.

Es war der Moment, an dem Franziska an die vielen jungen Menschen in der Traglufthalle dachte. Die Syrer, die aus ihrer Heimat vertrieben wurden in der Hoffnung auf ein besseres Leben. Die ablehnende Haltung, die sie in Teilen der Bevölkerung bis in die eigene Familie hinein spürte, spiegelte sich im Krippenspiel wider. „Geht weiter, wir haben kein Zimmer frei." „Versucht es woanders – nicht bei uns." „Könnt ihr das Zimmer überhaupt bezahlen?" „Haut ab, geht dahin, wo ihr hergekommen seid."

Gar nicht so unähnlich war die Stimmung im Ort. Franzi dachte daran, dass auch ihr Mann über Wochen dabei eine tragende Rolle gespielt hatte. Sie schielte zu ihm herüber. Steife Haltung, Frömmigkeit, stolz ob der Hauptrolle seines Sohnes. Das war ihr Mann. Ekelhaft.

***

26. Dezember

Zwei Tage waren vorüber. Zwei Tage – geprägt von Verwandtenbesuchen und reichlich Essen – lagen hinter den Kriechmanns, den Michaelis, den Rosenzweigs, den Winklers und auch hinter Elena. Der nächste Tag war ein Sonntag – ein Tag der Erholung. Ein Tag, an dem alles wieder auf null gestellt werden sollte.

Bei Udo Winkler war das aber nicht so. Allein im großen Haus schaltete er um 23.00 Uhr das Licht aus. Zu Weihnachten hatte ihn seine Familie besucht. Die Gans hatte er vorbereitet. Er allein. Es hatte allen geschmeckt. Und es gab Geschenke – von Verena und auch von Tom. Er dagegen hatte als Geschenk für das leibliche Wohl gesorgt – und nach zwei Stunden am ersten Weihnachtsfeiertag war alles wieder vorbei.

Jetzt dachte Udo, was ihm immer schon schwergefallen war, an die Zukunft. Ihm war klar, dass er das Haus Anfang Januar würde verlassen müssen. Ihm war klar, dass das mit der Wohnungssuche nicht einfach werden würde. Aber er hatte seinen Arbeitsvertrag als Beleg seiner Liquidität schon herausgekramt und beschlossen, sich darum zu kümmern. Über Kurzarbeitergeld stand da ja nichts drin. Seine Familie, die sich in der neuen Wohnung langsam heimisch fühlte, war da schon einen Schritt weiter.

Michaelis hatten das volle Programm absolviert – Omas und Opas waren vierfach vor Ort, die Kinderzimmer wurden für sie geräumt und jede Ecke des großzügigen Hauses wurde genutzt. Nichts zu merken war von einer Krise – das wollte man den älteren Herrschaften nicht zumuten, nicht zu Weihnachten.

Familie Rosenzweig hatte sich gefangen. Das Weihnachtsfest hatte für sie ja keine Bedeutung, aber die freien Tage wurden genossen. Verwandte waren nur kurzzeitig da, dafür gab es Platz für Gesellschaftsspiele im Familienkreis. Das harmonierte und wies den Weg in eine möglicherweise doch gemeinsame Zukunft – wie auch immer die funktionieren sollte. Gesprochen wurde darüber nicht – zu frisch waren die Wunden und zu sehr war die Stimmung zwischenzeitlich gekippt. Jetzt wurde gespielt und nicht gestritten. Und das war gut so.

Elena hatte ihre polnische Familie zu Besuch, die sogar bis Sonntag blieb. Man hatte gemeinsam tatsächlich an jedem der drei Weihnachtstage einen Gottesdienst besucht und Elena war es nur mit Mühen gelungen, ihre Eltern am Sonntag zum Ausschlafen zu überreden. Dafür gab's am Samstagabend jede Menge Wodka und gute Laune. Elena war es so gelungen, für einige Stunden ihre Sorgen, Gefühle und Rachegelüste zu vergessen. Es machte einfach keinen Sinn, alles offen zu legen, dachte sie nach dem fünften Wodka und kippte den sechsten hinterher.

Und sie war selbst gespannt, wie sie am nächsten Tag darüber denken würde.

Ausgeladen hatten hingegen Anja und André alle Verwandten von nah und fern. Weihnachten für die Kinder und für sich selbst stand auf dem Programm. Zu viel war passiert in den letzten Monaten. Und zu aufwendig war es gewesen, alle Wunden wieder zu kitten. Aber es war gelungen. Spätestens nach dem dritten Adventssonntag, als der Heimatverein – wenn auch nicht in Persona Blatter – sein Versprechen eingelöst hatte, war alles im Lot. Für Anja und André, für Tochter Emily, die nach wie vor mit ihren neuen genetischen Erkenntnissen gut zurechtkam, und für Lukas war es ein Weihnachten nach ihrem Geschmack: Filme schauen, Spielen mit der ganzen Familie, gut essen und sich sonst um gar nichts kümmern. Es passte einfach alles.

***

31. Dezember

Im Jahr 2015 wurden insgesamt mehr als 1.000 Angriffe auf Asylunterkünfte gezählt. In Deutschland. In 90 der Fälle wurde Feuer gelegt. In Deutschland. Die Zahl der Gewalttaten lag sechsmal so hoch wie im Vorjahr. In Deutschland.

***

1. Januar 2016

Pressemitteilung der Kölner Polizei zur Silvesternacht um 8.59 Uhr: ‚Ausgelassene Stimmung. Feiern weitgehend friedlich. Polizei gut aufgestellt.‘

Das klassische Beschönigen der aktuellen Lage, die Nutzung von Sprachregelungen und die Selbstbelobigung von Institutionen gehören nicht nur im politischen Berlin zum Alltagsgeschäft. Aber sie können sich zum Bumerang entwickeln.

3. Januar

Es war die gewöhnlich gewordene Flucht: Die Flucht der Kinder. Pat und Tino nach draußen, wo sie bei Freund und Freunden Ablenkung fanden. Magdalena nach oben, wo sie sich immer mehr und nahezu die gesamten Weihnachtsferien aufhielt. Denn es ging wieder los. Beim sonntäglichen Mittagessen. Immer wenn Bernd und Franziska vom Schweigen abließen und das Familienoberhaupt aufstand, um das gekippte Fenster der offenen Küche zu schließen, dann ging es wieder los. Zunächst ein wenig.

Richtig los ging es dann Sekunden später, als der Nachwuchs – den Nachtisch verachtend – sein sicheres Umfeld aufgesucht hatte. Dann fielen nämlich – neben der so hart antrainierten Selbstbeherrschung – die akademischen Gepflogenheiten und das Niveau verabschiedete sich im freien Fall nach unten. Respekt voreinander war schon lange nicht mehr da. Nicht bei Franziska und nicht bei Bernd.

„Du bist so ein Lügner. Frag mal deine Ex! Frag mal Simone! Deine Ex-Verlobte. Ich hätte damals auf sie hören sollen."

„Bist du bescheuert? Ex-Verlobte? Wer hat dir denn ins Hirn geschissen?"

„Du lügst, wenn du den Mund aufmachst. Und das Schlimmste ist: Vor den Kindern spielst du den Moralischen. Setzt sie psychisch unter Druck, wenn mal was nicht perfekt läuft. Machst sie nieder, wenn dir was am Partner nicht gefällt. Und was machst du? Ich sag dir mal was: Pat hat tausendmal mehr Moral als du."

„Jetzt bist du völlig am Arsch. Du willst, dass sie beim Drogendealer bleibt. Ist das dein Ernst? Willst du billig an Stoff kommen? Willst du deiner eigenen Tochter nicht mehr sagen, was gut und was schlecht ist?"

„Es ist nicht zu fassen. Da fickt sich einer durch die Gegend und möchte anderen vorschreiben, was gut und was schlecht ist. Du bist wirklich das allerletzte."

Es war der Moment, der den Kanzler sprachlos machte. Für einige Sekunden. Ihre Aussage machte aber klar: Jetzt musste er sie nicht mehr schonen. Es gab keinen Weg mehr zurück. Zu gewaltig war die Fassade gebröckelt. Da konnte man sie auch ganz einreißen. Außerdem gehörte das letzte, emotionale Wort dem Oberhaupt der Familie oder was von ihm übriggeblieben war.

Also wurden sechs Ohren, die eigenen, die seiner Frau und die im ersten Stock, Zeuge eines kompletten verbalen Kontrollverlustes von Dr. Bernd Michaelis, dem Kanzler: „Was willst du überhaupt, du frigides Etwas. Kneifst die Beine zu, wann immer ich was möchte. Und jetzt redest du vom Ficken, ohne zu wissen, was das ist. Ficken können andere – besser als du sind sie alle. Und in Polen fickt man besonders gut."

„Bist du besoffen?"

„Nee. Ich bin ein Mann. Frag mal bei Elena nach, wie man es einem wie mir besorgt."

Franziskas Augen bohrten sich über den Esstisch hinweg in die ihres verhassten Mannes. Der markierte den Überheblichen und sorgte mit vier Worten dafür, dass das Fass endgültig überlief. „Da staunst du, Schätzchen."

Seine Frau brauchte fünf Sekunden, um sich zu fangen. Dann stand sie auf und ging um den Tisch auf ihren Kanzler zu. Sie baute sich vor ihrem Mann auf, der unbeeindruckt und lässig sitzen blieb. Ihre folgenden Worte waren gut überlegt und der Ernst in Franziskas Gesicht ließ keine Zweifel zu: „Jetzt hör mir genau zu." Sie schaute auf die Uhr. „Es ist jetzt 13.18 Uhr. Ich gebe dir genau eine Stunde. Bis 14.18 Uhr hast du diese Schwelle..." Sie deutete Richtung Haustür und wurde mit der

Stimme immer lauter. „...mit deinen Koffern überschritten und lässt dich hier nie mehr blicken. Hast du verstanden?"

Seine Antwort war zunächst ein höhnisches Lachen – gekünstelt und laut. Überheblich war dann sein Ton: „Mach dich nicht lächerlich, Liebling. Du stehst ja noch nicht mal im Grundbu..."

Ausreden ließ sie ihn nicht. Mit den geschrienen Worten „Verpiss dich, du Arschloch!" stieß sie ihn mit beiden Händen und großer Wucht gegen den Brustkorb, so dass sein Stuhl nach hinten kippte und sich seine höhnische in eine entsetzte Fratze verwandelte. In einem Reflex ergriff er das sonntägliche Tischtuch, bevor er alles mitreißend nach hinten kippte und mit dem Kopf auf dem hochwertigen Parkett aufschlug.

Fast schon symbolisch sah Franziska die Scherben ihrer Familie vor sich: die Scherben der Gedecke und Schalen, die Soße weiträumig verteilt, die restlichen Klöße drum herum, der angeschnittene Braten zwischen des Kanzlers Beinen und das Silberbesteck auf etwa zehn Quadratmeter verstreut. Bernd hielt sich seinen Hinterkopf, schaute seine Frau an und war sich nicht zu schade, noch einen Versuch zu wagen. „Lass uns drüber reden, Schatz ..."

„Ver.Piss.Dich!" Angesichts ihrer Lautstärke und Eindringlichkeit spielte es jetzt keine Rolle mehr, ob das Küchenfenster gekippt war oder nicht. „Ver.Piss.Dich!", legte sie nach, während sich im ersten Stock jemand übergab.

Blatter

4. Januar

Kein Heimatverein, keine sozialen Netzwerke, keine Anzeichen von Kriechmanns und damit keinen Ärger. Und das alles seit drei Wochen. Das Leben von Karsten Blatter hat sich wieder ein klein wenig gedreht – dieses Mal zum Guten. Natürlich war die Angst da, es könnte noch etwas kommen. Das spielte er vor seiner Geli aber herunter – auch weil sie bei weitem nicht alles wusste.

Seine Handy-Nummer war nicht mehr die alte, weil sich die abfälligen Kommentare aus dem Verein vor einigen Wochen gehäuft hatten. Also gab's eine neue – und die kannten nur wenige. Zu denen gehörte auch Rainer. Mit dem hatte er nach wie vor des Öfteren Kontakt. Schließlich musste man ja irgendwie mit dem Verein zum Ende kommen. Die Mehrzahl der Teilnehmer planten übrigens eine Neugründung von „Better Place" und war ausgetreten. Einmal mehr meldete sich Rainer dieses Mal eher mit einer persönlichen Botschaft per SMS: ‚Hallo Karsten, das ist doch der Hammer, oder? Jetzt rücken die gleichgeschalteten Medien damit heraus, was in der Silvesternacht wirklich passiert ist. Dabei wissen wir das schon lange. Scheiß Lügenpresse. Und ich sage dir: Unsere Mitglieder – die ehrlichen, die verblieben sind – kochen vor Wut. Ich werde daher einen neuen Verein gründen. Und wir werden uns politisch engagieren. Ich lade dich ein, dabei zu sein. Bist du dabei?"

Karsten dachte kurz nach und ihm fielen mit seiner neu gewonnenen Ruhe, seiner Frau Geli, den Kriechmanns und seiner beruflichen Karriere vier Argumente ein, um vier Sekunden später vier Buchstaben in sein Handy zu tippen.

***

7. Januar

Eigentlich ist es mein Lieblingssatz – der zweite Satz von Mozarts Kleiner Nachtmusik. Nicht der erste aus der Philharmonie. Es ist eine Romanze – die einzige übrigens meines Lebens. Sie beflügelt meine Gedanken, während ich auf dem Mauerwerk stehe und noch einmal kurz an meine Familie denke. Oder das, was von ihr übrig ist.

Ich weiß, dass ich etwas mache, was ich nicht darf. Herr über Leben und Tod ist jemand anderes. Ich bin das nicht, aber heute werde ich es sein. ‚Verzeih mir, lieber Gott‘, schießt es mir durch den Kopf und ich meine das ehrlich. So ehrlich wie den Schritt, den ich jetzt nach vorne mache – ein Schritt in D-Dur mit einem Hauch von C-Moll. Dann wird es endlich dunkel.

***

12. Januar

Alle waren gekommen an diesem tristen Januar-Tag. Die Wolken hingen tief und drohten, jeden Moment kalten Regen zu ergießen. Jetzt standen sie alle am geöffneten Grab – bestimmt 80 Menschen, die Hälfte davon waren noch keine 20 Jahre alt. Viele weinten. Nah am Grab die untröstliche Franziska in dem festen Glauben, versagt zu haben. Gestützt und getröstet wurde sie von ihrem Bruder und ihrer Schwägerin, die aus dem Rheinland angereist war. Bernd durfte sie nicht berühren und stand zwischen seinen verbliebenen Kindern, die sich seiner Nähe ebenso wenig erwehren konnten wie ihrer Tränen.

Es war der Brief auf dem Küchentisch, der Liebeserklärung und Anklageschrift zugleich war. Es war die Liebe zu ihrem Vater, den sie hasste. Die Liebe zu ihrer Mutter, für die vieles wichtiger gewesen war, als nach ihrer Tochter zu fragen. Ganz konkret zu fragen. Die Liebe zu Pat, auf die sie immer neidvoll herauf- und herabgeschaut hatte. Die Liebe zu Tino, die stets ohne Nähe ausgekommen war. Und es war die Einsamkeit um sie herum, die niemand erkannt, aber sie immer wieder tieftraurig gemacht hatte.

Es war ein Brief, in dem ein Weg skizziert war, der als erfolgreich galt. Zumindest dort, wo sie zu Hause waren. Aber es war ein Weg, der erfolglos war – auf ganzer Linie. Ein Leben in Moll war einsam zu Ende gegangen – und das freiwillig. Es war kein bestimmter Tag, an dem Dur in Moll umgeschlagen war. Es war ein Prozess, der bei Magdalena von innen kam. Ein Prozess, den sie nicht aufhalten konnte. Und ein Prozess, der gefüttert wurde. Gefüttert von den Liebenden, die ahnungslos waren - manche bis heute.

Die Kriechmanns – ebenfalls sichtlich gerührt und angeschlagen – standen ganz eng beieinander. Sie spendeten sich Nähe und Trost. Auch Udo Winkler hatte seinen Platz bei seiner Familie und musste sich konzentrieren, seine Tränen zurückzuhalten. Seiner Frau und seinen Kindern aus der Berliner Straße gelang das nicht. Familie Rosenzweig hatte etwas Distanz eingenommen, um bei der christlichen Beerdigung jedem Gläubigen einen Platz voller Nähe möglich zu machen. Ganz fest hielten sich Daniela und Michael während der Zeremonie die Hände. Daneben stand Elena mit kreidebleicher Miene. Sie war sich sicher, nie mehr das Gefühl loszuwerden, eine Teilschuld an Magdalenas dramatischer Selbsttötung zu haben.

Der katholische Priester aus dem Nachbarort hatte sie damit wieder: Familie Michaelis in der ersten Reihe – nur ganz anders. Bernd hatte es übernommen, ihn für eine persönliche Ansprache zu wappnen. So erfuhren die Anwesenden so einiges über einen Freundeskreis, der durch dick und dünn ging, über Menschen, bei denen einer für den anderen da war und bei denen das Wort Nächstenliebe großgeschrieben wurde. Und über eine perfekte Tochter, die überraschend für alle aus diesem Kreis der fünf Familien ausgeschert war und nun viel zu früh in Gottes Hände gelangte.

Als der Sarg in das Grab hinabgelassen wurde, war erneut die kleine Nachtmusik zu hören, der zweite Satz, die herzergreifende Romanze. Leise war die Musik und laut das Weinen der verzweifelten Mutter. Bruder und Schwägerin rückten stützend ganz dicht an sie heran, selbst voller Tränen wie auch die Kinder, die der Vater mit gespielter oder auch echter Fürsorge auffällig übergoss.

„Gehet hin in Frieden" waren die letzten Worte des Geistlichen. Dann folgten die Beileidskundgebungen mit vielen, langen Umarmungen und zahlreichen tröstenden Worten, die nicht in der Lage waren zu trösten. Ein kleiner Imbiss war der Familie vorbehalten und so gingen vier Familien mit Abstand und wenig Worten zu vier Autos, stiegen ein und fuhren zu vier Einfamilienhäusern mit vier gepflegten Gärten, die alle nicht weit auseinanderlagen.

Und als bei jedem einzelnen der Griff zum eigenen Handy früher oder später erfolgte, war klar: ‚Die Gruppe *Friends will be friends* wurde gelöscht.'

Danksagung:

Geht es um Literatur, sind die Unterstützer letztlich Unterstützerin-
nen. Ich danke allen Frauen, die mich bei der Erstellung dieses Ro-
mans begleitet haben: fünf Test-Leserinnen, eine Cover-Designerin,
eine Dauer-Beraterin. Ohne euch wäre alles etwas schwieriger und
weniger vergnüglich. ♡